燕歌行
卷10
魔鬼交易
酒徒 著

目錄

CONTENTS

第一章

蒼鷹搏兔

「沒辦法，我這回沒帶多少兵，只能蒼鷹搏兔！」
朱重九道：「還得勞煩先生，借百十套店鋪夥計的裝束來，
然後帶著朱某去跟釋嘉納做上一筆買賣。
事成之後，無論你耶律家想買多少火炮，
我淮揚商號都敞開了供應！」

誰料朱重九卻突然變得市儈無比，搖頭晃腦地說道：「聽起來的確不錯，但朱某幫了你們，對自己有什麼好處？誰知道你們學了朱某的練兵手段，將來會不會得寸進尺，提兵直接殺到中原來！」

「不會，在下可以以耶律氏祖輩父輩的在天之靈立誓。」耶律昭沒想到朱重九如此難纏，舉起手發誓道：「我耶律氏只取遼東一隅，絕不得寸進尺，如果魯王將來背信，我耶律氏必袖手旁觀，兩不相幫！」

「你看，你還是做不了魯王的主！況且遼東亦為華夏舊土，朱某有何資格將其輕易許給你耶律家？」朱重九疲憊地打了個哈欠。

「無我耶律氏幫襯，魯王必定獨木難支！」耶律昭回道，想了想，又非常不甘心地說：「大總管可以稱帝，我耶律氏願如當初向鐵木真汗稱臣一樣，向大總管稱臣納貢！世代永為藩屬！」

「然後再伺機而反麼？」

「屆時大總管已經擁有整個中原，實力是我耶律氏的百倍，我耶律氏即便膽子再大，又怎敢自尋死路?!」

「當年大遼疆土也是女真人的百倍，而女真人的疆土又何止是蒙古人的百倍！」朱重九不客氣地說道。

「這……」耶律昭被駁斥得啞口無言。

女真和蒙古最初都只是一個部落，所有武力加起來，不過是幾十張弓，數領皮甲，然而都能滅掉宗主國，進而席捲中原。有這兩個先例在，誰敢相信耶律家會永遠信守承諾，蟄伏遼東？

耶律昭知道自己無論怎麼說，都無法讓朱重九輕易鬆口，乾脆將心一橫，再度提起先前說過的建議：「既然大總管不相信在下，就請大總管提出條件，在下能答應的，直接答應了便是！」

「這就對了麼！」朱重九挑了挑大拇指，誇讚道：「都說是跟朱某做生意了，卻老拿那些虛頭八腦的東西來對付朱某，當朱某是三歲小孩子麼？你聽好了，朱某的條件有三個，說起來都很簡單……」

朱重九笑呵呵地放下茶盞，慢條斯理地開出條件來：

「第一，朱某最多只能借一百個人，幫爾等練兵半年時間，去時多少人，回來時就得多少人。缺一個，則以一百名契丹武士相還。你可願意答應？」

「行！」耶律昭沒有太多選擇，只能咬牙同意。

「第二，朱某派出的弟兄，每人的報酬是二十匹一等良駒，你用船把戰馬給送到淮安來，朱某自然讓弟兄隨你回去，先付帳，後交人，咱們童叟無欺！你可願意？」

「沒問題！」遼東各地向來盛產駿馬，所以這個條件遠比前一個條件簡單，耶律昭根本不用考慮。

「第三，也是最後一個。朱某要你手裡從膠州去高麗和倭國的航線，你派人帶我淮揚商號的船隊完整地走一趟海路，再連人帶船給朱某送回來。朱某便相信你的誠意，否則，朱某寧願一拍兩散！」

「大總管開恩！」話音未落，耶律昭已經拜了下去，以頭搶地，額頭上青筋根根直冒。

太失策了，今天最大的失策就是來跟朱屠戶做交易。**此人根本就不是什麼草莽豪傑，而是十足十的奸商，並且是熬成精的那種**，即便蚊子飛過，也能從肚子裡刮出一層油下來。

「別這麼一驚一乍的，我又沒勉強你！你不願意，直接拒絕就是！做生意麼，總得講究個你情我願！」朱重九抬了抬手，示意對方坐著跟自己說話。

此時此刻，耶律昭哪裡有勇氣站起來，他用膝蓋當腿向前蹭了幾步，苦苦哀求道：「大總管開恩，大總管開恩吶！我耶律一族能苟延殘喘至今，全靠著海上貿易吊著一口氣，如果大總管把這條航線也拿了去，我耶律氏甭說復國了，連能不能保全目前的模樣都成為難題！」

說罷，又俯首下去，在地上重重猛磕。

「不就是讓他幫忙帶一次路而已，這姓耶律的怎麼會難過成這副模樣？」無論是毫無做生意經驗的陳基和章溢，還是曾經替人銷贓的馮國用，都被此人的失態舉動弄得滿頭霧水。

在他們看來，海貿雖然利潤豐厚，終究還是屬於賤業，與治軍謀國根本不能相提並論，為了換取淮安軍幫忙練兵，耶律氏連稱臣納貢這種屈辱的條件都肯答應，卻對替淮揚商號帶路這等微不足道的小事反倒錙銖必較起來，感到百思不得其解。

「那就算了！」正困惑時，看見朱重九揮了下胳膊，意興闌珊地道：「朱某最不喜歡強人所難，知道如何去高麗和倭國的又不是你耶律一家，朱某許他幾船我淮揚的緊俏貨，就不信沒人肯替朱某跑這一趟腿！」

「大總管，大總管開恩！」耶律昭又被嚇了一跳，膝行數步，爬到帥案前苦苦哀求。

他之所以不願放棄從膠州出海，就是因為此地距離淮安近，可以最方便的買到淮揚工坊新推出的各種特產，隨便運一船去倭國那邊，價格至少都能翻上十倍，如果單純從北方的遼陽和中書行省上土貨的話，根本不可能有這麼好的利潤。無論是遼參還是毛皮，在高麗國根本就不稀罕；至於北方所產的絲綢，質地跟蘇綢、浙綢根本不在一個檔次上，即便運到倭國去也賣不上高價。在蒲家和沈家提供的南貨面前，轉眼間就會被打得落花流水！

「都跟你說多少次了，咱們是在做生意，不談誰施捨誰！」被對方哭得心煩，朱重九不耐地說：「通海，送耶律掌櫃下去休息。本總管今天還有許多事情要做！」

「是！」俞通海答應一聲，上前拉起耶律昭，就想把他往大堂外拖。

後者耗了如此大力氣，豈肯半途而廢，猛的把心一橫，脫口道：「大總管息怒，大總管息怒。這筆買賣，我耶律氏接了。草民回去後，立刻安排得力夥計，帶淮揚商號的船隊前往東瀛！」

「爽快！耶律掌櫃真是個爽快人！等船隊歸來，朱某一定讓他們拿出一成紅利，送到耶律掌櫃指定的人手中！」朱重九轉怒為笑，許諾道。

占了「公家」便宜，就要給私人好處，這是他在另一個世界學會的不二法門，誰料原封不動搬到這個時空來，卻沒受到絲毫效果。

耶律昭聞聽後，非但臉上沒有半分感激之色，反而「騰」地一下站起來，怒目而視，「大總管何必如此辱我？耶律昭技不如人，已經引頸就戮了，大總管何必要了耶律昭的性命之後，還不忘朝屍體上狠狠踩上數腳？」

「侮辱你，我怎麼會侮辱你？」朱重九被問得一愣，「你不要回扣就算了，當朱某沒說便是！朱某對你本人可是沒有半點惡意！」

「待你我兩家聯手事成之後，草民已經準備去祖先靈前自盡謝罪了。要這些身外之物何用？」見朱重九的表情沒帶半點奚落的意思，耶律昭長嘆了口氣，面如死灰。

貨源掌握在淮揚商號的手中，港口也掌握在淮揚商號的手中，一旦他們熟悉了高麗和倭國航線，商場上誰還能跟他們競爭？等待耶律家商號的，不過是死路一條而已，早死和晚死其實沒多大差別。

「你放心，倭國那麼大，淮揚商號一家的貨肯定填不滿！」不想把對方逼得鋌而走險，朱重九笑了笑，「既然你不要淮揚商號的回扣，這樣好了，你耶律家的船隊從倭國回返時，儘管替朱某帶硫磺和銅錠回來，無論帶多少，朱某都按照時價全收，貨到款清，絕不會讓你耶律家蝕了本錢！」

「這？」沒想到朱重九肯主動讓給耶律家好處，耶律昭灰敗的面孔再度湧上幾分血色。

倭國境內火山眾多，因此盛產硫磺，非但價格便宜，質地也遠遠高於中原所產；而銅沙和銅錠，早在宋代就是倭國向中原的主要交易物資，前往杭州的貨船裡，十艘裡七艘裝的都是此物。

「去時裝中原貨，回來時裝硫磺和銅錠，只要銷貨速度足夠快，不用積壓資金……」耶律昭快速在心裡計算著好處。

他是個海貿老手，自然很容易就得出了正確答案，耶律家的船隊只要跑得勤一些，每年從海上所賺，絕對不會比原來少！

然而如此一來，耶律家豈不更得看淮安軍的臉色行事？只要雙方稍有不睦，無須出兵，淮揚商號只要宣布拒絕收購耶律家的貨物，就足以逼著耶律家主動負荊請罪了！

這朱總管，到底想要幹什麼？他到底是想給耶律家留一條生路，還是想徹底將耶律家趕盡殺絕？

「怎麼，耶律掌櫃不願意麼？那朱某向別人收購好了！」見耶律昭遲遲不肯回應，朱重九皺了下眉道：「老實說，朱某是念在你耶律家多少還能給蒙元找點小麻煩，才想拉你等一把，否則江南沈家也有船隊往來東瀛，朱某何必捨近求遠？」

「沒有！大總管勿怪，事關重大，草民在做決定時，難免會慢一些！」耶律昭心裡打了個哆嗦，哀求的話脫口而出。

江南沈家，在海上早已是可與泉州蒲家分庭抗禮的龐然大物，如果被朱屠戶以市價收購硫磺和銅錠為誘餌，分出一隻手來爭奪膠州到東瀛的航路，耶律家根本連反抗的力量都沒有！

朱重九擺手，「不急，你可以慢慢想。甚至派人回遼東請示一番都行，什麼時候想好了，什麼時候就可以直接往淮安運硫磺和銅錠，這兩樣東西，眼下朱某並不急著要！」

「不用，不用！草民願意！草民這就能做出決定！」耶律昭聞聽，哪敢再做任何猶豫，立即答應。「我耶律家願意接下這筆生意，為大總管從倭國搜購硫磺和精銅！」

如果此時有後悔藥可賣，他願意付出任何代價買上一包！姓朱的根本就是一個惡魔，吃人不吐骨頭的惡魔！非但頭腦精明得無以復加，對人心的把握，也準確到了極致！妄圖從他手裡佔便宜，耶律昭啊耶律昭，你昨夜到底喝了多少碗豬油，才會動如此愚蠢的念頭?!

「不是為了朱某採購硫磺和銅錠，而是你耶律家跟淮揚商號做硫磺和銅錠的生意，這完全是兩回事，千萬不要混為一談！」

正懊惱得恨不能轉世重生時，朱重九的聲音再度傳來，又冷又硬，不含任何感情色彩。

不同於當初對待朱重八和張士誠，在朱重九的記憶裡，可沒有半點關於耶律家的內容，所以跟後者交往時，他心中也不存在任何顧忌，從一開始就完全將此人及其背後的耶律家當作潛在的競爭對手來看待，能宰就宰，能陰就陰，絕不留情。

「是，是淮揚商號，不是大總管本人！」耶律昭知道自己已經徹底輸掉了第二回合。

「那就好，朱某做事情最恨公私不分！」朱重九輕輕點頭，好像眼下占了淮揚商號三成股份的那個「無恥之徒」跟他素不相識一般。「耶律掌櫃還有什麼事麼？要是沒有其他事情，朱某就不再多留耶律掌櫃了！」

話中送客的意思已經非常明顯，豈料已經輸得幾乎血本無歸的耶律昭卻仍不甘心，抓住他的話頭，說道：「啟稟大總管，耶律家還有一筆大生意準備跟大總管，跟淮揚商號做，還請大總管再給草民片刻時間！」

「說吧，只要你給出的價格合適！」朱重九立刻換了副笑臉。

張昭聞聽此言，立刻又活躍起來，深深俯首，又說道：

「耶律家想用牛羊換大總管的火炮。耶律家知道淮揚缺糧，耶律家願意用牛羊代替糧食，跟淮揚商號購買火炮，只要大總管肯換，草民可以直接將牛羊運到大總管指定的任何地方。」

「大膽！」沒等朱重九回應，章溢已經拍案而起。「居然敢打我軍火炮的主意，莫非嫌自己活得太長麼？誰知道你耶律家得到火炮後會轉手賣給哪個？」

「姓張的，你到底是誰的人？趕緊給我如實招來！否則休怪陳某下手無情！」陳基也盯著耶律昭的眼睛發狠道。

他們不懂生意經，只是本能地認為國之利器不可輕易與人，所以爭先恐後開口，以防大總管一時短視，為了讓弟兄們吃上幾口牛羊肉，就把火炮給賣了出去。

這下可是徹底幫了倒忙，先前還滿臉灰敗的耶律昭反倒立刻來了精神，回道：「章大人請暫息雷霆之怒！陳大人也請聽草民再說幾句，草民膽子再大，如果沒有聽說什麼消息的話，也不敢起購買火炮的心思，既然此物不是絕對嚴禁外流，別人家的生意淮揚商號做得，我耶律家生意為何就做不得？」

不待二人回答，他又質問道：「莫非我耶律家的牛羊就不能殺了果腹麼？要知道，我耶律家的實力越強，對朝廷的牽制效果也就越大，大總管這邊也就越能早日積聚起足夠的力量，誓師北伐！」

「這？」章溢和陳基互相看了看，臉色瞬息萬變。

也是先前被朱重九給逼得實在太狠了，耶律昭反擊得手，立刻奮起直追，道：「兩位大人也許沒聽人說過，今年三月，在雞籠島以北五十里處，泉州蒲家從三佛齊返回的船隊，忽然遭遇一夥海盜，七艘三千料大福船，一千多名家丁和水手，連同船上的貨物，統統消失不見，而據路過的其他商販說，當時海面上晴空萬里，卻有雷聲隆隆不斷，半個月後，在松江、杭州等地，各色香料的價格都下跌三成。」

「嘶——！」章溢、陳基和馮國用三人齊齊倒吸冷氣。

海面上晴天打雷，顯然是海盜動用了大量火炮，而松江和杭州等地的香料價格大幅走低，不用問，是海盜打劫得手後，把蒲家船上的香料以極低的價格傾銷了出去。

正驚詫間，卻又聽見耶律昭清了清嗓子，繼續道：

「那蒲家原本就來自大食，又把持泉州市舶司一百餘年，可謂樹大根深，損失七艘大福船，也許不會令他家傷到筋骨。然而此事僅僅過了半個多月，蒲家專門跑倭國的船隊又在海上出了事，十艘福船，兩艘廣船，全都沒有按時返回，倒是廣州那邊的另外一夥大食人，忽然把他們的三角帆船換成了福船，然後那些替換下來的三角帆船不知所蹤！」

「嗯！」眾參謀們愣了愣，面紅過耳。

對方雖然沒明說，可淮安軍的戰艦此刻就停在膠州灣，那些充滿了大食風格的船隻，一眼看上去就知道不是淮揚地區自己所造，兩相對照，這些船從何而來，早已再清楚不過。

其中最為尷尬的是陳基，他奉命組建軍情處已經好幾個月了，至今在打探敵軍消息方面還建樹欸欸，區區一個商販頭目耶律昭卻不光探出了淮安軍在秘密對外出售火炮，甚至對這些火炮的去向也瞭若指掌。

此刻唯一還能保持鎮定的，只有朱重九自己。

在跟耶律昭交談之初，他就沒敢太小看此人，所以雖然前兩個回合大獲全勝，他卻沒有掉以輕心。眼看對方完全佔據了第三回合的主動權，只好笑了笑，再度親自出馬。

「耶律掌櫃好寬的眼界！怪不得被你家主人倚作臂膀。的確，朱某向沈家賣過火炮，但那沈家卻是純粹的海商，無論是現在還是將來，他都不會對朱某造成任何威脅，而貴方，先前朱某也曾提到過，一旦推翻了妥歡帖木兒，你我兩家如何相處還很難說！」

「我耶律家可以發誓，只取遼東一隅！」耶律昭舉起手再度重申。然而，看到朱重九那充滿戲謔的眼神，他就明白這話只能拿去唬弄別人，對朱大總管根本沒有任何效果。

於是，吸了口氣道：「即便我耶律家的族長不識好歹，膽敢冒犯大總管的天威，那至少也是十年後的事，屆時淮安軍也不會再是現在的淮安軍！」

「終究還是狼子野心！」章溢和陳基等人對耶律家僅有的幾分同情瞬間消失了個乾乾淨淨，瞪了此人一眼，冷笑道。

「秦人失其鹿，天下共逐之，況且先前大總管也再三強調過，今天你我雙方在商言商！」耶律昭向眾人拱了下手，「況且那沈家也未必真的會無意染指陸上。幾位也許還不知道吧？如今三佛齊國王麾下的水師將士，清一色全是漢人，而那水師主帥梁某，則是沈萬三的結拜兄弟。他們還有個結拜兄弟叫方國珍，眼下正帶著麾下艦隊，與董摶霄一道窺探揚州！」

「啊?!」眾參謀們聞聽，又是大吃一驚。

沈萬三本人就在揚州，以身為質，沈家與淮揚大總管府之間的關係也極其密切，從外邊輸入到淮揚的糧食，有六成以上是沈家從占城一帶運來的，所以以陳基為首的眾參謀們，基本上都將沈家放在榮辱與共的夥伴位置上。**誰曾想到，沈家在全力與淮揚大總管府交好的同時，還腳踏著這麼多條船？**

此時朱重九心中也是驚雷陣陣，如果方國珍協助董摶霄攻打揚州的事，也受到了沈家的暗中支持的話，那淮揚軍所要面臨的危險，無疑就增大了幾十倍，稍有不慎，甚至會落到全軍覆沒的下場！

但是很快，他就強迫自己鎮定下來，至少在耶律昭面前依舊顯得泰然自若。

「沈萬三家大業大，他給自己多預備幾條後路不足為怪，至少沈家到目前為止，沒有做過對我淮安軍任何不利的事。至於方國珍，雖然與沈萬三有八拜之交，但他是他，沈萬三是沈萬三，豈可混為一談?!」

「大總管說得極是。」耶律昭等的就是這句話，立刻朝著朱重九長揖及地，「沈家沒做過任何對不起淮安軍的事，我耶律家又何曾傷害過淮安軍分毫？大總管何必厚此薄彼？」

「那不一樣！」陳基紅著臉反駁，「沈家經營的是南洋，沈家上下也全都是炎黃子孫。」

「耶律家經營的是塞外，乃漢高祖嫡系血裔，我整個大契丹起源於鮮卑別部，亦是正宗的有熊氏之後！」耶律昭仰起頭來，毫不客氣地與陳基對視。「陳大人學富五車，應該知道草民所言絕非杜撰！」

「你，你……」明知對方在胡攪蠻纏，陳基卻找不到任何言語來反駁。

大遼開國皇帝耶律阿保機姓劉，無論真偽，早已記錄於史冊；而契丹族乃為鮮卑的一個分支，在《晉書》上也已明確記載，鮮卑都督的慕容廆，「昌黎棘城鮮卑人也，其先有熊氏之苗裔，世居北夷，號曰東胡……」從官方之口，承認了其黃帝後人的身分。

「好了，敬初，你先坐下。咱們在談生意，沒必要爭論這些無關的事！」朱重九示意陳基稍安勿躁。

「是，微臣遵命！」陳基咬牙坐在一旁，手臂和身體微微顫抖著。

「呵呵……」朱重九笑道：「耶律掌櫃說得在理，火炮既然已經對外開賣了，賣給誰不一樣啊，不過，光有牛羊可不行，我淮揚氣候潮濕，北方的牛過來就爛蹄子，根本下不了地；草也不行，你運來的綿羊，蒙古牧人都無法養得活，朱某更沒那個本事。你想買火炮的話，得再拿出些值得交換的東西來！」

他麾下這幾個參謀，學問和本事都不差，卻都不是做生意的料子，以己之短對他人之長，當然被打得節節敗退，而他上輩子經歷過商業社會洗禮，這輩子又賣了十幾年的豬肉，早已百煉成鋼。

果然，幾句討價還價的話一出，耶律昭再度被打了個措手不及。

按照他的想法，火炮乃鎮國之器，淮安軍無論如何都要多拿捏一番，逼自己像前兩個回合那樣，做出極大讓步，才肯答應交易；誰料朱重九根本不按常理出牌，很乾脆地把交易著落到價格上。

不過，能討價還價總比沒得談強，稍稍穩了穩心神，耶律昭試探著回應，「大總管不願意要牛羊，草民可以學沈家那樣，從北方為大總管運送糧食！」

「可以倒是可以！」一回到自己擅長的方面，朱重九兩隻眼睛裡就又開始放出咄咄的精光，「不過，我們淮人喜歡吃稻米，粟與麥根本賣不上什麼價錢。」

「無妨，粟與麥在淮安什麼價錢，就按市價折算便是。」只要能得到火炮，耶律昭根本不在乎售價，況且淮揚那邊糧食向來緊俏，粟與麥售價再低，價錢也超過了北方產地兩倍，怎麼算他都不會賠本。

「那就按照市面上的價格交易便是，你運粟和麥子來，我讓淮揚商號用火炮交割，來一船走一船，現貨現結！」朱重九爽快地答應。

「四斤炮的價格，與給紅巾諸侯的售價相等。」耶律昭也是老商人了，全身戒備之下，頭腦轉得一點兒都不比朱重九慢，「六斤炮的價格不高於沈家，是沈家裝在船上的那種，可以打到七八百步外，區區一千多斤重的火炮，不是朝廷那種動輒上萬斤重的！」

「耶律掌櫃真是一手好算盤！」朱重九絲毫不覺得對方有什麼冒犯之處，回應：「四斤炮價格，你得自己跟商號去談，談到多少是多少，朱某這邊只管准不准你們雙方交易，不管具體價格！」

「大總管賣給外邊是一千貫一門，賣給芝麻李和趙君用的，才四五百貫！」耶律昭還價道。

「芝麻李是我淮安軍的恩人，趙君用則是我淮安軍的盟友，所以雙方之間有優惠價格。而你耶律家則要一點點慢慢來，先從普通客戶開始，等彼此都熟悉了，有了信任，才能被視為熟客；而盟友資格，則還要等雙方並肩作戰之後。」朱重九補充道。

「這……」對方完全照規則來，耶律昭沒有理由反駁。

「除了糧食，你還可以拿其他東西來換，皮革、人參、鹿茸，甚至黃金、白銀和戰馬，如果實在手頭緊，派些弓馬嫻熟的武士來替朱某效力也行，朱某按每月每人五貫的標準給他們發餉。至於他們的軍餉留著自己花還是貢獻給族裡，朱某不加干涉！」朱重九笑說。

章溢等人聽了，立刻將頭低下去，兩眼放光。

太陰險了，追隨自家主公這麼久，還沒見他待人如此陰險過。每月五貫的價格，還沒淮安軍中一個小夥長高，卻雇來一群合格騎術教頭，再加上先前換來的戰馬，淮安軍何愁訓練不出一支強大的騎兵來？

而明明已經到了手的軍餉，卻要被強行收走一部分上繳族裡，那些契丹武士心裡豈能沒有疙瘩？用不了多久，他們對耶律氏的忠誠就會被消磨殆盡，屆時，淮安軍只要勾勾手指頭，就不愁他們不爭先恐後地留下來。

身為商場上摸爬滾打多年的老手，耶律昭亦敏銳地感覺出朱重九話語背後必定藏著圈套，無奈卻猜不出具體的圈套是什麼，苦想半天，才輕輕點頭，「好，那就照大總管說的，我耶律氏拿任何淮安軍看得上的東西交換火炮。」

「是四斤炮，不是六斤炮！」朱重九迅速收起笑容，鄭重強調。「當初沈家為了從朱某這裡購買六斤炮，除了等價交換之外，還送了三十萬石糧食以表誠意，朱某不能厚此薄彼，讓你耶律家不付出任何代價就獲得六斤炮的購買權。」

「啊！」耶律昭被憋得一口氣沒喘勻，差點當場暈倒。

再看陳基等人，一個個將頭垂到胸口，眼觀鼻，鼻觀心，不敢露出任何表情。心中卻道：沒見過如此會做生意的，按對己方最有利的價格賣了貨物不算，還要把交易權單獨拿出來，重新賣上一次，這朱大總管如果早生些年，陶朱公都得甘拜下風。

「在商言商。你都說過了，六斤炮是我淮揚的獨門生意，別人仿造都仿造不出來！」朱重九卻絲毫不覺慚愧，市儈地道：「獨門生意自然就有獨門生意的做法，況且朱某自己的船隊至今還沒能將六斤炮裝配全呢，拼著自己不要，也先拿出來滿足你耶律家，足見待你耶律家之重視，你耶律家當然得多拿出一些誠意來回報才行！」

耶律昭被逼到了牆角處，乾脆徹底豁了出去，「草民拿不出更多的錢財，但是草民手裡卻有益王那邊兵力部署的詳細情報，從黃河北岸一直到大都，沿著運河兩岸的兵力部署，草民能探聽得清清楚楚，只要大總管肯答應交易重炮，草民有一計，可令益王全軍覆沒！」

「成交！」朱重九終於失去了冷靜，從帥案後一躍而起。

時間，他現在最缺的就是時間。脫脫於淮安城附近陳兵三十餘萬，董摶霄又在方國珍的幫助下趁機殺向了揚州，這種情況下，他在膠州每多耽擱一天，淮揚三地的局勢就險峻一分。

如果他能早一天解決掉益王買奴，脫脫就得早一天分兵回救濟南，徐達在淮安那邊所面臨的壓力就會大幅降低，無論是想辦法破敵，還是抽調弟兄去揚州給吳熙宇助陣，都要從容許多。

換句話說，此戰的勝負關鍵，自打他登上海船那一刻起，就已經不在黃河兩岸，而是分別著落在山東道和揚州路兩地。

他能在這邊搶先一步幹掉益王買奴，勝負的天平就會大幅度朝淮安軍傾斜，萬一被董摶霄搶得了先手，等待著淮安軍的，必將是比另一個時空中李自成山海關兵敗還要險惡十倍的結局！

「益王前一陣子在諸城與貴部王宣將軍交戰，遲遲難分勝負。」看到朱重九高興成這樣，耶律昭心中好生後悔，然而，此計若成，受益的也不只是淮安軍一個，他耶律家也可以趁朝廷招架不暇的機會，迅速豎起反旗。

所以，只猶豫了短短一瞬，耶律昭就做出了決斷，侃侃說道：

「其十萬大軍所需糧草，皆由濰水轉運，此刻全部囤積於諸城以北四十里的象州，由山東宣慰副使釋嘉納看守。那釋嘉納無勇無謀，志大才疏，大總管趁眼下膠州失守的消息尚未傳開，派一員虎將率領精兵直撲象州，只要能燒掉益王的軍糧，其十萬大軍在數日之內必不戰自潰！」

「象州？敬初，取輿圖！」朱重九聞言，心神一陣激蕩，立即吩咐取來地圖。

「是！」陳基在牆上展開剛剛由情報處繪製沒多久的地圖，然後拿起筆，在上面標出了主公需要的位置。

此地名為象州，實際上只是極小的軍寨，因為周遭地勢地勢平坦，又緊鄰濰水，方便船隻往來的緣故，才被益王買奴選做的囤積軍糧之地。

以眼下淮安軍的戰鬥力，偷襲得手的機會相當高。唯一麻煩的是，象州寨距離膠州城稍微遠了些，即便從輿圖上估算，也有一百二十餘里，萬一買奴提前做出了防範，派去偷襲的兵馬肯定會鎩羽而歸。

「象州寨大約有多少元軍？還請耶律先生明確告知！」盯著輿圖看了幾眼，朱重九收起臉上的喜悅，沉聲問。

「大約一萬五千上下。」既然決定不惜任何代價向淮安軍示好，耶律昭索性好人做到底，「但其中真正的戰兵肯定不足三千，剩餘一萬多都是各地徵調而來的駐屯軍，平素只幹些拉縴和裝卸糧食的雜活，實力與民壯差不多。」

「這麼少？」陳基不敢相信此人的話。

「象州寨是大後方，在昨夜之前，誰也想不到朱總管會親領大軍，從海上殺到膠州！」耶律昭有些不高興地解釋道：「不過，這是七天以前的消息，那時，草民正好去那邊，從釋嘉納手裡買了幾船糧食，所以順便摸了一下其營中的實力！陳大人如果不信的話，可以再派斥候去仔細查驗一番。」

等派了斥候再回來，戰機早就錯過去了，陳基這點見識還是有的，聽耶律昭話裡帶刺，也不以為忤，笑了笑道：「不必了，就以先生剛才所言估算便是。請教耶律先生，眼下敵軍在象州寨中存了多少軍糧？先生既然能從裡邊買出糧食來牟利，想必跟裡邊掌管糧倉的人有些交情，能探聽到個大概數字。」

「兩個月存糧是有的，濟南、益都那一帶，自古就是產糧區，益王買奴性子跟其麾下的人一樣貪婪，能借著打仗的名義將本該運往大都的夏糧多截留一些，自然不會手軟。」耶律昭沉吟道。

突然，他將眼睛瞪得老大，指著陳基大聲道：「你，你是想把糧草全部搶過來據為己有？你真是吃了熊心豹子膽！」

「反正都得派兵過去，燒和搶有太大分別麼？」陳基臉上露出幾分傲然，「不過不是據為己有，而是搶到之後，再想辦法從海路運往淮安。我淮揚有上百萬災民嗷嗷待哺，這麼多糧食，一把火燒了實在可惜！」

十萬大軍的糧草儲備，如果能全部搶到手裡，絕對可令眼下淮揚三地糧食緊缺的情況大幅緩解。但是，燒掉是一回事，搶到卻是另外一回事，以燒糧為目的，偷襲的兵馬得手之後，就可以立即原路返回膠州；搶佔的話，則至少得頂住敵軍頭三五天內在絕望中的反撲。

想到這兒，耶律昭將目光轉向朱重九，大聲勸阻道：「不可！大總管萬萬不可如此冒險，那益王麾下有十萬大軍，分一半頂住王宣，至少還能派一半回奪象州，一旦其把軍糧再搶回去，大總管必將前功盡棄！」

「二十萬石糧食呢！」朱重九卻像個財迷般滿臉渴望，「陳參軍的話沒錯，燒了可惜，耶律先生能從敵營中將軍糧買出來牟利，想必跟釋嘉納很熟吧？不知道能否幫我引薦一下，跟他結個善緣？」

「不算熟，他那個人極貪。草民是給足了他好處，才能低價弄出些糧食來！」耶律昭立刻搖頭。旋即，再度將眼睛瞪得老大，「你要親自去攻打象州？你可是整個淮安軍的大總管！」

「沒辦法，我這回沒帶多少兵，只能蒼鷹搏兔！」朱重九自信地道：「還得勞煩先生，借百十套店鋪夥計的裝束來，然後帶著朱某去跟釋嘉納做上一筆買賣。事成之後，無論你耶律家想買多少火炮，我淮揚商號都敞開了供應！」

「主公此計大善，反正守膠州是守，守象州也是守，兩相比較，我軍繼續主動出擊，反而能打益王一個措手不及！」話音剛落，馮國用立刻大聲附和。

「無恥！」陳基勃然大怒。「主公以身犯險，你馮某人不加勸阻也就罷了，哪有在旁邊推波助瀾的道理？」

但是，還沒等他將斥責的話說出口，馮國用的語風卻搶先轉了方向，「然出征之前，主公曾經當著眾將的面親口承諾，絕不親臨一線，眼下剛剛離開淮安，主公就要帶領近衛混入敵營，豈不是失信於人？過後蘇、祿兩位長史追究起來，主公自然可以一笑了之，我等知錯不諫，還有何面目於淮安軍中立足？」

「馮參軍之言甚是！」章溢接過話頭，義正詞嚴地說：「主公欲成霸業，豈能輕易食言而肥？縱使此番出入虎穴毫髮無傷，事後不過落一個有勇無謀的莽夫之名，卻令眾將再也不敢相信主公的承諾。兩相比較，孰輕孰重，還請主公仔細權衡！」

「主公之勇，兩年前就早已聞名天下，沒必要再用如此險招來張揚！且主公以三軍之帥，為此百夫長之事，置麾下眾將與何地？」陳基的目光由怒轉喜，緊跟著章溢之後據理力爭。

「主公既設立參謀部，便應謀定而後動，豈可憑一腔血勇，貿然行事？」眾參謀也團團圍攏過來，爭先恐後地出言勸阻。

「擒那釋嘉納，遣一裨將足矣。主公何必以牛刀殺雞！」

……

你一言，我一語，大夥的觀點竟出奇的一致。長途奔襲象州沒問題，咱淮安軍兵力雖少，卻沒把那萬把敵人放在眼中。但朱大總管想親領精銳過一把擒賊擒王的癮，卻是門兒也沒有！

「這，這……」耶律昭在旁邊急得抓耳撓腮，不知道該怎麼插嘴才好。

他現在算是看明白了，**什麼將帶什麼兵，不是朱重九一個人心高氣傲，敢情整個淮安軍上下，都沒把百里之外的敵軍當作一回事！**

這可與他平素在生意場上遇到的漢人大相徑庭，以往那些漢人無論學富五車也好，家財萬貫也罷，都帶著一種發自骨髓裡的謙卑，哪怕對一件事有十分把握，往往也只說一二分，留著八分在心裡，當作將來的退路，誰也不曾如淮安軍這樣，**眼睛裡根本就不認識「失敗」兩個字！**

是什麼原因令他們變得如此自信？按理說，最近幾個月，不光是淮安軍，全天下的紅巾都流年不利，他們應該變得謙虛一些才對，更何況，象州那邊遠離大海，他們賴以仰仗的巨艦根本開不過去。百里奔襲也不可能攜帶太多火炮，他們憑什麼覺得自己可以輕鬆獲勝，並且還能擋住益王的瘋狂反撲？

正百思不解間，卻看到朱重九很沒「骨氣」舉起胳膊，向眾參謀繳械投降。

「行，行，都別說了，我聽大夥的便是。不過，你等休想讓本總管留在膠州，咱們要麼不打，要打就全力以赴，我留在膠州，定然會導致分兵！」

「這……也罷，就依主公！」陳基等人略作沉吟，然後紛紛點頭。

此番登陸，受兵力和運輸能力的雙重限制，淮安軍只出動了三千多精銳，所以將兵力一分為二，絕對不是上策，而與其讓自家主公僅僅帶著百十名親衛留在膠州等待，還不如讓他跟著大軍一道行動。至少那樣，大夥還能夠放心些，不至於總擔憂益王在丟失糧草之後狗急跳牆，直接找他拼命！

「膠州城也不能丟，咱們可以將主公的旗號豎在這裡，掩人耳目；同時讓水師徵募民壯，大張旗鼓地加固城防！」

既然成功制止了朱重九以身犯險，參軍馮國用就立刻回歸自己的本來角色。皺著眉頭想了想，壓低了聲音提議。

第二章

眾生平等

「平等？」自己這輩子絕對不是第一次聽到這兩個字，
但是從沒有一次，如今天這般響在他耳畔宛若驚雷。
現實世界中人和人之間的彼此認同。
每個人生來都是平等的，無論流著誰的血脈，
長著什麼樣的頭髮，什麼樣的眼睛！

「可令水師派幾艘船，去琅琊山附近聯絡王宣，從他手中悄悄運一部分兵馬過來協防，益王買奴即便派出兵馬來爭奪膠州，我軍憑著火器和海運之便，也能讓來人碰個頭破血流！」章溢也迅速回歸本職，與馮國用一道完善整個用兵之策。

聞聽他們兩個的話，陳基大受啟發，走到輿圖前，用手指比了比幾個關鍵點之間的距離，補充道：

「膠州距離諸城最近的路，也有一百五十餘里，益王可能需要等到今天早晨或者中午才會聽聞膠州失守的消息，主公不妨現在就讓水師派一艘空船去王宣將軍那邊，一則跟他借兵，二來通知他膠州已被攻克，命他伺機而動，讓益王首尾不能兼顧！」

「好！陳參軍此言甚善！」朱重九點點頭，然後拿起令箭，當著一眾參謀和耶律昭這個外人的面開始調兵遣將。

很快，就有心腹拿著他的令箭和陳基親筆書寫，加蓋了淮安大總管印的軍令，去水師那邊搭船，趕往琅邪山。

朱重九喘了口氣，旋即將目光轉向眾參謀，「大夥繼續，半個時辰內，我需要一個完整的出兵方案。洪三，你去同知吳指揮使。讓他立刻著手做出發準備，今日午時前殺奔象州！」

「是！」徐洪三上前接過令箭，快步跑出行轅之外。

眾參謀則立刻在大堂中央的地面上，用沙子擺出輿圖，開始制定整個作戰方案。

自打去年五月自立門戶那一刻起，朱重九一直極力模仿記憶中數百年後的軍隊情形，建設和完善淮安軍的參謀制度。如今參謀部經歷了一年多的運轉，漸漸走上了正軌，不需要任何人督促，就圍繞著最新戰鬥目標，全速開始運轉。

「昨夜敵將不戰而逃，倉促間，不可能清楚我軍到底來了多少兵馬，主公不妨命斥候向高密、萊陽、濰州等大肆出動，製造我軍即將分頭攻略這幾個地方的假象，令周遭的敵軍誰也分辨不清楚我軍的真實意圖！」

「膠州的府庫裡，還存著許多元軍旗幟和號衣，主公不妨令大夥穿在身上，裝作奉買奴之命，前往象州加強糧庫防守。如此，沿途即便有心向蒙元的豪強看見，倉促之間也難辨真偽，當其弄清楚我軍真實身分，再給益王去報信時，象州已經落入了主公囊中！」

「濰水雖然行不了巨艦，但我軍途經下游時，不妨以益王之名，將沿途看到的小船盡數徵用，一則可更好的封鎖消息，二來可以用小船首尾相連，組成浮橋，將大軍盡數運到河西。從敵營背後，出其不意發起進攻！」

「我軍當中，如今亦有不少蒙古人和色目人，主公可令其自組一隊以為前鋒，屆時敵營中的駐屯軍分不清哪個是他們的真正主人，必將不戰而亂！」

……

眾參謀你一言，我一語，在極短的時間內，就將一場倉促決定的奇襲戰謀劃成型，把個耶律昭看得眼花繚亂，目瞪口呆，**只覺得自己完全是站在一隻龐大的怪物面前，眼睜睜地看牠磨亮牙齒，眼睜睜地看牠撲向獵物，卻無法保證這頭獵物會不會將牙齒對準自己。**

如果真的有那麼一天，契丹人在淮安軍面前……想到日後群雄逐鹿，耶律昭忽然不寒而慄。沒任何獲勝希望，耶律家上下再努力，都無法追上淮安軍的腳步。那已經不再是下手早晚的問題，而是雙方根本就不屬於同一物種。

再兇猛的野狼，遇到老虎也只有成為乾糧的份；而耶律家恰恰就是前者。猛然間，耶律昭的心在往下沉，**這一刻，他真的不知道自己今天的行為，到底是對了還是錯了。不知道未來的耶律家，出路到底在哪一方？**

接下來的小半個時辰裡，耶律昭就像活在夢裡，渾渾噩噩地在地圖上標出最平坦的一條道路，渾渾噩噩地答應帶領淮安軍特別抽出來的一營精銳去與釋嘉納交涉購糧，渾渾噩噩地答應帶人去替淮安軍籌集店鋪夥計穿的衣服，從大總管臨時行轅走出來，走在膠州城充滿海腥味的街上，兩眼一片茫然。

事實上，他比這輩子任何時候都要清醒，然而，越是清醒，他越恨不得自己立刻昏過去，徹底變成一個白癡。

蒙元朝廷是一頭已經年老的狗熊，淮安軍是一頭剛剛長出牙齒的乳虎。老熊和乳虎爭鋒，作為孤狼的契丹人無論站在哪一方，最後恐怕結局都不會太好。

但是，他又鼓不起勇氣推翻先前跟朱屠戶的約定，正所謂自家人知道自家事，經歷了大金、大元連續兩個朝代數百年的刻意消弱，如今的契丹人，早已不是祖輩那種縱馬高歌的熱血男兒。

他們當中的絕大部分，早已變得如北方的漢人一模一樣。刀子砍到脖子上時也不知道反抗，只懂得跪在地上哭泣求饒。

他們當中絕大多數人，早已不懂得如何用刀，不懂得如何開弓放箭，耍弄起陰謀詭計來卻個個精熟無比。如果得不到淮安軍的火器和教官，耶律昭相信即便自己的家族和魯王聯合起兵時，能打朝廷個措手不及。

妥歡帖木兒隨便派一名悍將前來征討，就能將大夥打得落荒而逃。那種孱弱，早已不僅僅表現在體質上，而是經過兩百餘年的日積月磨，深深地刻進了契丹人的脊髓深處。

畢竟，在過去那兩百多年中，有血性的契丹人被統治者殺了一批又一批，很難留下自己的後代。而越是奴顏婢膝者，在女真人和蒙古人的統治下活得越滋潤，越能保留自己的傳承。

「一二一，一二一，一二一……」一夥巡街的淮安士卒邁著整齊的步伐，在夥長的指揮下，與他擦肩而去。

耶律昭打了個冷戰，目光落在隊伍中最後一名士卒的後背上，然後迅速將目光收了回去，垂著頭，繼續邁動沉重的雙腿，朝商號的庫房蹣跚而已。

走在隊伍末尾那名士兵看上去很年輕，動作遠不如其他同伴那樣整齊協調。很顯然，此人入伍的時間不是很長，也許只有短短一兩個月，還沒來得及完全適應淮安軍整體的節奏。但是，耶律昭卻從此人身上，看到了同樣的自信與驕傲。

他在努力適應作為一個人，而不是一頭牲畜活著。他在努力跟緊自家隊伍，努力抬頭挺胸。也許是有人教他這樣做，也許是潛移默化。但無論如何，他都已經將頭抬了起來，開始學著以平視的角度看待自己和周圍的人，一旦他們直著腰桿走路成了習慣，外力就再難讓他們的腰桿重新彎下去。哪怕是死！

「耶律掌櫃小心些，前面有個水坑！」不忍看著耶律昭繼續在街道上夢遊，奉命前來協助他一道取衣服的斥候團長俞廷玉伸手在其腋下攙扶了一把，低聲提醒道。

「啊，噢，噢，草民看到了，多謝俞大人！」耶律昭又是一個踉蹌，伸手扶住路邊的柳樹。

「要不要給你叫一副滑竿來？看耶律掌櫃這模樣，估計是昨天一整夜沒睡好！」俞廷玉幫他撐穩身體，將頭湊過來，關切地問。

「不用，前面轉過彎去就到了！」耶律昭哪敢在後者面前裝什麼大爺？抬手抹掉額頭上的汗珠，訕訕地回應。

「那咱們就抓緊一點兒，別耽誤了隊伍出發。」俞廷玉的手臂再度稍稍用力，將耶律昭「拖」離路邊的柳樹。

臨行前雖然朱重九沒有明著交代，他卻知道，自己必須負責「照看」好耶律昭，不但要從此人手中借到足夠的衣物，而且要努力避免此人臨時反悔。

「就到了，就到了。俞將軍請跟在下來！」感覺到腋下那雙大手上傳來的力量，耶律昭又擦了一把汗，努力讓自己走得更快。

後悔藥肯定沒有地方買了，事到如今，他也只能走一步看一步。好歹朱屠戶素有「佛子」之名，從不喜歡誅殺放下武器的對手。萬一將來耶律家成不了事，憑著此番幫忙帶路建立起來的交情，倒也不用擔心被他趕盡殺絕。

把事情往好的方面一想，他的雙腿上多少又恢復了些力氣。回過頭，看著攙扶著自己的俞廷玉，帶著幾分試探意味詢問，「俞將軍好像是北方人吧，聽你說話的口音，跟草民家鄉那邊很相似。」

「我武安城長大的，距離遼東的確不遠。另外，不要叫我將軍，我只是個光牌校尉而已！」俞廷玉憨憨地笑說。

不像蒙元和其他紅巾軍那邊，將軍的頭銜滿天飛。淮安軍這邊能稱為將軍的，只有幾個指揮使。像俞廷玉這種剛剛晉升的團長，勳官只為翊麾校尉。標誌極為明顯，紅銅護肩上光溜溜一片，不帶任何裝飾物。

「草民外行，看不太懂貴部的軍職。」耶律昭目光迅速從俞廷玉肩膀上掃過，揣著明白裝糊塗。

「說實話，最開始我自己都沒弄懂，但慢慢習慣了，才明白這種標誌的好處在哪兒！」俞廷玉友善地說著：「咱們大總管做的很多事情都是這樣子，一開始大夥都不懂，但只要跟著去做，保證慢慢就能看出好處來！」

「噢！大總管當然是遠見卓識！」沒想到在俞廷玉眼裡，朱重九的地位如此高。耶律昭口不對心地敷衍道。

俞廷玉笑了笑，也不跟他計較。

做過一呼百諾的少郡王，又做過很長時間沒有任何人身自由的奴隸編戶，他早已被命運磨礪成了一塊礁石，根本不會在意那些表面上的浮華和喧囂。

「那俞校尉怎麼又到了淮揚？」但是，耶律昭卻不想放過這個機會，又問道：「您老別怪，草民只是好奇，草民昨天聽多圖少爺喊貴公子叫什麼帖木兒！」

「還能有什麼原因，得罪了大元皇家，被貶到了洪澤湖上扛石頭唄！」俞廷玉早就猜到對方話裡有話，聳聳肩。「你聽的沒錯，我們父子是蒙古人。不但是蒙古人，還是正經八本的老汗嫡系，玉里伯牙吾氏。」

「你是武平郡王的後人？」俞廷玉回答得平平淡淡，耶律昭卻被嚇得兩眼發直，轉過身，手指哆嗦道：「東路蒙古軍萬戶府元帥，不花鐵木爾的後人！你，你居然還好好的活著？」

「長生天保佑，僥倖沒死！」俞廷玉好像已經很習慣了別人的驚詫。「沒錯，在下就是玉里伯牙吾氏的秀一，故元東路蒙古軍萬戶府元帥，知樞密院事，敕封武平郡王，不花鐵木耳家的少王爺。耶律掌櫃，細算起來，咱們稱得上是半個老鄉！」

「你，你……」雖然早就知道俞廷玉父子是蒙古人，耶律昭心中依舊天雷滾滾。武平郡隸屬於遼陽行省，東路蒙古軍萬戶府駐紮在武安，乃蒙元朝廷用以彈壓草原各族的重要力量。將士們都是一人三騎，萬一接到朝廷命令，五天之內，就可殺至遼陽城下。

一個手握重兵的親信大將之後，如今竟「淪落」到在朱屠戶麾下當一個小小的翊麾校尉，並且心甘情願的地步？這大元朝如果再不亡，還有天理麼？

這朱屠戶到底有什麼本事，連不花鐵木耳的後人都甘心受其驅策，甘心調過頭來，反噬自己的同族？

「別那麼一驚一乍的，都是老輩人的事情了。你不問，俞某自己都快想不起來了！父輩祖輩們的榮耀，關我等什麼事情！人啊，總不能活在過去裡！」俞廷玉笑了笑道。

「可你畢竟是玉里伯牙吾氏！畢竟是欽察國……」耶律昭無論如何也不敢認同對方的說辭，指著俞廷玉，身體顫抖得如同風中殘葉。

將心比心，俞廷玉可以不以玉里伯牙吾氏的昔日輝煌為榮。如今的契丹族中，肯定也有許多人早已忘記了赫赫大遼。那樣的話，他這半輩子苦苦追尋的耶律家復國還有什麼意義？即便勉強把反旗豎起來，究竟還能夠有幾人肯誓死相隨？

「那都是過去了！」俞廷玉這輩子經歷坎坷，看問題遠比耶律昭這個生意人清楚。「因為我是玉里伯牙吾氏的後裔，所以我全家就不能繼續留在草原上，生生給調到膠州來掌管根本不熟悉的水軍；然後，因為皇上沒忘了我玉里伯牙吾氏，有司就可以硬安個罪名，把我一家老少貶成賤籍，去洪澤湖畔搬石頭修大堤。呵呵，我玉里伯牙吾氏當他孛兒只斤為同族，他孛兒只斤氏拿我玉里伯牙吾氏當過同族麼？如今，他孛兒只斤氏要亡國，跟我玉里伯牙吾氏有什麼關係？」

一番話，字字宛若驚雷，炸得耶律昭不停地東搖西晃。

「可你畢竟是蒙古人啊！朱總管雖然待你有知遇之恩，卻終究是個漢人！」

「俞某願意追隨朱總管，卻不只是因為知遇之恩！」聽著對方的質問，俞廷玉雙目明澈如水。類似的問題，他早就想清楚了，心中已經沒有半點困惑。

「**他從不曾因為俞某是蒙古人，就把俞某高看一眼；也從不曾因為俞某是蒙古人，就把俞某視為異己多加提防**；他甚至連俞某長相和口音都沒在乎過，喝醉了酒之後，一樣抱著俞某叫兄弟。」

深深的吸了一口氣，這個嘗盡人間冷暖的蒙古漢子，眼睛裡隱隱已經有了淚光。他知道耶律昭心裡，肯定有著和自己以前一樣的困惑。他早就想清楚了，也願意與對方分享。

「有一次朱總管喝醉了，曾經當場對所有弟兄說，**無論蒙古人，色目人還是漢人，都是長生天的孩子，生而平等。**」

他的聲音聽在耶律昭耳裡，瞬間大若洪鐘：

「大總管說，**我們每個人生來都是平等的，不該有高低貴賤，區別他們的只應該是本事、學問和品行，而不是流著誰的血脈，長著什麼樣的頭髮，什麼樣的眼睛。**如果這就是他將來要建立的國家，俞某是蒙古人和是漢人，屆時還有什麼區別？如果這就是他所說的革命，俞某即便把這條命賣給他，也百死無悔！」

「平等？」耶律昭可以保證，自己這輩子絕對不是第一次聽到這兩個字，但是從沒有一次，如今天這般響在他耳畔宛若驚雷。

這不是佛家說的眾生平等，也不是十字教中的造物等價，而是現實世界中人和人之間的彼此認同。每個人生來都是平等的，無論流著誰的血脈，長著什麼樣的頭髮，什麼樣的眼睛！

「這怎麼可能？」出於本能，耶律昭就想反駁這種歪理邪說。沒有高低貴賤，天下肯定一片大亂。提出這種觀點的，如果不是白癡，肯定就是個瘋子。從上古至今，任何一個朝代，任何一個族群，都不可能做得到！

但是，心中卻同時有個聲音在告訴他，這沒有什麼不對。沒有誰願意生下來就低人一頭，也沒有誰願意子子孫孫永遠為奴為婢，如果真的有那麼一天，決定人的能否受尊重的，只是他們的學問、能力和品行，而不是他們是誰的種，屬於哪一族，契丹人立不立國還有什麼分別？

退一萬步講，哪怕這種「歪理邪說」能兌現一半，腳下這片土地也會變得和原來完全不同。

那時候，蒙古人、契丹人、漢人和苗人的孩子，可以一起騎馬，一起放歌，一起讀書識字，彼此之間親若兄弟。而不是互相仇恨，互相奴役，互相殘殺。無謂地一批接一批死在戰場上，成為無定河中一具屍骨。

那時，無論他乘船到哪裡做生意，都可以大大方方地說出自己的姓氏，大大方方地抬起頭來看著別人。無論對方的瞳孔顏色是漆黑、黃褐還是與自己一樣的深灰。

那時候，每個契丹人都不必被強迫徵召入伍，去幾萬里外為宗主作戰，至死都無法理解這種戰鬥對自己的家鄉父老有什麼意義。

那時……

「啊——」耶律昭猛然仰起頭來，嘴裡發出狼一樣的嚎叫，隨即用力晃了幾下腦袋，撒腿向前跑去。

「這是歪理邪說！歪理邪說，朱佛子故意讓他手下人說給老子聽的，老子不能上當！」

一邊跑，他一邊告誡自己，無論如何都不要相信這種花言巧語。朱佛子出身於紅巾賊，而紅巾賊最擅長的就是蠱惑人心！俞廷玉雖然是個蒙古人，但早就成了朱佛子的虔誠信徒，所以從他嘴裡說出來的話，一個字都不能相信！

「啪啪啪，啪啪啪！」身後傳來整齊的腳步聲，如同陰魂一般對耶律昭糾纏不放。

俞廷玉跟上來了，還帶著十幾名淮安軍精銳。他們都不再多說半個字，然而，他們卻用實際行動，清晰地告訴了他，現在想要反悔已經來不及。

耶律昭沒勇氣反悔，哪怕此刻心神再混亂，也不敢推翻答應過的事情。對淮安軍來說，他的幫助不是唯一選擇，對於耶律家，能不能搭上朱佛子這條線，結局卻完全不一樣。

「掌櫃！」「行首！」幾個商行夥計衝出來，伸手扶住耶律昭，驚慌失措。從早晨到現在，他們一直在苦苦等待自家掌櫃與朱屠戶的交涉結果。沒想到，最後卻看到前者如此失魂落魄地逃了回來。

「趙四，準備衣服，一百六十套夥計穿的衣服。先從咱們自己人身上扒，不狗，就到外邊去買。快，一刻鐘之內必須準備妥當！」

在自己人中，耶律昭總算又恢復了幾分精神。一邊彎下腰大口大口的喘氣，一邊急切地吩咐。

「掌櫃，他們……」大夥計趙四遲疑著答應，目光看向不遠處主動停住腳步的俞廷玉等人，滿臉戒備。

「要你去就快去。不該問的別問！」耶律昭粗魯地發出一聲怒叱。

平等？狗屁！如果老子沒這個掌櫃身分，手下夥計憑什麼聽老子的？姓朱的一定是喝多了，才說出如此不著邊際的話。對，剛才俞廷玉也說過，這些話是朱屠戶喝醉之後跟他說的！

想到這兒，耶律昭終於將自己的心神從混亂中擺脫了出來，開始著手給夥計們分派任務。

「王三、徐六，你們兩個去通知胡帳房，今天下午把貨物清點一遍，明天開始裝船，出發前，把帳本和貨單交到市易署查驗，按十抽一交稅金。」

「劉一手，蘇老七，你們兩個負責通知其他幾個商號，願意跟咱們一道走的，七天後揚帆出港。走之前，自己去淮安軍那邊把稅金問題解決清楚，別拖拖拉拉。到時候走不了，老子絕對不會等任何人！」

「小李子、張狗剩，你們倆跟著大劉，下午去碼頭，把咱們家的船都認領回來。淮安軍的老爺們說了，該是誰的就是誰的，他們不會拿任何人的東西。要是看到無主的船，你們也主動跟淮安軍的老爺們提醒一聲。別讓船隻和貨物都在水裡頭泡著，白白糟蹋了東西！」

「許虞、鄭二寶……」

他是個浸淫於海上貿易多年的老手，一旦將心思全都轉回本行上，就變得越來越鎮定。不多時，就又變回了原來那個心懷溝壑的張大掌櫃，將商號裡的一切事務安排的井井有條。

周圍還有其他幾家做海貿的同行，一直在探頭探腦地四下打探風向。

當發現膠州城裡根子最深的張氏貨棧，竟然準備帶頭向淮安軍交抽水，也迅速收起那些不切實際的想法，把自家的帳房和夥計組織起來，準備亦步亦趨。

當然，這其中肯定會有人會在帳本和貨物清單上做手腳，以期蒙混過關，也肯定有人還會試圖去賄賂淮安軍派出來的收稅小吏，盼望後者能睜一隻眼閉一隻眼。並且這些傳統花招，在今後很長一段時間內，還有可能大行其道。

但對於膠州城所有海商來說，以往那種連報備都不用，裝好了貨物直接揚帆就走的好日子，肯定是一去不復返了。這個天然的深水良港，從今天開始，與淮揚三地一道徹底進入了一個嶄新的時代。哪怕城內的很多人心裡還充滿了抵觸、懷疑和迷茫。

作為海商們的名義行首，耶律昭沒時間，也沒能力控制麾下其他各家商號內部具體的運作。在以最快速度安頓好自家內部事務之後，他帶著幾個心腹夥計，以勞軍為名，抬起臨時收集起來的衣物，快速返回了大總管行轅。

憑藉在家族內部和在商場上摸爬滾打了三十餘年的豐富人生閱歷，經歷了最初的混亂和迷茫之後，他已經將闖進自己心頭那些有關「人人生而平等」的異端邪說，徹底驅逐了出去。

但是，他卻代表著自己的家族，更堅定的與淮安軍站在了一處。

如果朱重九的那些無稽之談註定要落空的話，耶律家正好趁機取而代之。而萬一，當然，這種可能性根本不存在。萬一，姓朱的把事情做成了呢？這對耶律家又有什麼害處？與其擋了他的航路，被他撞得粉身碎骨，不如站在岸邊，看他風頭浪尖，且沉且浮。

抱著姑且觀之的心思，耶律昭不折不扣地兌現了自己的承諾。朱重九見他動作利索，也投桃報李，直接命人從戰艦上卸下兩門正在服役的六斤炮來，裝入木箱，送上了耶律家的貨船。雙方的關係，在彼此刻意的經營下迅速升溫。待到大軍出發時，已經隱隱有了一些「如膠似漆」的味道。

得益於耶律昭這匹識途老馬，在預先制定行軍方案時，參謀盡可能地避開了靠近州縣和巡檢司的地方，並且對可能遇到的各種突發情況，都給出了應急措施，所以一路上，眾人走得極其順利，基本上沒遇到任何騷擾，偶爾有一兩個不開眼的「短命鬼」，也被老練的淮安軍斥候迅速幹掉了，誰也沒機會將警訊傳遞出去。

第一天下午走了四十里，第二天上午則是五十里，到了第三天下午，大軍已經渡過了濉水，神不知鬼不覺來到了目的地的上游二十五里處，一個叫做「郭家屯」的地方。

朱重九立刻命麾下將士原地休整，食用隨身攜帶的乾糧和淡水，做偷襲前的最後準備。俞廷玉則帶著一群精挑細選出來的勇士，開始更換借來的衣服，準備提前混入敵營當中。

看著大夥一個個神采奕奕的模樣，耶律昭忍不住心中困惑，悄悄拉了距離最近的俞通海一把，低聲問道：「非得今天就去麼？一天半走了一百二十多里地，古語云，五十里而爭利，必蹶上將軍！」

「廢話，多耽擱一天，敵軍就多一份提防！」俞通海白了他一眼，一邊套著借來的夥計衣服，「古人的話不可全信。他說日行五十里，弟兄會丟掉一半，你回頭數數，咱們淮安軍一共才掉隊了幾個？」

「哦，的確，草民糊塗了！」耶律昭扭頭看了看淮安軍整整齊齊的隊伍，做恍然大悟狀。「你們淮安軍經常走這麼遠的路麼？我是說在平時訓練當中也這麼走麼？」

「這裏算是短的！一天一百里的急行軍都練過不知道多少回了！」俞通海滿臉驕傲。

「果然是精銳之師！」耶律昭聞言，撫掌而嘆。

誰料俞通海根本不吃他這一套，翻了翻眼皮，不屑地道：「這算什麼啊。你真是少見多怪。我家大總管說過，有一支鐵軍曾經冒著大雨，晝夜行軍二百餘里，然後把攔路的敵人打了落花流水。人家那才是真正的精銳，咱們現在，還差得遠著呢！」

一晝夜行軍兩百餘里，還能擊潰以逸待勞之敵？這種神話，耶律昭才不會信以為真。要知道，耶律家可是道地的將門，族中精英子弟打小就被要求熟讀兵書戰策。而像他這種頂尖苗子，更是被當作帥才重點培養，古今經典戰例個個倒背如流，卻從沒聽說過哪個古代名將敢帶領隊伍狂奔百里以上與敵手交兵！

但是俞廷玉父子卻信，剛剛從芝麻李麾下投奔過來的路禮也信，被臨時挑選出來扮作夥計的那些淮安精銳，更是對朱重九所說的每一個字都深信不疑。他們不但相信有這樣一支鐵軍的存在，並且還誓言以其為楷模。匆匆吃完了乾糧和冷水之後，就主動起身整隊，準備按原計劃趕赴敵營。

「瘋子，一群瘋子！」耶律昭心中腹誹，卻不得不在眾人的攙扶下爬上馬背。別人兩條腿走了百餘里都沒喊累，他一路上都有坐騎代步，當然也不能裝慫。否則，非但會令朱屠戶懷疑合作的誠意，整個耶律家顏面也會無光。

帶著一肚子的牢騷與不安，他騎著戰馬，沿河灘緩緩南行，一路上看到的景色觸目驚心。幾乎所有沿途經過的村落，都變成了一片鬼域，裡邊的百姓要麼早早地逃入了深山老林當中避禍，要麼被元軍掠去服勞役，不分男女，只要超過車輪高就無一倖免。

即便是在自家領地上作戰，元軍也從來沒強調過軍紀，他們彷彿專門為掠食而生，只要見到比自己孱弱的對象，就會撲上露出牙齒，糟蹋完一個地方之後，就迅速轉向下一處，年年歲歲，樂此不疲。

這令耶律昭更加期盼淮安軍此戰能大獲全勝，只要朱屠戶打敗了益王，將山東道攪成一鍋粥，脫脫就不得不分兵來救，淮揚的危局立刻便被化解。而只要淮安軍一天不滅，就會一天將朝廷的注意力吸引在這邊，耶律家在北方的復國行動才愈發容易成功。

那也是一場沒有任何回頭路的豪賭，贏了，大遼國就有重現昔日輝煌的希望。萬一輸了，讓元軍打到遼陽城下，沿途所有城市村寨下場絕對不會比眼前好上半點。

正迷迷糊糊地想著，胯下的坐騎忽然豎起耳朵，輕輕打了幾下響鼻。整個隊伍也瞬間停住了腳步，然後快速退向了他身後。

「馬上就到了，敵營的巡邏兵已經發現了咱們，正朝這邊圍過來！」俞廷玉緊貼著他的馬背，以極低的聲音提醒，「耶律掌櫃，咱們這一百二十來號弟兄的性命可全都交給你了，您老人家千萬別關鍵時刻就給自家祖上丟臉！」

「只要你別亂說話就行！」耶律昭被刺激得臉色發紅，丟下一句話，輕輕磕打了一下馬鐙，主動迎向過來的元兵，「今天是哪位將軍當值？煩勞替巴特爾通稟你家宣慰大人，說有故交來訪。」

這句話，他是特意用蒙古話說的，帶著純正的上都口音。

那帶隊過來盤問的漢軍百戶嚇得一哆嗦，趕緊停住隊伍，躬身作揖道：

「是，是，大人您稍等。小的這就去告知我家千戶大人，然後再由他去向宣尉使大人彙報。」

「速去，速去！」耶律昭不耐煩地揮了幾下手，大聲催促，隨即又將頭轉向俞廷玉父子，用蒙古話大聲吩咐，「都給老子打起點精神來，待會兒誰要是敢丟了老子的臉，老子就揭了他的皮！」

「是！」俞廷玉父子會意，齊聲用純正的蒙古話答應。

那漢軍百戶聞聽，愈發不敢怠慢，連忙叫過自己的副手，讓他領著大夥慢慢朝軍營正門走。自己則一溜小跑衝了回去，找頭頂上距離最近的蒙古上司彙報。

不多時，蒙古千戶阿莫爾不花匆匆趕來，遠遠地看到耶律昭，先是微微一愣，旋即就大笑著張開雙臂，「哎呀，這不是我兄弟巴特爾麼？昨天晚上大人還跟我念叨起你呢，沒想到，今天就把你給念叨來了！」

「怪不得呢，我昨天在路上耳朵就一直發熱，原來兄弟你在惦記我！」耶律昭也大笑著跳下坐騎，張開雙臂迎上前，給對方來了個大大的擁抱。

「當然惦記了，兄弟你不知道，聽聞膠州那邊出了事，大夥第一個就想著打聽你的消息！」蒙古千戶阿莫爾不花用力在耶律昭後背上拍了幾下，繼續寒暄著。「我當時就說了，兄弟你生得一臉福相，肯定早不在那邊了，果然被我給說中了！」

「借老哥的吉言，我這幾天剛好沒去那邊，否則差一點兒就見不到幾位哥哥了！」耶律昭裝出一副感動的模樣，「不過，這次是虧大本了，十幾船的貨物都落在了紅巾賊手裡。」

「人沒事就好，人沒事就好！」阿莫爾不花拍了拍耶律昭的後背，笑容裡漸漸帶上了一絲勉強，「反正哥哥你家大業大，這點損失根本不算什麼。」

「肯定不止於傷筋動骨，但著實給嚇了一大跳。」耶律昭四下看了看，忽然將聲音壓得極低，「這不，聽說那邊出了事，我立刻就想到了幾位哥哥，還請老兄替我向大人通稟一聲，就說我有一件好事，想請他幫忙參詳一番。當然了，具體該怎麼做，兄弟我心裡頭都明白，決不讓大夥白幫忙就是！」

「你是說上次的貨物……」阿莫爾不花臉色頓時大變，皺著眉頭盤問。

「哪能呢，我是那種人麼？」耶律昭趕忙賭咒發誓，「我巴特爾要是那種人，就讓天雷劈了我。具體的情形，等見了大人之後，你自然會清楚。上次貨物的尾款我已經帶來了，就在身後的馬背上。不信，等會兒你可以當著大人的面點數！」

阿莫爾不花朝耶律昭身後看了看，正好看見二十幾匹馱馬背上那沉重的褡褳，臉色又亮堂起來，推了對方一把，笑著數落道：

「我說，巴特爾，你客氣啥呢？你想見大人，還用通稟什麼，跟著我進去就是，來人，把營門給我打開。帶著我兄弟的人去後營安頓！」

「是！」幾個看得目瞪口呆的漢軍百戶齊聲答應，然後小跑著去推開軍營門前的木柵欄，以招待貴客的禮節，把耶律昭和他身後的「夥計們」給迎了進去。

沒想到敵將粗心大意到如此地步，俞廷玉等人暗暗納罕，一個個挺起胸脯，撇嘴瞪眼，擺出豪門家奴的模樣，大搖大擺朝營地裡走去。

周圍的色目和漢軍將士們非但不敢阻攔，反而一個個主動點頭哈腰上前打招呼，唯恐不小心得罪了財神爺的爪牙，被自家頂頭上司秋後算帳。

「規矩不能廢！咱們之間交情歸交情，該走的過場還是要走！」耶律昭卻得了便宜還賣乖，一邊大步流星朝營地深處走，一邊表示自己是個遵紀守法的好商人。

「嗨，那規矩都是給別人訂的，哪能管得到老哥你頭上。」阿莫爾不花大咧咧地擺手。

在耶律昭面前，他可不敢擺什麼千戶架子，甭說此人背後站著無數手眼通天的大股東，就憑著前段時間從山東宣慰副使釋嘉納手中購買軍糧的手筆，就絕對值得尊敬，否則人家隨便使點小錢，就能讓他這個千戶挪挪地方。

「嘖嘖，看兄弟你這話說的，讓老哥我多不好意思！行了，你拿我巴特爾當朋友，我巴特爾也不矯情，下次出海做生意，兄弟你也來湊個份子，多了不敢保證，三個月之內，你最初拿多少，我讓你翻雙倍拿回去！」

「那我可就先謝過老哥您了！」阿莫爾不花眨巴著眼睛喜出望外。

海上走私的利潤豐厚，這一點，整個中書省靠近山東路的文武官員，個個都心知肚明，可利潤大歸大，海貿的門檻也相當高，如果對方沒有主動點頭，甭說他一個小小的千戶，就是宣慰副使釋嘉納也只有乾看著流口水的份兒，絕對沒有勇氣向裡邊插手。

「謝啥啊？今後巴特爾用到你的地方也多著呢！咱們兄弟倆就甭客氣了！」耶律昭笑了笑，大氣地擺手。

「那是，那是！」阿莫爾不花的身子立刻就又矮下去了半頭，滿臉堆笑。隨即，偷偷四下看了看，故作關心狀，「老哥，那膠州不是被紅巾賊給占了麼？你再出海，麻煩不麻煩啊？」

「還有登州和萊州呢，怎麼會就在膠州這一棵樹上吊死！」即便他不問，耶律昭也準備主動說明，刻意將聲音又壓低了數分，滿臉神秘地道：

「話又說回來了，真金白銀誰不愛啊，那紅巾賊都是苦哈哈出身，沒什麼見識。老子等戰事消停下來，隨便拔根汗毛，就能樂呵地打發掉他們。到時候，他們巴不得老哥我從膠州出海呢，好歹還能落到手裡幾個！兄弟你想想啊，這年頭，東西的價格都翻著跟頭漲，能有什麼比真金白銀攥在自己手裡還踏實！」

這句話，可是真說到阿莫爾不花心窩子裡去了。令他頓時就眼眶發燙，拍著耶律昭的肩膀，唏噓不止。

大元朝的俸祿向來劃為紙鈔和職田兩部分，而紙鈔自立國之日起，就光發不回收，貶起值來沒完沒了。前年脫脫更是力排眾議，印造「至正交鈔」，結果導致物價在新鈔發行後幾個月內就上漲了十倍，即便在大都這種皇帝眼皮底下的地方，一斗粟都漲到了五十貫鈔以上。

到了地方州縣，更是鈔不如紙，老百姓買米時，甚至到了需要用雞公車推著至正中統交鈔去換的地步！

在這種情況下，光憑著職田上的那點收益，肯定已經滿足不了一個從四品千戶的日常開銷。而武官又不比文職，既審不了案子，又干涉不了賦稅，平素撈錢路子少得可憐，所以每逢出征，就走一路搶一路，不分敵我。否則，甭說當兵的鼓不起士氣，為將者自己都收不回本錢來。

但搶劫自家百姓，終究不是長久之計，百戰百勝時還好，朝廷對這些行為都可以睜一隻眼閉一隻眼；要是吃了敗仗，或在朝廷權鬥中站錯了隊，那這些作奸犯科之舉就要老帳新帳一起算了。弄不好，將全家性命都得搭進去。

「老哥你放心！」耶律昭最擅長的，就是跟各類貪官打交道。見對方明顯被自己的話打動，又推心置腹地說：「我手中向來不缺賺錢的路子，缺的只是人脈和貨物。只要你肯相信我，跟兄弟我一起幹。我保證，你下半輩子再也不用為錢發愁！如果說話不算話，你可以隨時要我的腦袋！」

「聽這話說的，我什麼時候說過不相信你來！」阿莫爾不花聞言立刻抗議。

「我只是說，要你把心放到肚子裡頭。」耶律昭笑呵呵地跟對方套著近乎，繼續大步朝中軍方向走。

路還沒走一半，兩個人已經變成了刎頸之交，就差沒有立刻跪下來捻土為香，磕頭拜把子了。

營地內的其他各族將士見到，愈發不敢怠慢，給眾夥計們的帳篷都是撿距離中軍近處，怎麼寬敞怎麼安排，唯恐一不小心怠慢了千戶大人的朋友，事後被套小鞋穿。

那大夥計俞廷玉也極懂規矩，進了營地之後，立刻讓身後的弟兄跟著領路的漢軍百戶下去休息，非聽到掌櫃召喚，不得肆意走動。自己則帶著另外一個名叫路禮的小夥計，緊緊跟在耶律昭身後，隨時聽候差遣。

不一會兒，三人被領到了中軍帳外。阿莫爾不花滿臉歉意地擺了擺手，請客人們在門口稍待，自己則以最快速度衝進去向山東宣慰副使釋嘉納彙報詳情。

那山東宣慰副使釋嘉納乃正四品高官，軍民兼管，發財的路子遠比普通武將多。所以態度便不像阿莫爾不花那樣積極，坐在裡邊擺足了架子，才揮揮手命人召喚來人進帳回話。

耶律昭常年跟他們合作，早就習慣了這些明裡暗裡的道道，聽親兵傳令完畢，立刻清了清嗓子，小跑著向軍帳內衝去，一邊跑，一邊高聲叫喊：

「魯王門下帳房，山東道寧海商號大掌櫃，草民巴特爾拜見宣慰大人，祝宣慰大人步步高升，早日進入中書，隨侍陛下左右！」

說罷，隔著老遠就跪下去，恭恭敬敬地給釋嘉納叩頭。

釋嘉納此人，功利心極重，聽對方說得順耳，立刻笑著說道：「好你個巴特爾！幾天沒見，這嘴上的功夫倒是越來越利索了。滾起來吧，我正忙著處理正事，沒功夫下去攙扶你！」

「豈敢，巴特爾身上沒半點功名，豈敢勞動宣慰大駕！」

化名做巴特爾的耶律昭笑呵呵地回應，恭恭敬敬地把三個頭全磕完了，才緩緩站起來，笑著退到靠近門口的地方等候。

「滾過來，距離那麼遠做什麼？我又不會吃了你！」釋嘉納白了他一眼，沒好氣地笑罵。

「哎哎！」耶律昭連聲答應著，側著身子往前挪。在距離帥案還有半丈遠的位置，再度停下腳步，拱手說道：「知道大人公務繁忙，草民原本不該冒昧前來打擾，但最近外邊亂，草民怕惹大人您擔心，所以處理完了手頭上的貨，就趕緊跑過來了報個平安！」

「嗯！你倒是個有心的！」釋嘉納手捋鬍鬚，滿意地點頭。

對方身後站著魯王、廣寧王、遼王等一干蒙元宗親，還有中書右丞揤思監、御史大夫圖爾不花等一干朝中大臣，實際地位並不比他這個正四品宣慰副使低多少，所以他也不敢過分難為，撐足了面子後就迅速順坡下驢。

「給貴人辦事，巴特爾哪敢不竭盡全力！」耶律昭笑著接過話頭，大聲表功。「像在下這種沒任何本事的，如果不是諸位大人照顧著賞口飯吃，早就餓死在路邊上了，當然要有多少本事就使出多少本事來，以期能回報諸位大人一二！」

「嗯！」釋嘉納聽著心裡頭舒坦，笑著點頭。「謙虛就沒必要了，你若是有心功名，不愁右榜上不能站一席之地。怎麼？知道膠州的消息了？我還以為你也陷於紅巾賊手裡了呢？佛祖保佑，你這幾天居然沒在那邊。」

「還不是托諸位貴人的福？」耶律昭再度雙手抱拳，向北方作揖。「上次從您老這兒離開，原本是該去膠州的，誰料家裡邊卻恰好派了人追來，讓草民去濰洲那邊接一批貴人們要的紅貨，結果草民趕了過去，剛好躲過了一場奪命大劫。」

「噢，你還真是運氣！」釋嘉納將信將疑，看了耶律昭幾眼。

無論對方說的是不是實話，能不早不晚單單這幾天避開了膠州都是本事，塞北一眾宗王們的本事個個手眼通天，怎麼提前得到的消息，無需向他這個四品芝麻官彙報，當然，他也沒勇氣管人家的閒事。

「趕巧，趕巧了而已，現在想起來都一身害怕！」耶律昭知道對方心中存著疑問，卻故意不多加解釋。舉起袖子裝模作樣在頭上擦了幾把，然後又道：「還好沒耽誤了貴人的事，您老上次的委託，草民也順帶著給辦妥當了，回信……」

說到這兒，他將頭轉向中軍帳門口，扯開嗓子喊道：「人呢，還不趕緊把大人們的回執給呈上來！都是些沒眼力的，見了真佛就拉稀，平素白養活了你們！」

「哎，就來，就來！貴人息怒，貴人息怒！」俞廷玉聞聽，立刻用純正的上都腔蒙古話回應。隨即，從戰馬上取下一個沉重無比的褡褳，和路禮兩個一道抬進了中軍大帳。

他們主僕三人這個舉動，可是嚴重違反了軍營中的規矩。釋嘉納眉頭一皺，想出言訓斥，然而看俞廷玉一身熟悉的蒙古人打扮，面孔上還隱隱透著幾分富貴之氣，心中的怒火瞬間就降低了許多，瞪了耶律昭一眼，問道：

「這是什麼？你老哥把手下叫到我中軍裡頭來是什麼意思？」

「大人勿怪！」耶律昭拱手道：「草民這不是心裡頭著急麼，所以做事魯莽了些，秀一，還不把回執放下，自己滾出去！」

「是！」俞廷玉恭恭敬敬地答應，將褡褳重重往地上一放，然後與路禮雙雙朝釋嘉納拱了下手，轉身大步而去。

「他們……」釋嘉納愣了愣，警惕之心油然而生。

「我家王爺派給草民的貼身侍衛！剛從北方過來，不懂中原規矩，還請大人見諒！」耶律昭拿腔作勢地回應。

「原來是王府侍衛，怪不得看起來如此精幹！」釋嘉納恍然大悟，愈發不敢在耶律昭面前擺什麼四品宣慰副使架子了。

塞外的諸王連麾下侍衛都派給巴特爾了，可見對此人的重視程度。若是自己再不知道好歹的話，人家回頭跟王爺面前嚼一嚼舌頭根子，自己弄不好就得提前告老還鄉。這筆帳哪邊輕，哪邊重，根本不用仔細掂量！

「主要是這次接的貨實在貴重得緊！他們是來保護貨的，倒不是衝草民這個人！」耶律昭擺擺手，故作神秘。

「噢！」釋嘉納和周圍的幾個官員一起裝出非常理解的模樣，重重點頭。

「大人要不要現在就驗一下回執?!大人最好抓緊時間驗一下，草民這邊還有其他事情，想跟大人慢慢商量！」耶律昭卻得寸進尺，催促道。

「嗯！」釋嘉納四下掃視一番，「也罷，反正今天這裡也沒外人，你將包裹打開便是！」

「大人，屬下手頭還有些雜事，想跟您告個假！」從六品都事孫良誠趕忙上前施禮，提出請求。

幾個宣慰使司下屬的低級六品、七品文武官員立刻心領神會，全都站了出來，主動請求回避。

「儘管去，儘管去，明天一早別忘了點卯就行！」釋嘉納揮了揮手。

頃刻間，中軍帳為之一空，只剩下幾個蒙古千戶，瞪著閃閃發亮的大眼睛，靜待耶律昭的下文。

第三章

自鳴鐘

「這東西被沈家稱為自鳴鐘，」
唯恐眾人不識貨，「巴特爾」說明道。
「諸位請看那根長針，每走一格為五分鐘，
每轉一圈，則為半個時辰，每個小時短針移動一格，
只要上足了裡邊的機關，則可以晝夜不停地轉動。」

「宣慰大人上次交托巴特爾帶給朋友的禮物總重兩千石！」見中軍帳內只剩下了釋嘉納的絕對心腹，耶律昭呵呵地從衣袖中掏出一個玉石做的算盤，飛快地撥動。「當時的行情是每石一貫半，也就是禮物總值為三千貫銅錢。」

「已經說好的事，就沒有必要重複了！」釋嘉納有些不耐煩地擺了擺手道。雖然托對方轉手的糧食大多數都是從民間劫掠而來，但私賣軍糧終究不是什麼光彩事情，所以能少聽幾句就少聽幾句為好。

「是！」耶律昭笑著點頭，手指卻繼續在算盤上「劈裡啪啦」地撥動不停，「按時價，三千貫錢按市價可換足色紋銀千四百兩。其中一千五百兩按照十五換一的比例，給您換成了金錠。扣掉巴特爾先前押在您這裡的訂金，這回該給您帶回來五十兩足色赤金和九百兩足色紋銀。大人以為，這個數字可否恰當？」

「恰當，恰當！」釋嘉納愈發不耐煩，沉聲道：「地上就是麼？區區幾兩金銀而已，你何必弄得這麼較真？」

「不是小弟我較真，而是在商言商！縱使親兄弟也得講究個明算帳！」耶律昭抱著算盤，然後快步走到地上的布袋子旁，三下兩下解開袋口的繩索，從裡邊掏出數根赤紅色的小元寶。

「這裡邊六十個小金錠，每個一兩，兩百個銀錠，每個五兩，大人，您派人點個數，然後草民就可以向您和眾位將軍交差了！」

這一瞬間，釋嘉納就不覺得對方囉嗦了，兩眼盯著金元寶，嘴巴大得足足可以塞進一個完整鴨蛋。再看其他蒙元將領，也是一個個興奮得眼神僵直，額頭見汗。

大元朝幣制混亂，紙鈔亂發，銅錢成色不足。按照眼下市面上的價格，一千文銅錢根本就換不來八百兩銀子，而十五兩銀子換一兩黃金更是個虛價，真的要大量兌換的話，往往要浮動到十七、八兩才可如願。

然而，「巴特爾」非但給大夥換來了足夠的黃金和白銀，並且比最理想數字還要多出兩成，這份人情可是給得太大了。

耶律昭要的就是這種效果，也不主動表功，只是繼續一把把往外掏著金錠和銀錠。頃刻間，地上擺滿了兩大排橙的和白的元寶，明晃晃好生扎眼。

「行了，行了，兄弟你別往外掏了，老哥我信得過你，信得過你便是！」才掏了不到一小半，山東路宣慰副使釋嘉納就徹底被折服，走上前，將耶律昭給拉了起來，滿臉堆笑道：

「兄弟你這是幹什麼？既然老哥我把事情交給你辦，怎麼可能不放心？來來來，請上座，請上座，今晚咱們可是得好好喝上一場。」

說罷，向親兵使了個眼色，「還不把地上的東西收起來，交給司倉造冊登記！這都是老夫為了籌備軍資，不得不做的權宜之舉，誰若是敢胡亂伸手，老夫定要揭了他的皮！」

「是！」親兵們上前，在眾將期盼的目光中，將金銀重新裝入口袋。然後抬著走出了中軍大帳。

明知對方是在做戲給自己看，耶律昭也不戳破，待親兵們的身影出了帳門，才打了個哈欠，誇讚道：「大人果然如傳聞中一般清廉，巴特爾好生佩服！」

「做官麼，迎來送往肯定是有一些的，但公是公，私是私，其間差別卻要分明！」釋嘉納被誇得臉紅。

「大人說得極是！」耶律昭佩服地拱手，然後裝出一副猶豫的模樣道：「但總這麼下去，終究不是個事兒，大人休怪草民多嘴，您自己清廉如水，看不上這點小錢，但底下的將士，家裡卻都有好些張嘴巴要養活。」

「唉，有什麼辦法呢。值此國事艱難之際，我等豈能光顧著自家！」釋嘉納猜不出對方葫蘆裡究竟想賣什麼藥，看在多出來的二十兩黃金和一百兩銀錠的分上，笑呵呵地敷衍道。

「巴特爾倒是有個兩全之計，不知道當講不當講？」耶律昭立刻順桿而上。

「兩全之計？」釋嘉納微微一愣，旋即兩眼中冒出了欣喜的光芒。「巴特爾請講，咱們兄弟之間還有什麼話不能當著面明說的？」

「是啊，是啊，巴特爾，你就別吊胃口了，我等從沒拿你當過外人！」阿莫爾不花、保力格、巴拉根倉等高級將領紛紛湊上前，眾星捧月般將耶律昭給圍在中央。

能把兩千石軍糧賣出超出大夥期望兩、三成的高價，巴特爾所說的兩全之策還能差得了？分明是想拉著大夥一起發財，卻不方面明說而已！

「巴特爾，莫非你又發現了什麼好機會？」在眾人期盼的目光中，釋嘉納不得不降低身段，主動問詢。

他雖然未必把一二十兩赤金放在眼裡，可財寶這東西，有誰會嫌多呢？況且當著這麼多心腹的面兒，如果他硬把財神爺「巴特爾」給往外推，今後甭說再調遣大夥上陣廝殺了，政令能出中軍帳的門恐怕都是癡心妄想！

「大人可知道，這次巴特爾為何這麼快就收回了本錢，並且能多給大人帶回兩成的收益？」耶律昭卻不肯直說，而是搖頭晃腦地賣起了關子。

「可是外邊糧價大漲？不對，不可能漲這麼多！」釋嘉納猜測著，然後自己搖頭否決。

這幾個月正是糧食入庫時間，整個山東路的糧食零售價肯定不會超過三貫每石，商家從百姓手裡收購，更是要小斗換大頭，折了再折，每石能給出一貫五、六已經大發慈悲。而巴特爾能在每石一貫半的底價上多給兩成，當然不可能是轉手倒賣給了山東路的本地糧商，他一定是找到了個豪爽的買主，或者是寧願虧了本錢，也要討好自己這個上線。

最後一種可能基本不存在，以「巴特爾」背後的靠山，根本沒必要花大力氣討好一個小小的四品宣慰副使。那就是說，他把糧食賣給了急需之人，比如……

釋嘉納猛的眉毛往上一挑，接著又用力搖頭，「兄弟你生錢的路子，老哥我怎麼好胡亂打聽！嗨，算了，算了！如果能說，你就隨便給大夥透露一二；如果不能說，老哥我也不亂猜，反正有一句話放在前頭，出了這個門，你做的任何事情，都與老哥我沒有關係！」

「那是自然，看你老哥這個警醒勁兒，兄弟我還會胡亂坑人麼？」

化名為巴特爾的耶律昭見氣氛醞釀地差不多了，搖搖頭道：「算了，實話跟你說了吧，我在濰州那邊，與江南沈家的人接上了線，直接把糧食轉賣給了他，而他們家剛好手裡有一船緊俏貨，這次我準備全都吃下來，一份也不外流。如果此事能成的話，一轉手，至少是五倍的紅利！」

「什麼貨啊？」阿莫爾不花性子最急，馬上問道。

釋嘉納聽聞軍糧是被江南沈家收購，也暗暗鬆了口氣，反正他的直接交易對象是巴特爾，後者又沒有直接向淮安一帶輸送糧食，至於沈家會不會與朱屠戶勾結，那已經是隔了兩道手的事，與他徹底沒了關係。

想到這兒，他也在臉上重新堆起笑容，拉著耶律昭的手，語重心長地道：

「兄弟你的意思是——錢不湊手對不對？怎麼不早點言語呢？還繞這麼大的圈子！這次你替大夥賺回來的錢，儘管拿去做本金就是，如果缺口還大的話，老哥我再想辦法幫你湊一些。咱們兄弟間還客氣什麼！總之，咱們都是為了讓弟兄們手頭寬裕些，不是為了自己！」

「不瞞老哥您！」耶律昭拱了拱手，感動莫名，「兄弟我的確吃不下那麼大一批貨。好歹跟沈家還算有交情，就讓他們寬限了半個月去籌集本金。如果老哥您準備參一股的話，兄弟我求之不得。」

「嗯——」釋嘉納沉吟道：「到底是什麼貨，兄弟你能不能透露一二？」五倍的紅利，聽起來的確誘人得很，可數額大到連寧海商號都拿不出來，他卻不得不小心謹慎一些。

「品種不多，就兩樣！」耶律昭點點頭，「第一種，就是這個！」說著話，他從衣袖裡掏出一塊圓圓的東西，在大夥眼前亂晃。

太陽西沉，中軍帳裡頭的光線有點暗，可眾人的眼睛卻同時射出了灼灼精光。是鏡子！在北方拿錢都很難買到的鏡子，市面上已經被捧到了一寸一萬貫，怪不得連巴特爾這個財神童子都吃不下。

「嘶——」釋嘉納也被驚得連連倒吸冷氣。新納的小妾已經在枕頭邊上說了無數回，想要一面鏡子，可身為四品高官，自己卻根本沒有地方去弄，如今巴特爾卻說他能吃進半船！

這是什麼概念？這意味著，有半船的金子正順著濰水在緩緩朝自己漂了過來，只要伸下手，就可以輕鬆收入囊中。

「巴特爾」卻唯恐眾人吃驚得程度不夠，驕傲地說：「兄弟我手裡這面是最小的，船上最大的一面，足足有一丈高，三尺寬，人走在旁邊，連臉上的汗毛孔都能照得清清楚楚！」

「嚇——！」眾將一道吸冷氣。一寸一萬貫，一丈高，三尺寬，那是多少寸？說是價值連城也不為過！

該死的沈萬三，居然敢把如此重寶竊為己有！這東西根本不該賣，該直接獻出來，獻給大夥共用才是！

「除了鏡子之外，還有一樣東西，價值比鏡子更高，市面上根本沒出現過，大人見了，就會知道巴特爾所言非虛！」耶律昭的聲音充滿了無法拒絕的誘惑。

「什麼東西？」

「巴特爾，你趕緊說，別賣關子！」

眾將聽得心癢難搔，跳著腳大聲催促。

「我說不上來，你們自己看好了！」耶律昭搖搖頭，將頭扭向軍帳門口，大聲吆喝著：「來人，把自鳴鐘給諸位大人抬過來開開眼界，速去！」

「是！」站在門外的俞廷玉用蒙古話俐落地回應，片刻之後，帶著二十餘名弟兄，像看護佛祖舍利一般，抬著一個被金色絲絨包裹的巨大物件進入了中軍帳。

此刻，釋嘉納只想看一看到底什麼東西價值居然比鏡子還貴，哪還顧得上去追究對方失禮不失禮！向前迎了數步，催促道：「快點把絲絨套子打開，老夫倒是要看看，到底是什麼東西能讓我兄弟如此珍惜！」

「掌櫃？」俞廷玉不肯聽從，裝模作樣地用目光向耶律昭請示。

「打開吧，釋嘉納老哥不是外人！」耶律昭點頭示意。

「是！」俞廷玉低聲答應，帶領眾位弟兄迅速解開金色絲絨，露出一個丈許高三尺寬的楠木櫃子。

「這是？」釋嘉納大失所望，皺著眉頭。

「大人請下令掌燈！」耶律昭笑了笑。

「來人，把蠟燭點起來！」釋嘉納依言下令，不一會兒，中軍帳裡就飄滿了牛油大蠟特有的刺激味。

但是，在場所有人，包括抬東西的「夥計們」，卻誰也沒覺得油煙的味道難聞，一個個盯著櫃子目瞪口呆。

櫃子的兩側和後面只是簡單的雕了些花卉，雕工雖然精美，卻稱不上什麼傳世之作。然而，櫃子正面，卻鑲嵌著一整塊清澈透明的冰翠，比大夥見到過的金箔還要光潔平整，肉眼看過去，一下子就能將櫃子內部的花樣看個通透。

更難得的是，在冰翠之後，還有一面直徑一尺渾圓的鏡子，鑲嵌在櫃子內部偏上位置，可以清晰地照見每個人眼裡的貪婪。

偏偏這塊價值連城的圓形鏡子周圍，又被十二塊手指頭粗細的紅色寶石均勻等分，在鏡子的正中央，很煞風景地探出了一長一短兩支玳瑁指針。短的指在正下方，長的則指在距離正上方大約兩三塊寶石遠的位置，隨著人們沉重的呼吸，似乎還在緩緩移動。

「這東西被沈家稱為自鳴鐘，據說乃朱屠戶親手打造，一共造了五台。沈家用了等重的黃金才從揚州換回了其中三台。一台翻了三倍價格，賣給了泉州蒲家，另外兩台，眼下俱在濰州的倉庫中，準備等到戰亂平息後，用水路運往大都。」唯恐眾人不識貨，「巴特爾」說明道。

「諸位請看那根長針，每走一格為五分鐘，每轉一圈，則為半個時辰，淮安那邊稱為一個小時。每個小時，短針移動一格，只要在時鐘背面留出的孔洞探進鑰匙，上足了裡邊的機關。則可以晝夜不停地轉動，每天所差不會超過兩塊寶石。」

兩塊寶石，便是十分鐘，按照眼下標準，應該剛好是一刻鐘的三分之二，這可真能稱為巧奪天工了。任何一樣工具，包括大都城內觀測天象用的水鐘，都不可能做到如此精準。

「諸位請看下面！在冰玉之後不停晃動的那個東西，被稱為鐘擺，乃是用白銅和白銀混同打造，可以千年不鏽。鐘擺正中央所嵌，則是一整塊冰晶。有三十二個切面，可將燭光……」

接下來「巴特爾」的話，已經徹底被驚嘆聲給吞沒了，比臉盆還大的鏡子，比手指頭還粗的紅色寶石，比人還高的平板冰翠，光是這三樣東西，已經夠令人嘆為觀止。至於什麼精確的計時效果，不生鏽的鐘擺，切成三十二個面的冰晶，那都是添頭，有沒有已經無法影響自鳴鐘的價值！

「此物還有一大巧妙之處，就是會自動報時。每逢整點，鐘敲三下，並且會給人一個更大的驚喜！」巴特爾繼續扯開嗓子道。

「整點，那不就是長針指到最上方麼？」身為眾將之首，釋嘉納多少還能保持幾分鎮定，喘息著問。

「的確！」耶律昭笑著點頭，彎下腰摸了摸，從絲絨套子裡頭取出一根長長的銅鑰匙，繞到時鐘背後，塞進一個機關孔裡輕輕轉動。

「馬上就是六點了，只要上足了機關，便會有驚喜。大人您稍待片刻，奇蹟馬上就要出現！」

說罷，取下鑰匙，退出四五步。靜靜地等著眾人的誇讚。

釋嘉納心中又是羡慕又是好奇。絲毫不覺得「巴特爾」的舉動怪異，倒背著手，繞著時鐘緩緩走動。

「巧奪天工，真是巧奪天工，這朱屠戶如果不造反的話，就憑著這份手藝也不難出人頭地。嘖嘖，嘖嘖……」

眾將領紛紛點頭，一邊看一邊摸，唯恐比別人少摸了幾下蒙受損失。耶律昭和俞廷玉等人看了，也不阻攔。反而將身體躲得更遠，以免阻礙了眾位將軍的雅興。

不知不覺，玳瑁做的長針就轉向了時鐘正上方，卻沒有發出任何動靜。釋嘉納詫異地扭過頭，衝著耶律昭詢問道：「你先前不是說……」

話剛說了一半，忽然下面的鐘擺處發出了清脆的鑼聲，「噹——噹——噹」一下接著一下，不疾不徐，緊跟著，整座時鐘猛一顫，「轟隆！」雷鳴響徹天地，震得周圍的蒙元文武搖搖晃晃，站立不穩。有條火龍伴著雷聲衝破中軍帳頂，扶搖直上。

「動手！」俞廷玉一聲斷喝，帶領路禮、俞通海等人，從靴子裡抽出短刃，三個服侍一個，將在場所有文武盡數壓在了刀下！

「快來人，抓刺客！抓刺客！」

事發倉促，站在門口看熱鬧的親兵根本來不及做任何反應，當他們看見自家主帥和一眾文武都被劫持時，才猛的大叫一聲，拎著兵器試圖衝上前來營救。

「啊——！」有人嘴裡發出一聲慘叫，撕心裂肺。

是副萬戶保力格，他的耳朵被俞廷玉毫不猶豫地切了下來，狠狠甩在親兵百戶寶音不花的臉上。

「不准靠近，誰敢再靠近，我就白刀子進，紅刀子出！」操著一口地道的蒙古話，幾名淮安軍勇士齊聲威脅。手裡的刀尖比來比去，在被俘的知事、照磨和正副千戶的脖子上畫影兒。

「呃！」眾釋嘉納的親兵們被刺客的狠辣給嚇了一跳，拎著兵器，進退兩難。

「宣慰大人，麻煩你讓他們退下去，否則兄弟我很難做！」耶律昭用自鳴鐘鑰匙在釋嘉納頭上敲了一下，威喝道。

「啊，啊……」直到現在，釋嘉納依舊沒弄清楚對方究竟唱的是哪一齣？捂著腦袋半蹲在地上，哆哆嗦嗦地向親兵吩咐：「不要過來，大夥都退下，守住帳門，沒老夫的命令，誰也不准進來。」

「這……」親兵百戶寶音不花遲疑道。

「還不快滾！」俞廷玉將眼睛一瞪，恐嚇道：「老子從一數到三，中軍帳裡頭留下一個親兵，就殺一人頂數，是不是真正對你家大人忠心，你們自己權衡！一……」

「都退下，都退下，誰也不准留在這兒！」釋嘉納趕緊又命道。

「是！」寶音不花無奈下只好從命，帶著親兵們緩緩後退。

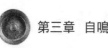

刺客手中沒有長兵器，這一點他觀察得很清楚，只要等營裡的神射手們趕來，找機會射死挾持著宣慰大人的那兩個，頃刻間局勢就可以逆轉。

正在心裡打著如意算盤時，卻聽到「嘩啦」一聲巨響，只見價值連城的自鳴鐘不知被誰給踢翻在地上，破碎的冰玉散得到處都是，那些刺客卻絲毫不在乎，一個接一個輪流走到自鳴鐘旁，從內部夾層裡將明晃晃的雁翎刀抽了出來。

「路營長，你帶著五名弟兄去接管中軍帳大門！」俞廷玉自己也從鐘肚子裡抽出一把秋水雁翎刀，拿下了隊伍的指揮權。

「是！」路禮俐落地答應，點起五名好手，迅速走向帳門。將寶音不花等人毫不客氣地隔離在外。

「通海，你帶著五名弟兄取火槍，盯著兩側的窗戶。如果有人靠近，格殺勿論！」

「南不花，你拿繩子把幾位大人綁上，免得他們一會兒亂動，鬧出什麼不愉快的事情來！」

「李周，你把弟兄們身上的手雷全解下來，堆在釋嘉納大人腳下，如果一會兒情況有變，你就直接點火，無需向任何人請示！」

……

按照事先商量好的策略，俞廷玉不慌不忙地發號施令，每一道命令發出，就令釋嘉納的臉色更蒼白一分。

轉眼間，整座中軍帳就徹底被刺客們控制，外邊聞訊趕來的蒙元兵卒將帳篷圍得水泄不通，但主將都在對方手裡，誰也不敢輕舉妄動。

「宣慰大人，麻煩你再下個令，讓外邊的人閃開一條通道，把老子手下其他弟兄放進來！」看到局面基本上被完全控制住了，俞廷玉緩了口氣，用蒙古話向山東宣慰副使釋嘉納吩咐道。

「你休想！」釋嘉納憤怒地將頭轉向一邊，不肯配合。

然而一秒鐘後他就後悔了，被喚作「秀一」的俞廷玉，毫不猶豫抓住他的左手，獰笑著壓在自鳴鐘的楠木側壁上，恐嚇道：「別逼老子，老子一向沒什麼耐性，老子數十個數，每次切你一根手指，十指切完，咱們一拍兩散！」

「別，別切！我下令，我這就下令！」

向來養尊處優的釋嘉納，幾曾見過如此很辣角色，立刻扯開嗓子，情急喊道：「來人，趕緊讓開通道，讓客人的隨從都能進來！」

「不可！」中軍帳外，以親兵百戶寶音為首的一眾低級軍官勸阻道。

這是道道地地的亂命，兩波刺客被分隔開，他們還有機會趁空進去救人，如果另一半刺客也集中到軍帳內，機會就徹底消失了。

「南不花，你和敏圖押著那個沒了一隻耳朵的去接弟兄們，如果有人敢阻攔，你就直接將他殺了！」俞廷玉踢了已經快昏過去的副萬戶保力格一腳，吩咐道。

「是！」斥候夥長南不花和敏圖立刻大步上前，用鋼刀架住副萬戶保力格的脖子推搡著向外走去。後者耳根處淌出的鮮血，在地上留下一條長長的印跡。

外邊的蒙元軍官見了，一個個氣得兩眼通紅，卻沒人敢上前營救。刺客們個個心狠手辣，萬一營救不成，副萬戶保力格肯定當場送命，而其他被困在中軍帳內的大人物少不得也會身首異處。

「叫他們讓路！」南不花將刀刃向下壓了壓，威脅道。

「讓開，讓開！」副萬戶保力格比釋嘉納還要膽小，嚇得扯開嗓子喊道：「全都給老子讓開，沒看見老子被人劫持了麼？讓開，誰敢不讓，就是存心要老子去死！」

後半句話，可是太不講良心了，眾軍官士卒誰也不願意擔上謀害副萬戶大人的罪名，紛紛向後退去，給南不花和敏圖讓出一條寬闊的通道。

其他八十餘名扮作夥計的淮安精銳，在聽到炮聲後，立即按照事先商量好的，從「貨物」中抽出鋼刀和火槍，於宿營處結陣自保。

待南不花和敏圖兩人押著副萬戶保力格，包圍圈立刻崩潰。眾淮安精銳列起方陣，刀盾在外，火槍在內，帶著俘虜緩緩向中軍大帳靠攏，不一會兒，就跟俞廷玉等人會合到一起，將整個中軍帳守得嚴嚴實實。

見刺客如此訓練有素，釋嘉納還明白不過味道來？指著耶律昭，滿臉驚恐道：「你居然勾結了朱屠戶，你將陷你家主人於何地？」

「勾結朱屠戶？大人，誰有證據？」耶律昭早就有所準備，撇著嘴反問。

「你，你，你……」釋嘉納氣得兩眼發黑，說不出話來。

只要今天中軍帳裡的當事人回不了大都，朝廷就沒有任何證據指控「巴特爾」的罪行。即便有什麼風言風語傳回去，在沒弄清到底誰是主使者之前，朝廷也不敢跟那麼多塞外蒙古貴冑同時翻臉！

「大人有替巴特爾操心那功夫，還是多想想自己吧！」耶律昭把玩著長長的鑰匙，款款說道：「淮安軍跨海而來，補給困難，但大人卻為了一己之私，悄悄盜賣了大批軍糧給他們，於是那朱佛子便按圖索驥，星夜奔赴象州，將所有糧草輜重席捲而空！」

「你，你……噗！」釋嘉納聞言，嗓子眼頓時一甜，鮮血順著嘴巴噴湧而出。

吐出一大口血後，他的思維和口齒反倒清晰起來，握著被染成紅色的鬍鬚，哈哈大笑，「老夫還以為是哪裡得罪了你，讓你下如此狠手，原來你圖的是老夫手裡的糧草輜重！哈哈，巴特爾，你真是吃了熊心豹子膽。那朱屠戶前天晚上才到的膠州，老夫就不信他能插著翅膀飛到這裡，跟你一道把糧草全都搬走！」

「大人，你看看這是什麼？」耶律昭也不跟他爭辯，用鑰匙敲了敲身邊的楠木空殼，笑呵呵地道。

「你說此物叫做自鳴鐘……？」釋嘉納愣了愣，心裡突然湧起一股不祥的預感。

「是啊，用這麼貴重的東西，就為了放個炮仗給大人你聽，那不是太浪費了麼？」耶律昭又敲了幾下。

「你……」不光是釋嘉納，在場所有蒙元文武個個兩眼發黑，寒毛倒豎。

剛才那一聲巨響，顯然不光是為了將大夥震暈，否則直接讓自鳴鐘炸開，效果不是遠比讓它向半空中釋放焰火要好，那分明是在給外邊的人傳遞消息，讓對方立刻配合。並且，外邊的人距離大營肯定沒多遠，否則根本看不見空中的信號！

正被驚得魂不守舍間，卻又聽聞外邊響起了潮水般的喇叭聲，「滴答答，滴滴答答……」清脆嘹亮，彷彿破曉時的第一波雞啼。

「滴答答，滴滴答答……」

軍號聲響，朱重九拎著殺豬刀，率先衝向不遠處的敵營。百餘名近衛團戰士緊緊跟上，在其前後左右組成數道看不見的保護網。

耶律昭的話並不完全準確，造價高昂、體形龐大的自鳴鐘，不僅僅可以用來隱藏兵器和號炮，還有一個最重要的功能，就是統一時間。

雖然它一日夜的誤差高達十分鐘，但在這個時代，卻已經難能可貴了；而其可以裝在馬車上隨軍移動的特性，更是令主帥在野外準確定時成為一種可能。

看上去微不足道的進步，卻清晰地分開了兩個時代。

在得知中軍生變後，象州軍營裡的精銳大多數都趕去營救主帥去了，留守的，只是一些從地方徵調而來的駐屯軍。

而這些駐屯軍，名義上是士兵，實際上等同於百戶和千戶大人的奴僕，平素只負責替頂頭上司種地收拾莊稼，根本沒受過什麼正規訓練。驟然遇襲，反應極為慌亂，倉卒中射出的羽箭，往往沒等靠近目標，就已經掉在了地上；即便零星幾支射得遠的，力道也明顯不足，被奔跑中的淮安將士們用盾牌和刀刃一磕，就紛紛磕得倒飛出去，不知所蹤。

更業餘的，是他們的精神，當發現接連放了兩輪箭沒有任何效果之後，大部分士兵就立刻丟了兵器，蹲在寨牆下，兩手抱頭，屁股朝天。任旁邊的牌子頭和百夫長們如何威逼利誘，都不肯再抬頭向對面多看一眼。

「站起來，持矛順著柵欄縫往外戳！該死，你倒是站起來啊，否則老子先殺了你們！」來自高麗的百夫長朴正根拎著把片兒刀跑來跑去，催促麾下的漢軍爬起來繼續戰鬥。

管事的千戶們都被刺客給堵在中軍帳裡頭了，真正懂得打仗的蒙古兵也都跑到中軍帳附近去營救各自的上司。剩下他這個高麗僕從，帶領一群根本沒接受過任何訓練的漢人奴隸，怎麼可能擋得住敵軍的全力衝擊？那簡直就是逼著螞蟻去給大象下絆子，除了讓自己變成齏粉之外，起不到任何效果。

但是，沒效果也得擋！朴正根來自高麗，熬了大半輩子才混上一個百夫長，如果他敢帶頭逃命的話，非但自己被處死，留在益州城內的老婆孩子都得一塊遭殃，所以，他只能盡最大的努力去防守，拖延時間，等待奇蹟的出現。

萬一中軍帳裡的麻煩解決了……

萬一蒙古老爺們聽到敵軍的喇叭聲，能快速衝過來……

萬一……

沒有萬一！一把修長雪亮的尖刀，隔著柵欄縫隙準確地捅在了他的兩片肋骨之間，從右偏向左，直抵心臟。

在對方抽出兵器的那一剎那，朴正根感覺無比的輕鬆。他瞪大了眼睛，努力看向天邊的薄暮，**彷彿那是人世間最為美麗的風景。然後，他看到整個天空將自己和大地一道包住，瞬間陷入無盡的黑暗當中……**

「搭人梯，爬進去，把寨門打開！」朱重九高高舉起手中的殺豬刀大聲斷喝。難得又有機會親臨戰場，他從頭到腳每一根骨頭裡都寫滿了亢奮，然而周圍的近衛們卻非常不給面子，一個個用身體貼著柵欄組成圍牆，將他向前的道路徹底封死。

「你們擋著老子做什麼？快搭人牆！這麼厚的鎧甲，誰還能傷得著老子？」朱重九怒喝道。

近衛們依舊沒有行動，手持兵器和盾牌，全身戒備，替他擋住任何方向可能出現的攻擊。

大夥的任務是保護主帥，而不是衝鋒陷陣，任何斬將奪旗的功勞，都抵償不了大總管被流矢射中的罪責，哪怕是流矢僅僅擦破了大總管手背上的一片油皮！

「奶奶的，這是命令！你等……」還沒等他的話音落下，遠處傳來一陣歡呼，「開了，開了，門開了，阿斯蘭威武！」

「別抓俘虜！二十一旅繼續向前，直插中軍；二十二旅去奪糧倉；二十三旅清理大門周圍殘敵，然後列陣向營地深處平推！」吳良謀的身影在黑暗中顯現，舉著一個巨大的鐵皮喇叭，快速下達命令。

「是！」周圍的回應聲如驚濤拍案。在四敞大開的軍營大門附近，第五軍的將士自動分為三大隊，在阿斯蘭、徐一和吳良謀的帶領下，分別奔向各自的目標。

整個變陣過程宛若行雲流水，不帶絲毫遲滯。類似的戰術變換，大夥在平素訓練中演習過不下二十次，每個人對自己要做的事都一清二楚。

此刻表現最亮眼的，無疑是負責向中軍直插的第二十一旅。

只見其旅長阿斯蘭雙手持一根鐵槍，遇人捅人，遇馬刺馬，慌亂中跑過來阻擋的敵軍將士，往往在他手底下連一個回合都招架不下，就被鐵槍直接砸得倒飛出去。

偶爾一兩個身手還過得去者，勉強應付完了第一招，還沒等還擊，就被後續衝過來的其他淮安將士吞沒，亂槍之下眨眼間變成一具具殘破的篩子。

「殺！殺！殺！」六百多名二十一旅士兵，在三名團長號召下，以阿斯蘭為前鋒，整齊地向前移動。

隊伍最周邊的長槍，就像猛獸露出來的獠牙，任何擋在前進路上的人和牲畜都迅速被獠牙撕成碎片，一排又一排，慘不忍睹。

最先趕來迎戰的兩個漢軍千人隊迅速土崩瓦解，陸續向大門附近跑來的其他幾支漢軍千人隊，甚至連面都不敢照一下，就轉過頭跟著潰兵一起朝營地深處退去。

打硬仗，那是蒙古老爺們的事，大夥就是一群奴隸，平素連菜刀都得輪著用，有什麼資格搶了蒙古老爺們的差使？況且，即便淮安軍打下了整個益州又怎麼樣？同樣是幹活兒，給朱屠戶幹，和給蒙古老爺幹有什麼不一樣？

「弟兄們，別戀戰，跟我來，給我去奪糧倉！」看到敵軍一觸即潰，二十二旅旅長徐一單手持刀，向麾下的將士大聲招呼。

他的身材遠比阿斯蘭瘦小，所以表現也遠不如前者搶眼，但是他所帶領的七百多名弟兄，推進速度卻一點都不比第二十一旅慢。

與戰友的隊伍呈三十度夾角分開，他們從側翼撲向敵軍的後營。據耶律掌櫃事先告知，那裡正是元軍存放糧食的地方，一共有四十幾個糧倉，縱使此刻都處於半滿狀態，也有二十餘萬石！

第二十三旅由吳良謀親自指揮，與前兩支隊伍高歌猛進的戰術不同，他們將隊伍拉成一堵四排厚的圍牆，在哨子聲的協調下統一向前推進，遇到負隅頑抗的敵軍，則用長矛迅速刺翻在地。

遇到攔路的帳篷，也亂矛攢刺，將裡邊裝死的敵人直接刺成篩子，然後高高地挑飛到半空中。

「啊！」數十個帳篷被刺穿後，一些心存僥倖的傢伙從稍遠處的帳篷裡自己跳了出來，哭喊著逃走。

第二十三旅的推進速度卻絲毫不變，繼續成四列橫隊向前平推，所過之處，留下一片空曠的白地。

在近衛們團團簇擁下，從大門走進來的朱重九遺憾地收起殺豬刀。沒有他什麼事，吳良謀、阿斯蘭和徐一這些人已經能獨當一面，他這個大總管不如收起刀，做個徹徹底底的觀戰者，事後也能落個耳根子清靜。

同樣有力氣沒地方使的，還有傅有德和丁德興兩個。

他們兩個初來乍到，還不熟悉淮安軍內部的運轉規則，所以眼下只能各自帶領一個連的弟兄，留在朱重九身邊充當預備隊，眼巴巴地看熱鬧而已。

「你們兩個立刻去支援二十一旅！」好在朱重九能體諒到二人的心情，大聲吩咐。「敵軍的精銳此刻應該都守在中軍附近，你們過去助阿斯蘭一臂之力！」

「是！」「末將遵命！」傅友德和丁德興興奮地領命，衝著身邊的弟兄們揮了下鋼刀，大步向前而去。

來到對手的中軍帳附近，果然在這裡看到了大批負隅頑抗的敵軍。總計大約兩千餘蒙古士兵，亂糟糟地堵在二十一旅的正前方，完全是憑著人數在拖延時間。

而二十一旅的三角形槍陣，也被來自對面的壓力擠成了一個薄薄的方塊。最前排的弟兄們與對手廝殺在一起，後幾排則完全使不上力氣。

「咱們一左一右！」傅友德向丁德興使了個眼色。

「好！」丁德興明白回報大總管知遇之恩的機會來了，高舉著鋼刀，大聲回應。

然而，還沒等二人將各自的隊伍拉開，耳畔忽然傳來一聲淒厲的長哨：「吱吱，吱吱——吱……」

前排正在與敵軍對峙的長槍兵，忽然蹲了下去，露出身後的第二排弟兄。緊跟著，便是一連串霹靂聲響。

「砰，砰，砰砰砰！」第二排弟兄端著正在冒煙的火槍迅速下蹲，露出第三排弟兄。

第三排，又是整整齊齊一百多桿平端的火槍。

「砰，砰，砰砰砰！」霹靂聲周而復始，連綿不絕，擋路的蒙元士兵就像暴風雨中的麥子一般，被成排成排地割倒。

「砰，砰，砰砰砰！」連綿不斷的火槍聲，從不算高大的城牆上響起。正沿著雲梯向上攀爬的蒙元士兵，如同下餃子般掉落於地，翻滾，掙扎，大聲哀嚎。

一股白茫茫的煙霧籠罩了所有垛口，硫磺燃燒的味道，熏得新兵們大聲咳嗽。但是有經驗的老兵們，早已習慣了硝煙的刺激，一個個瞪著猩紅色的眼睛，迅速將火槍交給身後的輔兵，然後抄起另外一支已經裝填完畢的火槍，夾上火繩，從射擊孔中重新探出槍管。

果然，新的一波敵人已經又順著雲梯爬了上來，動作宛若猿猴般迅捷，是董摶霄重金徵募來的佘兵，嘴裡叼著狗腿短刀，額頭和臉孔上的刺青清晰可見。

「砰！」老兵們衝著各自的目標扣動了扳機，隨即迅速抄起送上來的第三支火槍，夾火繩，瞄準，擊發，有條不紊。

十幾個爬得最快的佘兵發出慘叫聲墜落，但更多滿臉刺青者，卻頂著火槍的攢射繼續快速上爬，對近在咫尺的死亡視而不見。

他們都來自福建和兩浙的山區，從小與毒蟲野獸爭奪食物，能生存下來的，無不是心志堅毅之輩，即便是拿自己的性命都不太當一回事，更何況是與自己沒有任何血緣關係的同伴？踩著被血水潤濕的雲梯節節向上，轉眼間手指已經快摸到了城牆垛口。

「砰！」一名剛剛緩過神來的新兵，將火槍頂在佘族武士的腦門上開了一槍。子彈脫離槍口之後就開始變形翻滾，借助火藥爆燃的巨大動能，將對方的顱骨攪了個稀爛。紅色的血，白色的腦漿，還有破碎的骨頭，濺得到處都是。

「嘔！」新兵丟下火槍，趴在城垛上大口大口嘔吐。一支破甲錐從城牆下迅速射過來，擊中他沒有任何防護的眼眶，帶著鐵盔的頭顱猛然後仰，「鐺」地一聲，金鐵交鳴，新兵倒栽於城牆上，氣絕身亡。

幾名民壯在一名夥長的指揮下，迅速將新兵的屍體抬走，另外一名剛剛入伍不到兩月的替補兵則大叫著撲上前，填上死者空出來的位置，扳機扣動，夾著火繩的點火鉗迅速下落，點燃藥池裡的引火藥。有一道白煙迅速鑽進槍管，點燃火藥，推動著鉛彈飛出槍口，擊中一名佘族武士的胸口，將此人打了個透心涼。

更多的羽箭順著這個垛口射進來，打得替補兵身上的板甲叮噹亂響。技術的進步，彌補了替補兵在經驗和技能方面的不足，已經失去大部分動能的破甲錐，根本奈何不了冷鍛的板甲，除了幾串火星之外，什麼都沒有留下。

「啊——啊——！」已經亡魂大冒的替補兵心頭湧起一陣狂喜，大叫著將打空了子彈的火槍向身後丟去。

第四章

死亡陷阱

裝了火藥的開花彈和未裝填火藥的實心彈交替著落地，
在弩車和炮車前進的道路上，製造出一個又一個死亡陷阱。
「轟！」「轟！」「轟！」裝填了大量黑火藥的長弩極不穩定。
只要受到打擊，就會在周圍引發一片災難。

這個動作立刻給他換來了一記皮鞭，負責臨近幾個垛口的都頭紅著眼睛破口大罵：「找死啊你，敗家玩意！摔壞了火槍，你拿什麼來守垛口。」

「草民錯了，草民知罪！」替補兵被打得呲牙咧嘴，拚命求饒道。

「要回答是！你是士兵，不是草民！混蛋傢伙，還要老子教多少遍！」都頭又是一鞭子抽過去，隨即從身後的輔兵手裡搶過一支裝填火槍，擠開替補兵，朝城下開火。

「砰！」白煙騰空而起，鉛彈打在一名正在彎弓搭箭的蒙古神射手腰部，將其打得接連後退了數步，坐在地上，手捂傷口，厲聲慘叫。

旁邊督戰的蒙古百夫長手起刀落，將神射手的頭顱砍下以振軍心，下一個瞬間，幾顆鉛彈同時打中了他，將胸口打成了一支篩子。

「嗚——！」一支長長的弩箭呼嘯著射上城頭，轟然炸開。躲避不及的淮安軍都頭被炸得飛上天空，四分五裂。

周圍的士兵也被炸翻了四五個，此處垛口立刻出現了一個巨大的防禦空檔，幾名佘族武士看到便宜，迅速拋出一個帶著繩子的鐵爪，抓住城牆。然後雙腳脫離雲梯，從半空中猿猴一樣飛了過來。

眼見著他們的雙腳就要踏上城頭，一隊上身穿著鎖子甲，肩膀上沒有任何軍銜標記的士兵從城牆內側的甬道上衝了上來，手中五尺短矛上下翻飛，將面前的城垛口變成一隻活動的鐵刺蝟。

盪過來的宗兵根本無處落腳，從嘴裡取出狗腿短刀凌空亂劈，身穿鎖子甲的年輕士兵們臉上沒有絲毫畏懼，相互配合著，將半空中劈過來的狗腿短刀一一撥開，然後又一槍挑斷鐵爪後的繩索。

「啊——！」半空中的宗族武士失去接力點，接二連三摔下，沒有軍銜標記的士兵們快速左右分散，將各自的身體藏在垛口後，雙手緊緊捂住耳朵。

「轟！」又一枚裝填了火藥的弩箭砸在了垛口外，劇烈的爆炸，震得城牆搖搖晃晃。

「轟！轟！轟！」臨近的垛口中，幾門四斤炮衝著護城河對岸的弩車同時開火，將剛剛施放完畢的弩車，還有弩車旁邊的蒙元士兵統統炸成一堆碎片。

一隊輔兵快步上前抬走城頭上的傷者和死者。另一小隊戰兵拎著火槍默默上前，填補自家袍澤空出來的位置。

身穿鎖子甲的無軍銜士兵則抄起各自的短槍，迅速彙聚成隊，奔赴下一個可能出現疏漏的地方。每個人的動作都跟身經百戰的老兵一樣嫻熟。

他們是講武堂的學生兵，也是這個時代唯一一群經歷過系統軍事訓練的軍官種子。作戰能力和對戰場的適應性遠非光憑個人本能作戰的佘兵能比，走到哪裡，哪裡就很快化險為夷。

然而，敵軍卻不甘心失敗。很快，距離城牆外百餘步遠處，就有數不清的江浙毛葫蘆兵，用雞公車推著藤牌，分散成十幾個小隊，守護大批蒙古神射手，再度衝了過來。

「轟！轟！轟！」城頭上的火炮陸續發威，將開花彈一枚接一枚射向元軍。但效果卻非常寥寥，無論是加刻了膛線的「新式」火炮，還是沒有膛線的「舊式」火炮，準頭都非常有限。在對方刻意將陣形分散開來的情況下，大部分炮彈都落在了空地上，徒勞地炸起一團又一團濃煙。

「砰！砰！砰！」當敵軍進入到五十步範圍之內時，城牆的火槍也加入了戰鬥，但密集的子彈卻穿透不了厚重的藤牌。轉眼間，毛葫蘆兵和弓箭手就跨過了護城河，來到了距離城牆只有十幾步位置。

躲在藤牌後的蒙古兵彎弓搭箭，將白亮亮的破甲錐一波波地射上城頭，雖然絕大部分都被板甲擋住，但螞蟻多了咬死象，那麼密集的箭矢，總有一兩支能射中板甲和頭盔無法提供保護的地方，給守軍造成極大的困擾。

「噴子，上噴子！」副指揮使陳德衝上城頭，大聲喝令。

百餘名輔兵抬著十支粗壯的長管虎蹲炮，冒著密集的羽箭，將其探出垛口，隨即將炮口壓低，炮尾抬高，用炮身下的虎爪迅速固定。

炮長向下看了看，果斷地點燃炮管尾部的引線，「轟——！」，「轟——！」「轟——！」鐵管內噴出成排的石頭彈丸數以千計，冰雹般掃向城下的敵軍。

厚重的藤牌被打得千瘡百孔，藤牌後的蒙古弓箭手和兩浙毛葫蘆兵要麼被打成篩子，倒地慘死，要麼嚇得丟下兵器，落荒而逃。

「擲彈兵，城外三尺，投！」趁著元軍攻勢出現停頓的機會，副指揮使陳德果斷地發出命令。

兩排只穿著皮甲的擲彈兵從城牆內側站起，點燃手雷，迅速像距離城牆三尺遠的位置丟了下去。

「轟隆！」「轟隆！」爆炸聲不絕於耳。正在保護雲梯的蒙元輔兵們，被炸得東奔西逃，抱頭鼠竄。

「輔一營，潑火油！燒他娘的！」沒等爆炸聲停下，陳德又迅速下達第三道將令。

一百名壯漢抬著裝滿猛火油的木桶，快速跑到垛口旁，向著城外的雲梯潑去，將竹子打造的雲梯和雲梯上驚魂不定的佘族武士潑得一片漆黑。

另外一個連輔兵則高舉著火把，衝到城垛口，朝著雲梯投擲。從大食海商手裡高價收購來的猛火油立刻被點燃，橘黃色的火焰在雲梯和人身上跳起來，快樂地飛上半空，如同一隻隻出巢的小鳥。

只是，被它們波及的地方，瞬間就變成了地獄，佘族武士和其他蒙元士兵慘叫著，推搡著，徒勞地在身體上拍打著，試圖將火焰拍熄。

然而，特意混入了硫磺粉和木屑的猛火油，只要燒起來，就根本不可能被撲滅，凡是黏到的地方，也立刻騰起了橘黃色的火焰，明亮鮮活，美豔不可方物。

那是一種充滿了死亡味道的美麗，肆虐地在人體和雲梯上跳動。無論是皮甲還是鐵甲，只要被濺上一點，就跟著冒起火苗；用手去拍，手掌立刻起火；用兵器去削，兵器也變成火把。從雲梯上摔落於地，地面亦跳起無數星星點點，躺在泥土中打滾，泥土也很快騰起濃煙。

「啊——！」一名身穿鐵甲的蒙元百夫長被嚇破了膽子，掉頭跳進了護城河中。滾滾河水瞬間將他身體的脖頸以下部分吞沒，但鐵甲上的猛火油卻浮在了水面上，繼續烈烈燃燒。很快就將他燒得面目全非，徹底變成了一具焦糊的屍骸。

更多的被猛火油波及者，則順著浮橋衝向自家隊伍，他們跑一路，火焰掉落一路，很快，浮橋也被火焰點燃，冒起一股股青煙。

「督戰隊！」距離城牆五百步外的位置，浙東宣慰使董摶霄鐵青著臉，發出一道殘忍的命令。

「嗚嗚，嗚嗚，嗚嗚，嗚嗚……」嘹亮的號角聲忽然響起。

一隊手持擎張弩的探馬赤軍迅速上前，迎向潰退回來的隊伍。

三百步，兩百步，一百步，督戰隊果斷扣動扳機，「嗖！嗖！嗖！」一排排破甲錐水平著飛出。

僥倖沒死於火槍，沒死於手雷，沒死於猛火油的潰兵，被破甲錐成片成片割翻，在血泊中翻滾掙扎，死不瞑目。

「啊——」陸續退下來的第二波潰兵被嚇得魂飛魄散，停住腳步，倒退著向護城河靠近。

「砰、砰、砰、砰……」城牆上，淮安軍的新兵老兵們打出一次漂亮的齊射，隔著護城河，將數十名潰兵從背後射殺。

僥倖未死的潰兵慘叫一聲，再度加快腳步衝向自家本陣。

「嗖！嗖！嗖！」又一排破甲錐水平著飛出，將逃得最快的人當場釘死！剩下的人後退也不是，前進也不是，夾在火槍和強弩的準確射程之間不知所措。董摶霄見狀，立刻又猛的揮了下手，「擂鼓，命他們過河再戰！」

「咚咚咚，咚咚咚，咚咚咚……」催命的戰鼓聲在元軍本陣響起，不容拒絕。

手裡拿著擎張弩的督戰隊士卒，彎下腰，用大腿和腰部的力量，配合著拉開弩弦，然後默默地將一支支弩箭安放在射擊槽中，對準百餘步遠處，還在猶豫不決的自家袍澤。

剩餘的潰兵嘴裡發出一連串悲鳴，掉轉頭，再度湧向浮橋。步履踉蹌，就像一群孤魂野鬼。

「大人，他們今天已經盡力了！」同知程明仲心軟，湊到董摶霄耳邊，低聲替倖存者求情。

「慈不掌兵，這種貪生怕死的廢物，留之何用？」董摶霄淡淡地掃了他一眼，咬牙切齒，「來人，再送十架雲梯過去，讓他們登城。先上城頭者，無論能否站穩腳跟，皆賞銅錢二十貫，官升三級！」

「送雲梯，趕緊送雲梯過去！」一名千夫長打扮的色目軍官，揮舞著鋼刀，向被臨時抓來的民壯大聲命令。

民壯們不敢違抗，忍氣吞聲地抬起雲梯，走上還冒著青煙的浮橋。沒等他們抵達對岸，蒙元浙東宣慰使董摶霄又咬了咬牙，低聲咆哮，「把所有火炮和弩車給我推上去，瞄準城頭。炸，什麼時候咱們人上去了，什麼時候停下！」

說罷，猛的一提韁繩，策馬向後退去，遠遠退出城上火炮的可能最大攻擊範圍之外！

「呼——」身邊親兵和文武悄悄鬆了口氣，緊隨其後，退向戰場周邊，儘量遠離江灣城的青灰色城牆。

五百步，按說已經非常安全。淮安軍的火炮射程雖然遠，但瞄準也得用肉眼才成，五百步距離，萬里挑一的神射手都不敢說自己能看清楚一個人影，目力只能算十裡挑一的淮安炮手更不可能。

但凡事都怕個萬一，萬一老天不開眼，被他蒙中了呢？死了的人可沒地方買後悔藥吃。所以這些天來，只要董摶霄親臨戰場，他的親兵和麾下文官們個個手心裡頭都攥滿了汗，要不是畏懼這位「董剃頭」殺伐果斷的威名，大夥早就撒腿逃得遠了，根本不會咬著牙苦撐到現在。

他們的性命都金貴，不能稀裡糊塗死在淮安軍的炮火之下。但是，隊伍裡的漢軍弩炮手們可沒這麼好的待遇了，逆著董摶霄後退的方向，四十餘輛由色目工匠精心打造的弩車，十餘輛從不知道哪路紅巾諸侯手裡繳獲而來的炮車，鬆散地排成扇面形，由水牛拉著，緩緩向江灣新城青灰色的水泥城牆靠近。

數以千計的元軍精銳，跟在弩車和炮車後二十餘步遠的位置，蒙古人、色目人、契丹人，漢人，每個人的神色都很凝重。

他們的隊形排列得非常古怪，就像一頭魚身上的鱗片，按照某種特定的方式組合在一起。每片鱗基本上都由三十名士兵構成，每兩個鱗片之間，都留著巨大的空檔。

全四名身穿千夫長服色的將領，則各自騎著一匹高頭大馬，於隊伍中往來穿梭，片刻都不肯停歇。

他們這樣做，一方面是為了更好地鼓舞士氣，另外一方面，則是為了避免自己停下來之後，成為淮安軍炮手的靶子。

火器的出現，令戰爭的規則發生極其巨大的變化，越是處於作戰一線的中低級將領，越是對此感受深刻。因此，他們不得不強迫自己加快適應速度，跟上這一變化，否則，他們有可能很快就變成一具具屍體。

「砰！」一枚鉛彈掠過四百步距離，打在了弩炮車前，將拉車的水牛嚇得停住腳步，嘴裡發出低沉的叫聲：「哞——」

「神射手，當心神射手！」

「豎盾，把盾牌豎起來！」

弩炮車後，也立刻湧起了一片慌亂的叫嚷聲。很快，就有人推著底部裝有木頭輪子的巨盾衝上前，將拉車的水牛擋了個嚴嚴實實。

「砰！」第二枚鉛彈恰恰飛來，不偏不倚打在了巨盾中央，將包了鐵皮的巨盾表面硬生生砸出一個大坑。

「盾牌手，護住炮車，這麼遠距離，子彈打盾牌不透！」四個千夫長也迅速做出了反應，策動坐騎，一邊在自家隊伍中來回穿行，一邊大聲命令。

更多的盾牌豎起來，將所有炮車和弩車遮擋了個嚴嚴實實。這下，站在江灣城頭的神射手宋克甭說射殺目標了，連目標的影子都無法看見，氣得低聲罵了一句，恨恨地將線膛火槍放在了腳下。

「仲溫，別心急，他們不可能永遠都縮在盾牌後面！」第四軍副指揮使陳德拍了拍他的肩膀安慰道。

對於上面給第四軍派下來的這位年輕長史，他是打心眼裡頭喜歡，文武雙全不說，做事還頗有古代豪俠之風，從不計較什麼雞毛蒜皮的小事，也不會給吳永淳和他製造什麼麻煩。

「我試著想辦法，看能不能把弩炮車攔在兩百步之外。」感覺到陳德話語裡的關切，宋克回道：「我剛才用望遠鏡看到這批弩車和上次靠過來的那幾輛一樣，弩桿上都有導火線，萬一讓他們靠得太近，怕是弟兄們又會遭受損失！」

「難！」陳德想了想，輕輕搖頭。「神機銃射程雖遠，但咱們這邊能用得好的人卻不是很多。況且這槍裝填起來也太麻煩了些，有換一次槍的功夫，對方至少能向前多走二十步！」

他說的全是實情。加刻了膛線的火繩槍，無論威力和射程方面，都遠遠超過滑膛槍，然而，火器裝填緩慢，操作複雜的弱點，也被成倍的放大。

為了保證槍膛的密封性，每一顆子彈表面都必須塗上一層厚厚的含錫軟鉛，並且大小還要保證跟火槍內徑接近。如此一來，在裝填子彈時，射手就必須用一根特製的通條，將子彈一點點推到底部。而發射時，為了保證子彈不偏離目標，還要努力用肩膀牢牢頂住槍托，穩定槍口。

所以儘管被大匠院命名為「神機銃」的線膛槍，在淮安五支主力部隊中沒裝備太多，一則受不了該槍的緩慢裝填速度，二來，短時間內也培訓不出來足夠的神射手。

「把那些武秀才都調給我，單獨組織一支使用神機銃的隊伍，專門來負責對付遠距離目標。」宋克一個建議被否絕，卻絲毫不氣餒，很快又提出了第二個建議。

「他們在講武堂裡摸迅雷銃的機會多，悟性也比普通戰兵強，多訓練幾次，即便這一仗發揮不了作用，將來也能用得上！」

「唔！」陳德低聲沉吟。這個提議倒讓他有些心動，華夏講武堂的學生來源通常只有兩個，第一是從作戰部隊選拔出來的重點苗子，第二則為淮揚三地有志於投筆從戎的年輕學子。

無論是哪個，基本素質和未來前途都遠遠強於普通士兵。拿他們當預備隊使，實在是有些牛刀殺雞之感。並且萬一學生們損失太大，將來他也不好交代，還不如全都轉給宋克，由後者帶著學生們遠遠地朝敵軍放冷槍。

想到這兒，陳德輕輕點頭，「我把學兵連全調給你，再調給你兩個連的輔兵，負責替他們裝子彈和火藥。一會兒，你把他們分散開，儘量都安排在敵樓當中，告訴他們不要心急，今後有的是機會建功立業！」

「是！末將明白！」宋克站起身，給陳德敬了一個新式舉手軍禮。

正所謂「響鼓不用重錘」，對方後兩句話的意思，他理解得非常透徹，而他自己先前的表述裡，也有將這些武將種子儘量保護起來的意思，只是沒有說得太明白而已。

「你自己把握機會，等會兒我不干涉你具體指揮！」陳德笑著舉手還禮，然後將目光轉向周圍的將士，「鄭一，你去幫宋長史集合隊伍！孫亮，把所有火炮給我調集起來，攔截弩車！從二百五十步處那道壕溝處起，集中火力擊其一點，告訴弟兄們耐住性子，幹翻一門，再接著幹下一門！」

「是！」接到命令的將佐齊聲答應，然後快步去執行任務。

「楊守正，所有噴子都交給你指揮，專門對付跨過護城河之後的敵人。沒過河之前，即便他們叫囂得再厲害，也沒你什麼事！」

「鐵標，你去帶火槍團，不求準頭，只求速度，對著雲梯上的人打，能打多快打多快！」

「穆罕默德，你帶一個營輔兵，專門負責潑猛火油，那東西是你們色目人傳過來的，這裡沒人比你更擅長！」

「劉葫蘆……」

流水般的命令從陳德嘴裡傳出去，然後迅速傳進麾下將佐們的耳朵。眾將各自領命，趁著敵軍的新一輪攻擊沒有來臨之前，把刀子、大炮和火槍擦亮，把釘拍、滾木、雷石和火油桶收拾齊整。

城外的敵軍敏銳地感覺到來自頭頂上的強大殺意，紛紛加快腳步，同時將陣形排得愈發疏鬆。每輛弩車和炮車周圍的人都不超過十個，每輛弩車和炮車之間都留著至少六尺遠的空間。

這是他們用無數袍澤的性命試探出來的最佳推進陣形，即便其中某幾個倒楣鬼恰好被來自城牆上的開花彈擊中，周圍的同夥也不會受到波及。只是在發起攻擊時，威力會受到一定影響。彼此之間的配合，也很難像緊密陣形那樣，保持得整齊劃一。

「轟！」「轟！」「轟！」當走在最前方的十輛弩車跨過了地面上一道被填平的壕溝，擺在城牆炮臺上的六斤線膛炮率先發威。隔著二百五十步射出一輪開花彈。

在沒有任何瞄準器具的情況下，即便是線膛炮，準頭依舊有限，特別是針對移動中的目標，能否建立功勳，完全憑運氣。

很顯然，第四軍的運氣在剛才的戰鬥中被消耗得太多了，剩下的已經不足以再度創造奇蹟。六枚高速出膛的炮彈當中，五枚都落在了空地上，徒勞地炸出了五個黑洞洞的大坑。

只有一枚，在引線燃盡前碰到一輛弩車的後輪，將其立刻掀翻在地。粗大的弩箭當場殉爆，轟地一聲，將拉車的水牛和周圍的蒙元士卒炸得支離破碎。

周圍的元軍被嚇了一大跳，弩車前進的速度立刻慢了下來。就在這個當口，二十幾顆由四斤線膛炮和四斤滑膛炮發射的彈丸呼嘯而至，密密麻麻地落在先前的爆炸點附近，掀起一道道粗大的煙塵。

「喀嚓！」一枚四斤重的包鉛彈丸落地後跳起，在半空中畫了道怪異的折線，重重地砸在了一面底部帶著圓輪的巨盾上。

可以抵抗子彈的巨盾，卻抵抗不了火炮射出的彈丸，立刻被還原成了一堆木屑。而高速旋轉的炮彈餘勢未盡，繼續畫著詭異的折線，穿過巨盾後的隊伍，將拉車的水牛、負責瞄準的弩手、負責點火並督戰的牌子頭，以及牌子頭身邊的另外一名倒楣鬼通通放翻在地，每個人都筋斷骨折。

「轟！」「轟！」「轟！」另外三枚開花彈，則鑽到後面一輛弩車附近相繼炸開，巨大的煙塵將拉車的水牛連同車上的弩桿一併拋上了半空。

裝在弩桿中的黑火藥，就像沙土一般紛紛揚揚落下。沒等及地，就再次被炮彈引起的火星點燃，猛的化作一個巨大的光球，膨脹，膨脹，直到炸裂。

「忽——！」將臨近的另外一輛弩車包裹進去，發出一連串的殉爆，「轟轟轟，轟轟轟，轟轟轟……」

當硝煙被風吹散，敵我雙方的將士才重新看清楚被攻擊點附近的場景。三輛弩車徹底被從人世間抹除了，一道被抹除的，還有二十餘名倒楣的蒙元士兵。

僥倖沒死於火藥殉爆的六名倖存的士兵，則孤零零站在幾個焦黑的彈坑之間，既不哭嚎，也不躲避，完全變成了六塊行屍走肉。

「別愣著，趕緊上，他們的大炮需要重新裝填！」千夫長韓二見勢不妙，第一個做出反應，策馬衝到第一排弩車旁，揮舞著鋼刀叫嚷。

「咯吱吱，咯吱吱，咯吱吱……」第一排弩車呻吟著，繼續向前挪動。整個隊伍從震驚中被喚醒，也跟著一起緩緩前推。千夫長韓二見狀，滿意地在馬背上直起腰來，向其他幾名同僚揮動胳膊。

「不用怕，大夥一起……」

「砰！砰！砰！砰！……」一大串火槍聲破空而至。

下一個瞬間，千夫長韓二猛的低下頭，看著自己和小腹處冒出了六道血泉。

「啊——！」他丟下兵器，慘叫著用手指去堵住傷口，卻無濟於事，他全身的力氣迅速被抽走，頭頂上的天空迅速被放大，遠處的號角聲卻愈發地清晰，

「嗚嗚，嗚嗚，嗚嗚，嗚嗚——」

宛若一頭失群的野狼在呼喚自己遠去的同伴。

「嗚嗚，嗚嗚，嗚嗚——！」低沉的牛角號聲取代爆炸聲的迴響，在戰場上空來回激盪。

董摶霄命人吹響了進攻號角。當看到千夫長韓二忽然從馬上墜落的瞬間，他立刻做出了決斷。

士氣可鼓不可洩，無論城牆上的淮安紅巾使的是什麼新式火器還是妖術，光弄死一個小小的千夫長沒什麼可怕，更左右不了戰局。怕的是自家這邊其他底層將校長在心裡生了畏縮之意，那仗就徹底沒法打了。

他董剃頭再凶再惡，也不可能親自拎著寶劍去砍人。

「嗚嗚，嗚嗚，嗚嗚，嗚嗚——！」

「嗚嗚，嗚嗚，嗚嗚，嗚嗚——！」

號角聲鋪天蓋地，沉悶得令人窒息。來自城牆上的火炮也愈發激烈，一波接著一波，將地面炸得上下起伏。在一團團火藥掀起的濃煙之間，蒙元一方的炮車和弩車開始全速向前衝刺，一輛接著一輛，宛若撲火的飛蛾。

他們不敢後退，董剃頭殺伐果斷，後退者一定會被處死；他們也不敢原地停留，停留得越久，就越容易成為下一輪火炮的靶子。於今之際，最安全的選擇，反而是持續向前。

衝！不顧一切向前衝。衝到弩車的最佳瞄準距離，以攻對攻，憑藉弩的準頭優勢壓制城牆上的火力，才有可能創造奇蹟！

「轟！轟！轟！」裝了火藥的開花彈和未裝填火藥的實心彈交替著落地，在弩車和炮車前進的道路上，製造出一個又一個死亡陷阱。

「轟！」「轟！」「轟！」殉爆聲陸續響起。裝填了大量黑火藥的長弩極不穩定，只要受到打擊，就會在周圍引發一片災難。

然而，數量的優勢，卻令半數左右的弩車衝進了距離城牆一百五十步範圍之內。瞄準距離各自最近的垛口，陸續發射出粗大的箭桿。

「轟！」第一枚弩箭與表面抹了水泥的城牆相撞，爆炸，濃煙滾滾。

「轟！」「轟！」「轟！」很快，第二，第三和第四枚弩箭也飛了過來，撞在城牆之外，將目的地區域的附近的守軍震得兩耳冒血，頭暈眼花。

城牆上的火炮，則快速還以顏色，將更多的弩車砸爛，將弩車周圍的蒙元將士炸得筋斷骨折。

「轟！」一支弩炮破空而來，落上城頭，將一門四斤炮炸上了半空。

「轟隆！」周圍的火藥桶發生了殉爆，將表面鋪了水泥的城牆，從內向外撕開了一條數尺長的缺口。黑色的血漿順著缺口汩汩而下，轉眼間，就將剩下的半截城牆染得殷紅一片。

「嗚嗚，嗚嗚——！」催戰的號角聲再度響起，不容任何拒絕。

「啊——啊——啊啊！」城牆下，借著炮火掩護靠近的蒙元士兵嘴裡發出一連串狼嚎，撒開雙腿，快步朝被鮮血染紅的缺口處撲將過來。

這是一個絕妙的機會。守軍人數有限，只要他們能佔據住缺口，董宣慰就能源源不斷將兵馬派上前，從這裡殺進城內，將裡邊的紅巾草寇一網打盡。

「嗖！嗖！嗖！」幾個躺在地上裝死的弓箭手也猛然跳起，將破甲錐搭上弓臂，朝著缺口處攢射。

兩名正衝上前封堵缺口的淮安軍輔兵中箭倒下，缺口顯得愈發空曠，數十名抬著雲梯的毛葫蘆兵迅速靠近，「咚」地一聲，將笨重的雲梯拍在了城牆豁口處。

「啊——！」幾名佘族武士大聲嚎叫著跳上雲梯，雙腿發力，沿著傾斜成四十餘度的梯身迅速前進。對於自幼攀山越嶺的他們而言，這點兒坡度等同於平地，轉眼間，就已經衝到了缺口處，再差一步就能踏上城頭。

然而，**這一步，卻永遠成為了天塹**。

一整排身穿鐵甲的淮安戰兵忽然出現了他們的去路上，手中長槍排成了一組銳利的獠牙。衝在最前面的那名佘族武士收勢不及，整個人撞了上去，被長槍直接捅成了篩子。

跟在後邊的其他幾名宗族武士趕緊放緩腳步，揮舞著狗腿刀上下護住全身。斜刺裡，卻有數支火槍對準了他們，「砰！砰！砰！砰……」

不到五尺的距離上，新兵都不可能射失目標。宗族武士們詫異地瞪圓眼睛，張開雙臂，像落葉一般從雲梯上掉了下去。

「藤牌，藤牌手過來掩護！」一名契丹百夫長舉起門板厚的大刀，厲聲咆哮。一小隊毛葫蘆兵舉著藤牌衝上前，對準缺口的位置，組成盾牆，數名弓箭手迅速靠近，手中破甲錐毫不猶豫地壓上了弓弦，只要一個呼吸，他們就能將強弓拉滿，給缺口守衛者致命一擊。忽然間，在槍陣後，出現了一個半尺粗的炮口。

「轟！」被淮安軍戲稱為噴子的虎蹲炮射出數百粒彈丸，被火藥推著迅速後退。

「啪啪啪啪啪！」手指肚大小的鐵彈砸在藤牌上，如雨打芭蕉。轉眼間，以堅韌著稱的藤牌就千瘡百孔。後續飛來的彈丸越過阻礙，毫不留情地砸在了蒙元射手的身上，將他們一個個打得渾身上下佈滿了彈孔。

「砰！砰！砰！」十名的火槍兵出現在長槍兵身後，將槍管架在袍澤的肩膀上，向外射出了鉛彈。

缺口附近的元軍人數頓時就稀落了下去，四、五名叫囂得最凶的士卒同時被子彈擊中。倒在地上，血流成河。

「砰！砰！砰！」又一支火槍兵趕來，站在第一波火槍兵身後，將槍管探出了缺口。更多的蒙元士卒被射死，剩下的嘴裡發出一聲慘叫，掉頭便逃。

「嗖！嗖！嗖！」一波箭雨從半空落下，將逃命者全部射殺於地。下一個瞬間，冰雹般的羽箭，便覆蓋了整個缺口。

躲閃不及的淮安士兵藏頸縮頭。按照平素訓練多次的應急方式，盡力用頭盔邊緣和前胸甲迎著羽箭下落方向。

「叮叮噹噹」的金屬撞擊聲不絕於耳。大部分羽箭都被鐵盔和板甲給彈飛出去，不知所蹤。只有零星一兩支因為角度和位置收到了奇效。

受了傷的淮安勇士迅速將武器放下，掙扎著讓開。後面的弟兄迅速堵上他留下來的空檔，雙手從地上撿起長槍或者火槍，對準即將撲上來的敵人。

「轟！轟！」「轟！轟！」臨近城牆段，數門虎蹲炮調轉方向，對準城牆缺口處的敵軍輪番發射。

在不到二十步遠的距離上，這種重量只有六七十斤，專門用來發射散彈的小炮，簡直就是神器。

每一個炮口，都能噴出數百粒手指肚大小的彈丸。四、五門虎蹲炮對準同一個目標，立刻就能將目標附近方圓半丈大的區域徹底覆蓋。一輪打擊過後，城牆缺口附近便再也沒有任何活著的蒙元士兵。一些正著急趕來送死的，也馬上停住腳步，轉身逃走。

「轟！」「轟！」「轟！」又一輪弩炮射來，砸在某段城牆內外，硝煙將這段城牆徹底吞沒。

「轟！」「轟！」「轟！」臨近炮臺上，加刻了膛線的六斤和四斤火炮，紛紛還以顏色。在炮團長孫亮的統一指揮下，集中火力，挨個拔除對手的弩炮。

一百五十步的距離，令雙方的準頭都大為增加。當炮彈密度也增加到一定程度之後，幾乎每一輪反擊，都可以令一輛弩炮車被還原成零件。然而，剩下的其餘弩炮車卻死戰不退，趁著淮安軍的火炮沒找到他們頭上的時候，拼命地向城頭傾瀉弩箭。

每一支弩桿的前部，都裝填了大量黑火藥，通過刺探、收買和反覆實驗等多種手段，眼下蒙元軍中的火藥配方，與淮安軍自己配備的已經基本一致。

巨大的爆炸威力，令整座江灣新城都不斷顫抖，搖搖欲墜。然而，只要城牆還未倒塌，便有一個個淮安勇士從垛口處探出火槍，瞄準外邊的敵軍發出致命一擊。

「砰砰砰砰！」一排子彈飛過，將剛剛跑過浮橋的七八名元兵被挨個放倒。

「轟！」一支弩箭撞在城牆上，猛然炸開。

巨大的蘑菇狀雲朵，籠罩了附近半丈寬的城頭。周圍的元軍大聲咆哮，揮舞著兵器，抬著雲梯，準備收穫戰果。

硝煙被風吹走，十餘名被熏得滿臉漆黑的淮安勇士，從城牆後再度探出火槍，「砰砰砰砰！」

「砰砰砰砰！」

「轟！」

「砰砰砰砰！」

火槍的射擊聲夾雜著虎蹲炮的怒吼，響徹整個戰場。青灰色的江灣城牆下，蒙元士卒像潮水般湧來，又如潮水般退卻，每一輪起伏，都留下數十具血淋淋的屍骸。

但是他們卻不肯認輸，在號角聲的催促下，一輪接一輪向城頭發起猛攻。一百五十步外，越來越少的弩炮也抓住最後的機會，努力朝城頭繼續發射裝填了火藥的弩箭。

更遠處，十幾輛董摶霄花費重金搜羅來的火炮，偷偷地揚起炮口。猛然間，發射出一整排黑乎乎的彈丸，「轟！轟！轟！轟……」大部分彈丸都在中途落地，砸出一個個深坑。然而，只要彈丸落在炮臺附近，就能引發巨大的震動。將炮手和裝填手們騷擾得苦不堪言。

「四斤炮，繼續照顧弩車。六斤炮，全給我更換目標，先把對方的那幾門火炮敲掉！」炮兵營長孫亮怒不可遏，迅速調整戰術。

「是！」炮手們答應著，改變攻擊目標，倉卒之間卻很難立刻看到效果。城上城下，炮彈飛來飛去，**無數生命在瞬間被帶走，無數鮮活的面孔，瞬間掩埋於塵埃。**

頭頂的太陽似乎不願意看到如此慘烈的景象，悄悄地躲進了彤雲背後。起風了，帶著血腥味道的秋風，從極其遙遠的北方刮了過來，吹散黑色的硝煙和暗紅色的血霧，令人世間的殺戮景色變得愈發清晰。

然而，如此慘烈的景色，卻絲毫動搖不了將軍們的決心。浙東宣慰使董摶霄皺著眉頭朝戰場上掃了幾眼，拔出佩劍，大聲命令：

「張勇，該你了。你帶著毛葫蘆兵上！」

「是！」身負兩浙士紳們希望的毛葫蘆兵副萬戶張勇大聲答應著，領命而去。

「穆罕穆德，再帶三十門弩炮車去，替張將軍製造機會！」董摶霄想都不想，又迅速發出另外一道命令。

「是！」色目千戶穆罕穆德也大聲答應著，走出隊伍。點了三百餘名臉色蒼白的弩炮手，趕起弩車，快速衝向兩軍交戰的一線。

「嗯——！」董摶霄滿意地點點頭。在馬背上努力挺直身體，再度將目光轉向遠處的江灣新城。被硝煙包裹住的城牆，此刻在他眼裡顯得別樣的誘人。

那座彈丸小城是朱屠戶今年春天才剛剛建起來的，方圓不過五六里，人口不過一兩萬。然而，就在這座彈丸小城裡，卻集中著朱屠戶的百工坊、火炮場、冰玉場、大匠院和講武堂等一系列要害部門。

可以說，只要捏住了這座小城，就等同於捏住了淮安軍的心臟，其他的幾座城池即便防禦堅固，也只是在苟延殘喘。

如果有朝一日……恍惚中，遠處的炮聲都變成了歡快的鑼鼓，某人跨馬橫刀，指點江山……

「大人，再這樣下去，如果今天無法破城，我軍至少在數日之內，都無法恢復士氣！」偏偏有人不開眼，湊上前大聲打斷了他的美夢。

「嗯？」董摶霄皺眉，扭頭剛好看見自家好友，浙東宣慰使司同知程明仲憂心忡忡的面孔。「炮火方面，我軍並不占優，先前派上去的弩炮已經損失過半，大人不斷地添油上去，正犯下了兵家大忌……」

「我知道，謝謝程兄提醒！」沒等對方把話說完，董搏霄笑呵呵地擺手打斷。青灰色的面孔上，隱隱露出幾分得意。「董某好歹也是領兵多年的人，當然知道添油戰術乃兵家大忌，然而董某這樣做，卻不止是為了區區一個江灣城！」

「這……」程明仲猜不透董搏霄的真實想法，滿頭霧水。

第五章

圍點打援

「大人，你要圍點打援？」
程明仲恍然大悟，驚叫一聲，迅速捂住自己的嘴巴。
「不必如此小心！吳賊沒那麼容易上當！」
董搏霄笑笑，「能夠圍點打援當然是好！
但吳賊既然能做五軍之長，肯定不會輕易上當！」

城牆附近的戰鬥，已經進入了炙熱狀態，每一刻都有無數人死去。而犧牲了這麼多弟兄，董宣慰還說他圖的不是區區一個江灣！

他莫非瘋了麼，還是他真的還藏著什麼奇招？

「無論今天你我能不能進城痛飲，董某的目的都已經達到！」見對方臉上露出了茫然不解的神情，董摶霄笑了笑，愈發滿臉神秘。「正所謂**戰場如棋局，程兄，不知道你是否有興趣，與董某一道做那破局之人！**」

「棋局？」程明仲眉頭緊鎖。

要問籌糧辦草，溝通上下，他向來是遊刃有餘。但在運籌帷幄和對戰機的把握上，他可就差得董摶霄不止一點半點兒了。倉促之間，根本猜不透對方所打的啞謎。

「三十萬大軍頓兵淮安城外，數月不得寸進！」見對方始終不能做到和自己心有靈犀，董摶霄輕輕嘆了口氣，聲音變得極為低沉，「……**必須從他處借力**，所以董某才不惜一切代價強渡長江，直搗朱屠戶身後！」

「大人高明！」程明仲口不對心的誇讚。對方所說的，他早就聽得耳朵起了繭子。

「而朱屠戶敢把吳賊永淳一個人留在揚州為他鎮守後路，很顯然，對此賊的本事極為信任，只要吳賊不把告急文書送到他案頭上，恐怕他就不會為此分心。」董摶霄知道程明仲不懂，補充道。

「這是自然！」程明仲再度輕輕點頭，言語裡帶上了幾分欽佩。「朱屠戶雖然出身寒微，倒也當得起『知人善任』四個字。」

「揚州城的城牆高大，年初又重新修葺過，董某手中兵力雖為吳賊的數倍，倉促間，亦不可能強攻而破之，倒是這江灣新城看起來雖然是個彈丸之地，裡面卻集中了朱賊手中最關鍵的火器作坊，絕對不容有失。」董摶霄非常自信地反問，「如今董某切斷了城外的運河，每日攻擊不輟，你猜，那揚州城內的吳賊會不會急得跳腳？」

「大人，你要圍點打援？」程明仲恍然大悟，低低的驚叫了一聲，然後迅速捂住自己的嘴巴。

「不必如此小心！吳賊沒那麼容易上當！」董摶霄笑笑，「能夠圍點打援當然是好！但吳賊既然能做五軍之長，肯定不會輕易上當！」

「那……」程明仲一下子就暈了頭，不知道董摶霄繞來繞去，究竟準備賣一副什麼樣的狗皮膏藥？

「董某仔細探聽過吳賊以往的戰績，發現其的確當得起『膽大心細，智勇雙全』八個字」董搏霄看了他一眼，目光裡湧起幾分自得，「而此刻他身上唯一的短處，就是威望不足以服眾，非但比不上逯魯曾，甚至比留在城內的羅貫中、黃正都相差許多。」

「所以大人您就……」程明仲心中終有所得，抬起頭，遲疑著問。

「**此計，關鍵在於攻心！**」董搏霄笑了笑，用力點頭，「江灣城下打得如此激烈，揚州那邊，即便吳賊自己能沉得住氣見死不救，其他眾賊的心神也必然會亂，而江灣新城所產的火器子藥長時間無法從水路運往淮安，朱屠戶即便對吳賊再信任有加，恐怕也得思量思量他是不是所托非人！」

「嘶——！」程明仲聞聽，倒吸了口冷氣。

連環計，這是標準的連環計！非但把吳永淳的反應算了進去，把留守揚州的其他賊人的反應算了進去，甚至算上了遠在數百里之外的朱八十一！

這個節骨眼上，包括朱屠戶在內的任何賊軍重要人物，皆對吳永淳的指揮能力產生了懷疑，淮安軍的南方防線都將命懸一線！而董搏霄根本不需要爭一時之得失，正像他自己所說的那樣，只要留在江灣城外不走，就能坐等敵軍不戰自亂。

一時間，他對董搏霄充滿佩服！

然而對方卻輕輕搖頭，「掃平兩淮的功勞太大，只能也必須是脫脫丞相的，董某一個區區宣慰使怎麼擔當得起？所以，做一個破局的閒子倒也正堪其用！」

說話間，臉上的表情，竟然有幾分意興闌珊。

這次，倒不用董摶霄多加解釋了，作為蒙元的浙東宣慰使司同知，程明仲也知道眼下在朝廷內部，脫脫和哈麻兩派早已鬥得勢同水火。如果脫脫此戰不能滅掉朱重九，肯定會被對手咬得死無葬身之地，如果其挾大勝之威凱旋而歸，等待著哈麻諸人的，恐怕也是毒酒一杯！

所以，董摶霄一定要把握好力度，**非但得做破局之子，還要把首功不著痕跡地交予別人**。否則，即便戰後脫脫念的他的情，哈麻等權貴的餘孽想對付他一個漢人宣慰使，也是很輕鬆的事，說不定隨便找個機會就弄死他了，過後保證沒人會替他申冤。

這就是在蒙元治下做一個漢人臣子的難處，**你不能不賣力，否則很難出人頭地，落入上位者的法眼；但也也不能太賣力，否則說不定就會因為幫了不該幫的忙，被對方的仇家視為眼中釘，肉中刺，早晚施辣手除之**。

想到這兒，程明仲也有些心涼。抬頭看了看硝煙籠罩下的江灣城，低聲說道：「既然如此，大人你何必攻得如此急？萬一弟兄們用力過度，不小心把城給破了……」

「假若真的如此，董某求之不得！」董摶霄立刻抖擻精神，搖著頭大笑，「程兄啊，程兄，你還真是個正人君子！如果江灣城裡的火器作坊和冰翠工匠都落在董某手裡，董某還用怕別人傾軋麼？時局破敗到如此地步，朝廷連那方谷子都不敢招惹，不得不送給他一個大官做，你我兄弟屆時手裡要錢有錢，要炮有炮。哪個坐上了丞相的位置，敢不拿你我兄弟當寶貝看?!」

「嘿嘿，嘿嘿，嘿嘿嘿！」程明仲陪著對方咧嘴而笑，目光亮閃閃地，再度掃向遠處被煙霧繚繞的江灣城。

新派上去的毛葫蘆兵已經展開了強攻，不斷被城頭上射下來的鉛彈一排接一排地打翻於血泊。

新調過去的弩炮，也跟城頭上的火炮交上了手，你來我往，激戰正酣。城上城下，每一個瞬間，都有許多人懷著滿心的遺憾死去，而**他們的血肉和生命，則註定要成為上位者腳下的臺階。**

「呼——呼呼——呼呼——」有一陣夾著腥味的江風吹來，令程明仲激靈靈打了個冷戰。風向在不知不覺間已經變了。

天空中，有大片大片的烏雲正在彙聚。很快，一場秋雨就要來臨，洗去大地上的血跡，洗淨天空中的硝煙。

秋風秋雨愁煞人。

一場突如其來的秋雨，將處於白熱狀態的戰鬥緩緩澆熄。火器怕水，這早已是敵我雙方都瞭解的事實。但是弓箭的威力，在雨中一樣會大打折扣。更何況江灣城頭，每隔三十餘步，還聳立著一座上面加了頂的小型敵樓。站在裡邊的槍手和炮手根本不必擔心火藥被打濕。再勉強糾纏下去，攻擊方等同於白白送死。

「噹噹噹噹！」沙啞的破鑼聲，透過秋雨傳遍整個戰場。正在護城河畔進退兩難的蒙元士卒，聞聽之後立刻倉惶後撤，轉眼之間，就走了個乾乾淨淨。

「嗅，嗅，嗅嗅！」城牆上，則爆發出了一陣陣欣慰的歡呼。又一次打碎了敵軍的好夢，淮安勇士們將手裡的鋼刀、火槍高高地舉上了半空，冒著從天而降的秋水，向對手撤離的方向大聲示威。

「恐怕雨一停，董摶霄立刻就會再殺回來！」城門正上方的敵樓內，第四軍長史宋克沒有加入歡呼的人群，放下已經發燙的神機銃，憂心忡忡地向陳德提醒道。

先前的戰鬥中，他帶著一個連的學兵，用神機銃給了元軍極大的殺傷力，但對手的頑強程度，也給他留下了非常深刻的印象。

特別是來自那些兩浙的毛葫蘆兵，從眉眼上看，分明都是漢人。卻彷彿跟淮安軍有什麼不共戴天的血仇一般，一個個前仆後繼，比蒙古人和色目人還要敢於拼命，而董摶霄手中，像這樣的毛葫蘆兵，據說有四個萬人隊。真的長時間拼消耗，形勢還真不容人樂觀。

「不怕，大不了老子把城裡的人都撤到戰艦上去，然後一把火將作坊全燒個精光！」第四軍副指揮使陳德的眼裡，立刻湧起了幾分江湖人特有的凶狠，豪氣地說道：「只要人還在，用不了幾個月，咱們就能重新建一座新城起來。而董賊得了一座廢墟得不到人，註定還是空歡喜一場！」

話雖然說得豪邁，內心深處，顯然他也沒太多勝算。敵我雙方的兵力對比實在太懸殊了，董摶霄手裡光是戰兵就有五萬多，旁邊還跟著一支為虎作倀的方家軍。而江灣新城裡，連學兵加在一起才不過三千餘，其中還有一千多是在訓練中被淘汰下來的輔兵。

「吳指揮那邊，天黑之後要不要派人過去聯絡一下？」聽出陳德話語裡的決絕之意，宋克想了想道：「運河已經被方谷子卡斷好幾天了，咱們這邊再不送消息回去，恐怕吳指揮那裡會等得著急！」

「不必，我們倆一起共事這麼久了，他知道我是個什麼人。這個節骨眼上，強行派人突圍送信，反倒容易引起誤會！」陳德搖頭。

運河的水面過於狹窄，而淮安軍的戰艦又過於龐大。所以當兩岸都被熟悉水戰的方家軍奪取之後，再派船隻去揚州傳遞消息，等於白白給方谷子送火炮。

這種沒有任何意義的事，無論是他，還是水師統領朱強，都不會去做。然而，宋克的提醒也沒錯，長時間不向揚州那邊報平安，的確容易引起許多不必要的猜測。

想到這兒，陳德忽然把手臂一伸，指著已經被隔斷於雨幕之後的敵軍輪廓，大聲吩咐：

「來人，集中所有夠得上的六磅炮，實心彈，三輪速射，給姓董的送行！」

「一、二、三、四、五號炮位準備，正東偏南二十度，四十五度仰角，聽我的槍聲，三輪速射！傳遞！」炮團長孫亮揚起手中紅色的令旗，衝著臨近的敵樓用力揮動。

「二號炮位準備，正東偏南二十度，四十五度仰角，聽槍聲後，三輪速射！」

「三號炮位準備，正東偏南二十度，四十五度仰角，聽槍聲後，三輪速射！」

「四號炮位準備，正東偏南二十度，四十五度仰角，聽槍聲後，三輪速射！」

……

各個身在敵樓中的炮兵都頭們，揮舞著三角旗，將孫亮的命令一個接一個傳遞下去。

很快，正東方城牆偏南側的五座敵樓中都揚起黑漆漆的炮口，裝藥手從油布之下拖出火藥桶，將標記著數字的麻袋剪開，將一整袋火藥倒進炮口。

裝彈手緊隨其後，將表面塗了一層厚厚軟鉛的炮彈塞進炮膛，然後用一根頂端帶著圓形托盤的木棍用力壓實，一炮手迅速調整角度，二炮手將艾絨搓成的火繩吹燃，重新掛上擊發錘，站在旁邊的炮兵都頭則仔細檢查一遍，然後高高地舉起另外一面橙色的三角旗。

「報告，五號炮位準備完畢！」

「報告，四號炮位準備完畢！」

「報告，三號……」

……

「嗯——！」聽著由遠及近的回應聲，炮團長孫亮得意地點頭。隨即，從身邊端起一桿只裝填了火藥的短銃，對著無邊無際的秋雨扣動了扳機。

「砰！」槍口噴出一股濃煙，清脆的槍聲穿透重重雨幕。

「轟！轟！轟！」五門六磅線膛炮，衝著董家軍的背影射出一排黑漆漆的彈丸。沒有人停下來觀看結果，事實上，這麼遠的距離，即便僥倖有結果，也不會給董家軍造成太大的傷亡。

所有炮手們按照平素訓練時掌握的程序，立刻開始清理炮膛，重新裝填火藥和彈丸，調整角度，隨即，整齊的彙報聲，再度於五座敵樓中響了起來。

「報告，五號炮位準備完畢！」

「報告，四號炮位準備完畢！」

「報告，三號……」

……

「轟！轟！轟！轟！轟！」又是一排威武的炮聲，宛若盛夏時節的滾滾滾驚雷。重重雨幕內，董家軍的身影明顯出現了混亂跡象。儘管，在淒風冷雨當中，彈丸落地之後根本無法再度起跳。

江灣新城上，炮手們卻依舊沒有停下來觀望。他們該裝填彈藥的裝填彈藥，該調整炮位的調整炮位，繼續熟練地重複上一輪的步驟，節奏清晰，動作一絲不苟。

「轟！轟！轟！轟！轟！」第三輪齊射很快就炸響起來。穿過無邊風雨，宣告一支鐵軍的存在。

他們沒有戰敗，江灣新城還牢牢地控制在他們手裡。他們也沒有畏懼，從上到下都鬥志高昂。

再多的敵人，在這支鐵鑄的隊伍跟前，都是紙糊的靶子。看上去一時風光，用不了太久，就得被打回原形！

「喀嚓！」天空中猛然劈下一個巨大的閃電，照亮了城頭一張張堅毅的面孔。

「轟隆隆，轟隆隆！」烏雲背後，則有雷聲與炮聲相呼應。在滾滾驚雷聲中，第四軍長史宋克頓時覺得豪情萬丈。

自己剛才想多了，董摶霄絕對拿不下江灣城。**這場戰鬥，從最開始，結局其實早已經寫好。一群沒有靈魂的野狗，即便隊伍規模再龐大，也終究是一群野狗，狠狠地打牠們幾棍子，便會夾起尾巴，落荒而逃。**

而江灣城頭，卻站著一個個挺拔的人。已經習慣了伸直的腰桿，就不可能再彎下。

「轟隆隆，轟隆隆，轟隆隆！」

「轟隆隆，轟隆隆，轟隆隆！」

雷聲越來越急，越來越急，宛若催戰的金鼓。

兩淮的秋天，原本不是個打雷季節，卻從傍晚打到深夜，片刻不停。

一道接一道閃電從空中劈落，照亮揚州城南門上高大寬闊的敵樓，還有敵樓當中，那個不算魁梧的背影。

有輛四輪馬車冒著大雨從街道上駛了過來，徑直鑽進了城牆下的門洞。須臾之後，一個身影自馬道急匆匆地奔上城頭，三步併作兩步衝入敵樓當中，對著燈光下的肅立的男人舉手行禮，「報告，吳將軍，逯長史有事求見。」

「讓他進來！」第四軍指揮使吳永淳抬手還了個標準的朱式軍禮，大聲吩咐。隨即，又皺了下眉頭，道：「等等，我到門口迎接他，你趕緊下去攙扶一下，老人家腿腳不方便……」

「小子，又胡說什麼呢！我老人家怎麼會老到如此地步？」話音未落，敵樓外已經響起了淮揚大總管府副長史逯魯曾特有的反駁聲。有一點點啞，卻中氣十足。

「先生，您不好好地在總管府坐鎮，怎麼跑這兒來了！」吳永淳聞聽，趕緊快步迎了過去，親手去托著老人家的胳膊，「小心，地上滑。雨有點大，他們跑來跑去，弄得門口全是水！」

「不妨！你忙你的，我只是過來看看！」逯魯曾輕輕擺手。

他說得客氣，第四軍指揮使吳永淳卻不敢怠慢，一邊伸手去解老人家肩膀上的蓑衣，一邊大聲吩咐，「快，把火盆點起來，讓先生烤烤！老趙，你過來幫個忙，幫先生把蓑衣掛起來！」

「不用那麼費力氣了，我在你這兒站一會兒，馬上還得到別處去！」逯魯曾道。

「那就先喝口熱茶！」吳永淳點點頭，親手給老人倒了碗濃茶。

於公，逯魯曾位置在他之上，值得他尊敬；於私，他的正式名字乃是老人所取，相當於半個入室弟子。所以用晚輩伺候長輩之禮相待。

然而老人這會兒顯然不是為了擺長輩架子而來，先捧著熱茶慢慢抿了幾口，然後望著外邊被閃電照亮的夜空，忽然問了句：「二十二，江灣那邊，一號緊急預案需要啟動麼？」

「一號備案應該暫時還用不上！」吳永淳先是微微一愣，然後緩緩搖頭。

他吃驚的不是對方也知道一號備案，而是老人忽然叫起了自己以前的名字：吳二十二。那就意味著，當初的賜名之德可能到了需要回報的時候了。而眼下自己手中，除了兵權之外，恐怕沒有任何祿老夫子能看得上的東西。

果然，一號備案只是個開場白。

逯魯曾快速四下看了看，然後對著外邊黑沉沉的雨夜，沉聲道：「老夫不知兵，所以這些日子一直心裡慌得很，二十二，你能不能告訴老夫一句實話，你有多少把握確保江灣無虞？」

「江灣今天傍晚時放了三次排炮，從聲音上來看，不是為了殺敵！」吳永淳沒有直接回應祿老夫子的話，而是非常耐心地解釋，「按照我跟陳德之間的約定，這是他在告訴我，那邊暫時不需要任何援兵！」

「呼——！」逯魯曾聞聽，如釋重負地吐了口長氣，然後又緩緩將身體轉了過來，盯著吳永淳的眼睛問道：「徐達那邊，最近情況如何？」

「脫脫已經從下游渡黃，但淮安城安如磐石！」吳永淳不知道對方到底想知道些什麼，略作沉吟回道：「徐達已經派了胡大海去守高郵，只要這兩座城市還在，脫脫早晚都得鎩羽而歸！」

淮安和揚州之間，無論是水路還是陸路都暢通無阻，而老夫子又有第一時間閱讀軍報的許可權，以上這些消息，他應該心知肚明才對，怎麼好端端地跑到自己這邊來校驗真偽來了？

沒等吳永淳揣摩出任何端倪，逯魯曾的聲音忽然變得極低，「大總管那邊可有新消息傳回來？老夫記得，他離開淮安是在五天之前！」

「沒有！」吳永淳心中頓生警覺，手按刀柄，輕輕搖頭。「末將這裡有的，長史大人都有。長史大人還有什麼事？如果沒有的話，趕緊回去睡了吧，夜已經深了！」

這是明明白白地在下逐客令了，逯魯曾卻絲毫沒有主動離開的自覺，四下看了看，以更低的聲音問道：「有謠言說，大總管在海上出了事，二十二，你聽到了沒有？」

「沒有！」吳永淳大驚失色，心神激蕩之下，腰間佩刀被拔出了半寸餘，「夫子是從何聽來？夫子，你可是大都督的長輩！」

「正是因為老夫乃大總管的長輩，所以老夫才坐臥不安！」逯魯曾緩緩後退的半步，身體繃得像一張弓。「老夫不但聽到了這個傳言，老夫還聽人說，脫脫之所以能渡過黃河，是有人故意放鬆了水面上的警戒，借刀殺人！」

「轟！」天空中忽然打了一記炸雷，閃電將敵樓內照得比雪洞還亮。吳永淳的面孔，也在這一瞬間，變得比雪還白。

大都督成親後一直沒有孩子，如果他在海上遭遇了不測，淮揚系就要立刻陷入群龍無首的尷尬局面；而被指定為第一繼承人的徐達，威望顯然跟大都督沒法比，非但蘇先生、劉子雲等元老不服，其他各軍指揮使也未必甘心唯其馬首是瞻！

所以，放任脫脫的大軍過河，通過蒙元之手打擊徐達，無疑是一步絕妙好棋。過後不管誰勝誰敗，徐達的威望定然會大打折扣。排在其後的另外幾個人，就有機會向前超越了！

但萬一脫脫打破了淮安，他們就不怕大夥全都被斬草除根麼？畢竟蒙元那邊是整整三十萬大軍，畢竟淮揚各地目前所做的一切，都與朝廷現行的制度水火不容！

正驚得魂飛魄散間，耳畔卻又傳來逯魯曾更多的聲音，有點陰，更多的是狠毒，「老夫還聽人說，最近淮揚商號有幾個股東在秘密碰頭。而朝廷那邊，則答應如果他們獻出揚州則既往不咎，他們只需要將大總管的乾股交給朝廷，其他都可以一切照舊！」

「喀嚓！」又是一道粗大的閃電，將整座敵樓震得瑟瑟土落。

淮揚商號是塊巨大的磁石，地方上頭臉人物之所以在官紳一體化納糧和攤丁入畝之後，還肯跟大總管府共同進退，一方面是迫於淮安軍手中的刀子，另外一個非常重要的原因，就是從淮揚商號名下的產業中看到了巨額的紅利。

萬一朝廷答應將商號也保持原樣不變，對地方士紳來說，最後一個抵抗的理由就徹底不存在了。沒有了大都督，他們日子只會比現在更好。

但淮安軍的弟兄們呢？淮揚高郵各地數百萬黎庶呢？還有那些剛剛從新政和新作坊裡找到做人滋味的流民呢？等待著他們的將是什麼？根本不用想，吳永淳就知道得清清楚楚！在徐州起義之前，他就是胥吏麾下的小跟班，見過當時屬於底層的所有黑暗。

「二十二是徐州人！」想到那段不堪回首的過往，吳永淳心中所有的慌亂和恐懼瞬間就消失了個乾乾淨淨。「如果沒有大都督，二十二現在幹的依舊是欺善怕惡、辱沒祖宗的勾當。二十二從軍之後，雖然把爹娘和兄弟姐妹都接到揚州，但徐州城內外卻還有我吳家數十口親人，還有從小看著二十二長大的街坊鄰居。脫脫一場大水，把整個徐州都沖沒了，所以，二十二不管別人做什麼，也不管大都督今後去了哪裡，只要二十二還有一口氣在，這揚州城就是大都督的，無論誰也拿不走！夫子，二十二這麼說，你能明白麼？」

說著話，他緩緩將腰刀拔了出來，用左手掌心緩緩擦拭。鋒利的刀刃瞬間將掌心割破，鮮紅色的血珠順著手掌的邊緣一滴滴濺落在地上，被敵樓中的燭火一照，紅得無比刺眼。

一股遮天蓋地的殺氣也從他的身體中瞬間散發出來，山一般壓向對面的逯魯曾。後者被嚇得連退數步，旋即臉上綻放出一抹真誠的笑容。

「二十二，且慢！老夫不是你想的那種人，老夫慶幸當日沒看錯你！」

「您老……」敵樓內的殺氣迅速被夜風吹散，第四軍指揮使吳永淳眉頭緊鎖，雙眼裡充滿了警惕。

「且不說大總管乃是老夫的孫女婿，我祿家上下一百七十餘口，最後活著被接過黃河的，還不到十個。」逯魯曾感慨道：「你都知道自己與蒙元不共戴天，老夫又怎麼可能再去向韃子搖尾乞憐？」

這兩句話，可是句句都說到了關鍵。雖然逯家上下沒有任何人被朱重九列在繼承者內，可他們一家跟朱重九的關係，在蒙元朝廷那邊看來，比任何人都親密。所以，眼下揚州城內任何人投降蒙元後都可能苟延殘喘，唯獨祿氏一家，絕沒有這種希望。

按照蒙元以前的殘忍行事作風，從逯魯曾起，一直到第五軍長史逯德山膝下才半歲的女兒，都無法逃離生天。

「那您老剛才……」想明白了這一點，吳永淳鬆了口氣，不解地問。

「事關重大，老夫不得不先探一探你的態度！」逯魯曾也輕輕吐了口氣，掀開衣襟下擺，露出別在腰間的一枚手雷。

這是大匠院剛剛製造出來的新型手雷，還沒正式投入生產，與眼下淮安軍配備的手雷最大不一樣之處，是在此物原來導火線位置裝了個小小的拉環，只要拉環被拉動，就會通過一根銅線扯動裡邊的玻璃渣和硫磺混合物，將其瞬間點燃，然後在數息之內，手雷就會轟然炸開，將周遭三步之內的活物盡數送上西天。

「您老作死啊！趕緊把那東西解下來！」吳永淳被嚇了一大跳。

新型手雷之所以遲遲不能投產，就是因為此物的爆炸時間無法把握，有可能拉開鐵環瞬間就炸，讓擲彈兵連將它丟出去的時間都沒有。也可能丟出去之後遲遲不炸，待周圍的人以為其啞火之時，再猛的給人一個驚喜。

「沒事，沒事，這顆是焦大匠親手做的，斷然不會出什麼簍子！」逯魯曾絲毫不驚地說：「你先別管手雷，聽老夫說。今天下午，淮揚商號的鄭、賀、胡三家股東，聚集了其他十幾個小股東商議，打算將揚州城獻給董摶霄。老夫手裡有確鑿證據，你趕緊調兵跟老夫去抓他們！」

「鄭掌櫃、賀主事和胡帳房他們？」吳永淳心裡打了個突，問道：「內衛處呢？他們怎麼一點消息都沒有？」

「張松此刻人在淮安，留守揚州的是一個叫段正義的傢伙，他在去年的科舉考試中名列乙等，奉命進入軍中歷練，然後才一點點爬到內務處副主事的位置！」逯魯曾嘆了口氣，有些無奈地說。

這年頭，能參加科舉考試的，至少都出自殷實人家，或多或少跟地方士紳都有些聯繫，所以內務處對士紳們的陰險圖謀裝聾作啞，原因就非常簡單了。副主事段某跟對方同氣連枝，故意給後者行方便而已。

一切都非常清楚了，但吳永淳依舊搖頭，「按照大都督北上前定下的規矩，內務處只管監督探查，抓人卻要經知府衙門批准。而吳某這裡，非知府衙門邀請，同樣沒資格去抓人！」

「這個時候，哪還能考慮那麼多！」逯魯曾聞聽，立刻急得兩眼冒火。「下午的事，明理書院的山長劉伯溫也曾經參與；而那劉伯溫，又是羅知府的師叔，萬一他也被拉了過去，你想後悔都來不及！」

「嗆啷！」剛剛入鞘的雁翎刀，再度從吳永淳腰間躍鞘而出。

幾個地方士紳並不可怕，他們手中的家丁再多，第四軍隨便派出一個營的輔兵去，也能迅速將其打得土崩瓦解。可怕的是那個劉基劉伯溫！

此人手中的明理書院雖為私學，卻吸引了許多在新政中鬱鬱不得志的讀書人慕名前去投奔，在揚州城內隱隱已經形成了一股勢力。而此人平素所結交的，又多是施耐庵、羅貫中、陳基、葉德新這等大總管幕府內的高級文職，萬一其中一兩個被他洗腦拉了過去，對眼前局勢來說，無疑是雪上加霜。

幾乎出自本能，吳永淳就打算派出親衛，跟著逯老夫子，去將下午秘密聚會的那群人一網打盡。然而，當看到老進士那氣急敗壞的模樣，已經湧到嘴巴的話，被硬生生吞落於肚！

老夫子心志之脆弱，在整個淮安軍中是出了名的，若光是紙上談兵，或者沙盤推演，只要不動真章，恐怕連大都督本人都不是他的對手。可如果是各領一軍模擬實戰，根本不用吳永淳自己出馬，就連第四軍剛入職沒幾天的長史宋克都能輕鬆將他拿下，所以儘管此老與大都督有翁婿之親，大都督卻從不讓他獨當一面，怕就怕的是此老關鍵時刻又亂了心神，做出什麼自己給自己挖坑的事來！

「怎麼，二十二，你還懷疑老夫會對大總管不利麼？」見吳永淳將拔出來的腰刀又慢慢往回收，逯魯曾心裡愈發著急，跺了跺腳，紅著眼睛問。「老夫可是黃土埋到脖子的人了，即便蒙元那邊許下天大的好處，老夫又能享受得了幾日？」

「不是！」吳永淳搖搖頭，心中好生委決不下，欲言又止，「您老不是害人之人，您老……」

正搜腸刮肚，琢磨著該如何讓老人家鎮定下來，從長計議的時候，門外傳來一陣靴子踩在水裡的聲音，「啪啪，啪啪，啪啪！」緊跟著，親兵都頭吳四推門而入，「報告指揮使！羅知府、施學政和劉山長，在城下求見！」

「什麼？只有他們三個麼？」吳二十二眉頭一挑，手又緊緊地握住了刀柄。

「你趕緊派人四下看看，周圍還有沒有伏兵跟著？」逯魯曾臉色瞬間變得極為亢奮，「如果他們帶著嘍囉來，剛好一網打盡！」

「就他們三個，還有一個趕車的車夫！」吳四不明所以，「屬下怕他們淋壞了，已經自作主張讓他們在門洞裡躲著了。指揮使如果不想見他們，屬下就跟他們說，您已經睡下了，讓他們明天早晨再來！」

「不用！」吳永淳笑了笑，輕輕放開刀柄，「你去請他們上來。再讓炊事班燒一大壺濃茶。雨這麼大，別把他們三個讀書人淋出了毛病！」

「這……」逯魯曾想了想，欲言又止。

劉基等人雨夜連袂而至，肯定是別有所圖。但光憑著三個書生，卻不可能奈何得了吳永淳分毫。畢竟後者是跟著朱總管一刀一槍殺到指揮使位置上的，近身相搏的話，甭說劉基等區區三個書生，再來三十個書生都未必是他的對手。

正猶豫間，羅貫中、施耐庵和劉基三個已經魚貫而入。見到逯魯曾也在場，先愣了一下，然後打招呼道：「吳指揮使，祿長史，深夜打擾，請恕我等冒昧。」

「不妨，剛好我在跟祿長史探討敵情，你們來了，說不定還能幫忙參詳參詳！」吳永淳向三人拱拱手，回道。

「可是江灣那邊的戰局有變？」施耐庵聞言，立刻打聽道。

羅本的表現可比他這個老師沉穩多了，攔住他的話頭，「恩師您別亂猜，吳將軍乃百戰宿將，心中自有定奪，咱們三個連戰場都沒上過的人胡亂出主意，反而會幫倒忙！」

「那倒不妨！」聽羅本主動撇清不會干涉軍務，吳二十二心中愈發懷疑逯魯曾先前的判斷，擺擺手笑道：「反正還有參謀們呢！倒也不會因為一兩句話就做出什麼錯誤決定，三位這麼晚來找吳某有要緊事麼？還是聽到了什麼風聲？」

「的確有兩件事，需要跟你這個指揮使商量！」施耐庵性子急，搶先道：「今天下午，鄭掌櫃、賀主事和胡帳房他們，找我師弟一起去商量。他們和其他二十餘位揚州士紳，打算捐十萬貫銅錢及十萬石糧給大總管府，以助吳指揮使一臂之力！」

「啊——？」

不光是吳永淳大吃了一驚，逯魯曾也驚呼出聲。這可跟他得到的消息差得太遠了，簡直就是天上地下，萬一屬實的話，今後讓他這個老夫子如何在同僚面前抬頭做人？

「第二件事，是有關破敵之策。我師弟說，他有一計可令敵軍不戰自亂！」施耐庵沒留意到對方的反應，繼續說道。

「破敵之策？」逯魯曾的眉頭皺了起來，側著臉上下打量劉伯溫。

是了，先拿出十萬貫錢和十萬石米糧來，麻痹吳二十二，令其失去戒心，然後再找機會與城外的敵軍裡應外合。到頭來，這十萬貫錢和十萬石米，相當於在淮安軍的庫房裡轉了一圈，就又回到了士紳們的手中，說不定還能賺回不少利息。這主意，打得也太高明了。

還沒等他提醒吳永淳不要上當，後者卻已經拱手道：「如此，吳某就多謝揚州城的父老鄉親們了，有這多出來的十萬貫錢和十萬石米，至少能讓吳某又招募萬餘民壯；至於破敵之策，劉山長若是肯指教一二，吳某求之不得！」

說著話，將身子轉向劉伯溫，長揖及地。

見吳永淳對自己如此禮敬，平素沒少向大總管府上下翻白眼的劉基，忽然變得有些不好意思起來。雙手抱拳還了個長揖，紅著臉道：「其實劉某也是紙上談兵，到底可不可行，還請指揮使仔細斟酌。」

「但說無妨！」吳永淳輕輕擺手，「劉山長不必客氣，我家大都督沒出征前，就曾經親口說過，可惜不能讓山長同行，隨時為其出謀劃策！」

這也是淮揚大總管府上下，始終對劉伯溫以禮相待的原因之一。

連朱重九都對劉伯溫禮敬有加，非但不在乎此人吹冷風說怪話，還悄悄地示意商號從他自家的分紅裡拿出一大筆錢來，資助對方開書院；其他文武就更不方便跟劉某人太較真兒了！況且，劉伯溫平素只是喜歡對淮揚大總管府所頒佈的各項政令吹毛求疵，事實上，也沒做什麼太過分的事情。

聞聽此言，劉伯溫臉色更紅了，訕訕地道：「吳指揮使過譽了！大總管身邊，武有徐達、胡大海和吳將軍，文有陳參軍和章參軍，何須劉某再去添亂？若不是眼下戰事緊，劉某心中實在忐忑，劉某甚至不該冒昧給指揮使獻計，以免亂了將軍的心神。」

「這是哪裡話來！」見劉伯溫變得如此謙虛，吳永淳好不適應，趕緊道：「能得山長襄助，吳某求之不得！山長休要再客氣，有什麼妙計，儘管當面賜教！」

「那劉某就不客氣了！」劉伯溫原本就不是個拘束之人，雖然今天彎子轉得有些大，但既然對方沒將以往的行為當一回事，他自己就更不會求著別人糾纏不清了。

「劉某以為，指揮使如今最為難之處，便是手中兵少，需要守住的城池又太多；而敵軍卻傾巢而來，人數十倍於我，令人招架不及！」

「正是！」吳永淳點點頭，對方說的是事實，只要長著眼睛的人，都能看得一清二楚，他沒有必要否認。

「而指揮使所為難的第二件事，便是消息傳遞不暢。非但揚州距離淮安有些遙遠，大總管那邊若是有什麼變化，這邊未必能立刻得知，即便是江灣新城那邊，如今指揮使想要知道其安危詳情，恐怕也極為艱難！」劉伯溫清了清嗓子。

「的確如此！」吳永淳看了一眼羅本，點點頭。

既然劉伯溫還以為大都督身在淮安，就說明羅本沒將淮安軍的機密透露給他，那三人勾結起來圖謀獻城的推斷便不成立，否則，此刻至少劉基應該知道大都督五天前的夜裡就已經揚帆去了膠州，至今沒送回任何消息。

「然指揮使可曾想到，您這裡與淮安消息傳遞不便，董摶霄距離杭州更遠，消息往來更不及時？」劉伯溫的聲音陡然轉高，聽起來如同當頭棒喝。

吳永淳立刻被點醒，衝著劉伯溫深施一禮，急切地問道：「山長的意思，可是**讓吳某散佈流言，亂董賊軍心？**」

「這只是第一步！」劉伯溫點點頭，露出一副孺子可教的表情，「董賊只是一味地強攻江灣，對揚州城放任不理，行的應該是圍點打援之計，所以將軍您完全可以對他的舉動置之不理，趁機派出細作，散佈張士誠和王克柔兩位將軍攻入浙東的消息。董賊所部毛葫蘆兵多為當地士紳子弟及其名下的佃戶，聽到家鄉的警訊，肯定會心生退意。

「第二步，指揮使可以派出使節進入方國珍的軍中，以厚禮賄賂他出工不出力。那方國珍乃海賊出身，向來沒什麼大志，當年造反不過是為了受招安當官，如今幫著蒙元入寇淮揚，也不過是圖個升官發財。指揮使拿些揚州特產的奇珍異寶給他，自然會令他懈怠。而董賊和方賊之間，原本就彼此互不信任，一方消極避戰，另外一方卻傷亡慘重，用不了幾天，就得生出嫌隙來！」

「善！」沒等吳永淳回應，逯魯曾已經在旁邊大聲喝彩，誇讚完才猛然想起自己剛才還認定了獻計者圖謀不軌，不覺老臉微紅，目光左右躲閃。

「多謝祿長史誇讚！」劉伯溫拱拱手，繼續侃侃而談，「劉某這裡還有第三步。如果前兩步都進行得順利，董賊和方賊互相之間生了嫌隙，便不會再願意與對方並肩而戰，屆時，指揮使只要帶一支精兵殺出城去，直搗方國珍大營。那方國珍麾下擅長水戰，陸戰本非所長，倉促之間又沒有防備，定然會全軍大潰，方賊一潰，我淮安水師就能重新遮斷江面，令董賊的軍糧器械難以為繼，用不了多久，其必蹈方賊後塵！」

「善！此計甚善，多謝山長指點！若能破解眼前困局，末將一定會親筆寫信給大都督，為山長請功！」吳永淳聽得兩眼放光，感激道。

逯魯曾在旁邊聽了，也只剩下了頻頻撫掌的份。先前對劉伯溫等人的指控，再也沒勇氣提起。如果後者真的準備圖謀不軌的話，至少應該打著協助防禦的名義，趁機勸吳二十二接納一些士紳的家丁進入第四軍；而劉伯溫偏偏隻字不提兵力調遣的事，始終圍繞著兩名對手的身前身後做文章，讓任何惡意的推斷都找不到地方立足。

接下來劉伯溫的話，令逯魯曾更是無地自容。

「劉某不敢居功！大總管不怪劉某輕狂，卻以德報怨，資助劉某開辦書院，這份恩情，劉某不能不報。此外……」

他看了看逯魯曾，似乎話有所指，「劉某雖然平素看淮揚新政有諸多不順眼之處，但此政畢竟活人無數，若真的讓脫脫和董摶霄兩個得了逞，劉某不知道這淮揚三地有多少人要死無葬身之地！一方活人，一方殺人，劉某縱然再愚蠢，也知道該做如何選擇。」

一活人，一殺人，這就是淮揚大總管府和蒙元朝廷之間的最大區別。淮揚新政雖然損害了一些士紳的特權，出發點和結果卻是讓更多的人能夠活下來；而蒙元朝廷卻喜歡將被征服地區的百姓不分青紅皂白殺戮一空。

所以揚州城的士紳們聚集在一起商量了整整一下午後，最終做出了一個出乎很多人預料的選擇。**他們不想死，不想把全家老少的性命寄託於蒙元朝廷大發慈悲上**。

他們以前也沒聽說過朝廷大發慈悲的先例。他們想要活下去，盡可能地在淮揚新政中活得更好，更滋潤，而情大，莫過於雪中送炭……

至於士紳們最初聚集在一處的初衷是什麼？當中有人是否曾經受到過蒙元細作的蠱惑，這些已經不重要了。目前的結果，對大總管府，對揚州城的軍心與民心都是最好的一個，瘋子才會在這當口上去刨根究底。

當即，第四軍指揮使吳永淳便拱手為禮，向劉伯溫以及委託他前來犒軍的揚州士紳致謝。隨後，便將麾下的參謀們召集到了敵樓當中，按照劉伯溫剛剛獻的計策，制定具體施行方案。

那些參謀都是兩次科舉考試中的成績優異者，又在講武堂受過專門的集訓，因此動作極為專業，很快就將吳永淳需要的東西拿了出來，隨即便是挑選得力人手，調動各類資源。

整個第四軍如同一架機器般高速運轉。

·第六章·

疑兵之計

「諸位莫要上當！此乃疑兵之計！
如此淺顯的計謀，又怎可能瞞得過老夫的法眼！」
董摶霄自己也被流言弄得心懷忐忑，但當著眾將的面，
卻不得不做出鎮定自若的模樣，手捋鬍鬚，笑著說道。

第一天的效果只是平平。

第二天敵營周圍漸漸有些躁動，到了下午，董摶霄的軍營內開始流言四起，都說張士誠和王克柔兩個趁著大夥都在外面征戰的時候，殺向了蘇杭二州。如今浙東一帶已經是烽煙處處，凡是跟在董摶霄身後找淮安軍麻煩的，其宗族都遭到了張、王兩人的血腥報復，一些替毛葫蘆兵出人出錢的高門大戶，甚至全家老幼都被殺了個乾乾淨淨！

傳言是如此甚囂塵上，令董摶霄麾下的浙軍士氣大落，白天對江灣的進攻堅持不到兩個時辰就草草收了場，回到營地後，一些將領乾脆直接向董摶霄提出放棄在江灣城下無意義的乾耗，火速派人回援浙東，保衛桑梓。

「諸位莫要上當！此乃疑兵之計！如此淺顯的計謀，又怎可能瞞得過老夫的法眼！」董摶霄自己也被流言弄得心懷忐忑，但當著眾將的面，卻不得不做出鎮定自若的模樣，手捋鬍鬚，從容地道。

「宣慰大人目光如電，我等自然佩服，只是我等都隨大人征戰在外，家鄉那邊的確空虛得很，萬一真的被小人所趁……」眾將不敢跟董摶霄明著頂嘴，話裡話外卻勸他回頭。

「可不是麼？萬一張賊真的打過去，州縣上剩下的那點兵馬，根本無力抵擋！」

「有道是，不怕一萬，就怕萬一……」

「上次彭和尚之所以打到了杭州城下，就是因為我等出征在外的緣故，如今又換成了張賊士誠……」

剎那間，中軍帳內亂得像一鍋粥，十個人裡，至少有八個動了回家的念頭，不願意再跟淮安軍繼續死磕下去。

「住口！」董摶霄聽得心煩意亂，用力拍了一下桌案，厲聲打斷：

「什麼一萬萬一，分明是爾等見賊軍火器犀利心生畏懼，那張賊士誠真的要起兵東進，首先他得攻取無錫州，而那無錫州的孫同知，昨天還曾經過江給我等運送軍糧，只是一個晚上的功夫，此地怎麼可能就已經落入張賊之手？」

「這，這……」眾將聞聽，心中稍安。

然而，很快就有人說道：「張賊素來狡詐，也許故意放著無錫州不取，轉而南下攻取宜興呢？左右不是隔著個太湖，他從宜興、湖州那邊繞個彎子，也耽擱不了多少時日！」

「對啊，張賊素來狡詐，打仗時從不跟人硬碰硬！」

「還有那王賊，可是受過朱屠戶不殺之恩的，他要是鐵了心要替朱屠戶出力，圍魏救趙是最好的選擇！」

……

眾人你一句，我一句，死活都不敢相信自家後路安然無憂。

倒不是他們容易上當受騙，而是連日來的戰鬥，的確越打越沒有滋味，數萬人圍攻一個彈丸小城，城裡到底有多少守軍不知道，自己這邊卻每天死傷枕籍。

特別是從四天前開始，城內還出現了一夥專門對將領打黑槍的神射手，前後已經有三個千夫長隔著兩百餘步遠稀裡糊塗地丟了命，大夥誰也不敢保證下一個挨黑槍的是不是自己。

「一派胡言！為將者豈可憑猜測來定進退？」董摶霄被氣得臉色鐵青，拔出寶劍，將書案砍去了一個角。「有再敢亂我軍心者，當如此案！」

「嘶——！」眾將領倒吸一口冷氣，轉眼間，整個中軍大帳內鴉雀無聲。

「董剃頭」這一綽號可不是胡亂取的，甭看他董某人出身於儒生，這些年來，死在他手裡的各類反賊恐怕要數以十萬計，因為違反號令被他當眾處斬的蒙元將領也不在百人之下，其中甚至還包括幾名開國四傑的血脈。

「我等皆受浙東父老供養，諸位擔憂桑梓之心，董某感同身受！」強力將眾人的退意壓制住，董摶霄又換了副口氣，和顏悅色地道：

「好在這裡距離無錫和宜興都不算遠，董某這就派人過江，打探這兩地的消息，如果這兩地依舊安然無恙，則證明外邊的流言乃為敵軍的疑兵之計，萬一這兩地當中任何一地有失，董某答應諸位，立刻分兵去救便是！諸位意下如何？」

「大人深謀遠慮，末將佩服！」

「大人說得是，我等先前莽撞了！」

中軍帳內，立刻響起一陣歡呼聲，每個人都一臉振奮，好像剛才嚷嚷著退兵的不是他們一般。

還沒等歡呼聲落下，門外忽然傳來一陣急促的馬蹄聲。緊跟著，浙東宣慰使司同知，董摶霄的心腹幕僚程明仲連滾帶爬地衝了進來，不顧人多口雜，趴在地上喘息著喊道：

「大人，大人速速回師，張、王二賊連袂南下，宜興，長興兩地已陷賊手，從長興到湖州，太湖東岸，連日來火光不斷！大人再不回援，我等就死無葬身之地了！」

「放肆！」董摶霄頓時氣得臉色發青，用力一拍桌案，「汝身為參軍，卻不辨謠言真偽就肆意傳播，該當何罪？來人，給我拉下去，重打二十軍棍！」

「是！」親兵百戶董澤答應一聲，帶著四五名彪形大漢衝入中軍帳內，架起程明仲就往外邊拖。

其他文職和武將們看到了，紛紛在心中打了個哆嗦，將頭低了下去，不敢再出一聲。

就憑程明仲那單薄身板，二十軍棍打完，一條命肯定去了大半。這還是看在他鞍前馬後效力多年的情面上，換了別人，董剩頭肯定就將其直接斬首示眾了！

而程明仲卻絲毫不肯念董摶霄的不殺之恩，兩條腿拖在地上，一邊掙扎，一邊聲嘶力竭地嚷嚷，「大人，冤枉啊！卑職真的不是隨意傳播謠言，卑職剛剛接到來自嘉興的警訊……」

「推出去，用馬糞堵住嘴巴，給我重重地打！」董摶霄越聽臉色青得越厲害，刀鞘敲在帥案上啪啪作響。

親兵們不敢耽擱，將程明仲的手腳抬起來往外走。不一會，軍帳外就傳來木棍與肉體的接觸聲，「啪，啪，啪，啪……」，一下接著一下，聲聲刺激得人頭皮發麻。

中軍帳內的眾文職幕僚和武將們，個個脊背發寒，誰也不敢幫程明仲求情，而程明仲起初還能嗚嗚啊啊地叫嚷，五、六棍子下去，嗚啊聲就變成了呻吟，又挨了兩、三棍子後，乾脆連呻吟聲也沒了，兩眼一番，徹底昏了過去。

好歹他也是個三品同知，行刑的親兵百戶董澤不敢真的將其活活打死，趕緊命人收起了軍棍，自己則小跑著入內向董摶霄彙報，「大人，程參軍昏死過去了。」

「還差多少？」董摶霄絲毫不同情，掃了親兵百戶一眼，冷冰冰地問。

「還差十棍子！」親兵百戶打了個冷戰，數著手指回。

「暫且記下！」董摶霄擺擺手，「抬他到後帳敷藥。三天後，再當著全營弟兄的面補足剩下的！」

這跟殺頭差不了多少了，程明仲是個要臉面的讀書人，當著全營幾萬弟兄被扒光屁股抽軍棍，即便不疼死，也得活活羞死。眾幕僚和將領們感同身受，愈發覺得膽寒，心中暗暗發誓，無論如何也不去觸董某人的霉頭，提什麼撤兵回救浙東的事！

董摶霄將眾人的表現都看在了眼裡，冷笑道：「諸君荷國厚恩，而聞謠言則潰，不怕世人恥笑麼？今日董某在此立誓，不破揚州，絕不班師，敢再胡言亂語，擾動軍心者，提頭來見！」

說罷，不待眾人反應，甩了甩袖子，大步朝後帳去了。

眾人面面相覷，在帥帳裡又小心翼翼地等了好一會兒才紛紛散去。回到各自的營房後，也趕緊各施手段，禁止流言繼續傳播，以免被董剃頭抓了現行，像收拾程明仲那樣狠狠被收拾。

除了有限的幾個聰明人，絕大多數浙軍文武主動和謠言劃清了界限。

然而，他們卻沒有料到。就在他們剛剛離開的同時，董摶霄急急地衝到程明仲的擔架旁。一邊用冷毛巾在其頭上反覆擦拭，一邊叫喊著：「明仲，快快醒來！給你送信的人在哪裡？嘉興的告急文書在哪裡？」

「唔──！」好半晌，程明仲才從昏迷中醒轉，虛弱地罵道：「董剃頭，你好狠的心吶！」

「慈不掌兵！」董摶霄用冷毛巾在他臉上狠狠抹了兩把，詢問道：「信使在哪？除了你之外，還有誰知道宜興失守的消息？趕緊告訴我！你知道亥下之戰是什麼結果！」

最後那句話說得非常隱晦，但進士出身的程明仲，頓時驚出了一身冷汗。

當年楚霸王在亥下，手中原本還有八萬將士，完全可以從容撤退；韓信卻依靠大肆散佈楚地被漢軍奪取的消息，令楚軍士氣崩潰，八萬兵馬全軍覆沒。項羽本人也因為突圍失敗，自盡烏江。

眼下浙軍面臨的形勢，與當年的楚軍何其相似！萬一故鄉危在旦夕的消息傳開，那些以佃戶和莊丁為主的毛葫蘆兵，肯定會士氣盡喪，而長江的寬度，卻數倍於烏江，即便有方國珍的鼎力相助，浙軍也不可能一夜之間撤回南岸。更何況方國珍這廝是個典型的牆頭草，發現事情不妙，誰也保證不了他會不會臨陣倒戈！

想明白了前因後果，程明仲再也無法恨董摶霄對自己痛下殺手了，即便換了別人來做主帥，遇到同樣情況，恐怕做的第一件事，也是殺人滅口。

「信在我的貼身口袋裡頭，那信使，我已經命親兵王三帶著他下去吃飯了，此刻應該在王三的寢帳附近！」

「來人！」董摶霄聞言，立刻低聲斷道。

「末將在！」親兵百戶董澤立刻大步而入。

「去程同知那邊，把嘉興來的信使，還有所有跟信使接觸過的人，無論級別，全給我關起來。記住，別弄出太大動靜，誰敢喧嘩，格殺勿論！」

「是！」親兵百戶董澤大聲答應。

不待他的腳步聲去遠，董摶霄再度將目光轉向程明仲，「程同知，今日之事，董某實在對你不住！董某這廂賠罪了，請明仲千萬不要恨我！」

說罷，雙手抱在胸前，給程明仲做了一個長揖。

「大人這是哪裡的話！」程明仲見狀，感動的兩眼發紅。「是下官自己考慮不周，亂了軍心。若是換了別人，早被一刀砍掉首級了，怎敢對大人心懷怨恨？」

「唉！」董摶霄嘆了口氣，從程明仲示意的地方取出告急文書，卻不立刻觀看，而是又嘆了口氣道：「警訊我已經收到了。你放心去！身後榮蔭，自有董某負責向朝廷為你謀劃。」

「什麼？」程明仲愣了愣，一時間無法相信自己的耳朵。「你，這是什麼意思？我已經被打成這樣子了，難道還不夠麼？」

「明仲，恕我無奈！」董摶霄沒做解釋，單手握住程明仲的脖子，緩緩發力，「真的很抱歉，你不要恨我，換了你跟我易位而處，結果也是一樣！」

「呃，呃呃！」程明仲奮力掙扎，然而畢竟是個書生，又剛剛被打掉了半條命。哪裡敵得上四肢健全，又突然痛下黑手的董摶霄？短短幾個呼吸之後，就失去了全身的力氣，頭向側面一歪，兩行紅色的淚水順著眼角緩緩地淌了下來。

感覺到老友的生命力一點點消散，董摶霄卻依舊不肯立刻鬆手，繼續咬牙，猶如念經般低語著：「殺一人，救數萬，與其當眾被用軍棍杖死，好歹這樣還走得體面些。明仲切莫恨我，汝的後人，董某替你照顧便是。只要咱們將那朱屠戶擊敗，你至少是一省參政，子受你餘蔭，亦不失同知州府。你儘管放心的去，有董某在，他仕途……」

直到程明仲的屍骸徹底變涼，他才終於停止念叨。深吸幾下鼻子，衝著帳外吩咐，「來人，去臨近的莊子尋一副上好的壽材來，厚殮程參軍。他操勞軍務過度，為國盡忠了！」

「是！大人！」親兵們低聲應道，誰也不敢露出對死者的半分同情。

按照宣慰大人在浙東定下的規矩，哪怕發生了天大的事情，負責傳遞消息的信使，沿途都不得大肆張揚，只有見到了軍中的主官，才能如實彙報，所以，今天**程明仲不得不死**！只有將他和信使以及信使今天接觸到的人全都殺掉之後，張士誠攻入浙東的警訊才不會大面積擴散開，而警訊擴散的速度越慢，浙軍的士氣崩潰得也就越晚。

「來人，去通知所有將領，整軍備戰。明早辰時，本宣慰親自替他們擂鼓助威！不破江灣，誓不收兵！」沒空理會親兵們如何兔死狐悲，董摶霄用更高的聲音命令。

「是！」有人接過令箭，然後匆匆離去。不待他的背影消失，董摶霄抖擻精神，繼續將第二，第三，第四條、第五條將令，逐一傳了下去。

「來人，傳令給布哈千戶，命他連夜趕製火藥車，能造多少就造多少！」

「來人，傳令給蕭萬戶，命他重金招募敢死之士，準備用火藥車炸城！」

「來人……」

「是！」「遵命！」一連串的回聲響了起來。負責傳令的親兵一個接一個衝出帳門，各自領命而去。

望著眾人遠去的背影，董摶霄用力揮了幾下拳頭，臉上的青筋抽動。他是個百戰宿將，深知士氣崩潰的後果，仗打到這個地步，浙軍早已沒有全師而退的可能。

況且隔著一條大江和七八百里路，即便他能僥倖平安退回南岸，也不可能趕在張士誠兵臨城下之前返回杭州。所以，與其冒著全軍潰散的風險往回跑，還不如**賭一次大的，用揚州來換杭州**。

只要能把江灣新城和揚州城拿到手，就算平江和杭州兩路都被張賊佔據了又如何？憑著揚州的富庶，還愁養不起十萬大軍？受損的只是那些地方士紳，對他董摶霄本人來講，不過是從銀窩跳進了金窩，無論怎麼算都沒虧吃！

「大人，卑職覆命！」親兵百戶董澤恰巧這會兒趕了回來，走到董摶霄身後，保持五步遠的距離，拱手彙報。

「都處置完了？一共殺了幾個？留了幾個？」對於自己這個同族晚輩，董摶霄素來頗為器重。收起心中的千頭萬緒，緩緩走了幾步，低聲詢問。

「除了信使本人之外，其餘在押入罪囚營後，都用沙袋壓死了！一共二十三個。」董澤回道。

「信使呢，你為什麼要留下他？」董摶霄著幾分考校的意味，背對著董澤繼續追問。

「天黑之後，末將準備將他帶出去，丟進江中。」董澤聲音壓得更低，「他的船在半路上沉了，所以沒有任何消息送過來。大人您可以隨意決定進退！」

「嗯！」董摶霄點了下頭，臉上終於露出幾分笑容。到底是自家孩子用起來放心，根本不需要自己這個做叔叔的給出太多暗示，就知道去殺人滅口，還能舉一反三，連今後可能出現的麻煩，都提前一步掐死在了萌芽當中。

「大人，末將有一句話，不知道當講不當講？」見董摶霄心情不錯，親兵百戶董澤向前湊了湊，猶豫著問。

「說吧，你有什麼鬼主意？是關於眼前戰事的麼，但說無妨！」董摶霄大度地說。

對於自家晚輩，他的耐心總是多一些。這一手其實是學的蒙古開國大漢忽必烈，讓信任的人在身邊擔任親兵，就能言傳身教，無論將來是放出去獨當一面，還是繼續留在帳下出謀劃策，都遠比外邊招募來的可靠。

而董澤也的確沒辜負他的期待，想了想，再度壓低聲音說道：「卑職不敢過問大人的軍務，但是卑職以為，方谷子其人鼠目寸光，大人與其日日提防著他，不若趁著他對南岸的事情一無所知情況下，**先下手為強！**」

「你是說……」董摶霄的眉頭立刻往上一挑，雙目裡放出兩道精光。

「他手裡有上千條戰船！」董澤答非所問。

董摶霄倒吸了口冷氣，自己剛才光顧著準備破釜沉舟，卻把方谷子這個旁觀者給忘記了，**如果真的吞併了他的部眾和團隊，豈不是又多了一條退路？**即便最後戰果無法令人滿意，有那批戰船在，自己的老底也不會就此賠光，駕著大船揚帆而出，無論向南向北，誰人阻擋住?!

想到這兒，董摶霄精神大振，不待百戶董澤做更多的解釋，就吩咐道：「為叔知道了！你立刻帶著為叔的信物，去那方谷子營中，請他明日辰時，帶領親兵到城下觀戰。就說董某邀他，看兒郎們如何破賊！」

但凡出賣國家民族之輩，通常都殺伐果斷得很。大抵在這類人心裡，什麼國家、民族、親情、友情，全都比不得他一個人的私利，當然算計起別人來，絕對不會產生任何愧疚。

董摶霄便是如此。這些年來他之所以能像風箏一樣平步青雲，**靠的就是屠殺義軍和百姓時下得了狠手**。所以需要犧牲掉程明仲時，他毫不猶豫，轉過頭來圖謀身為友軍的方國珍，也一樣輕鬆自如。

況且那方谷子原本出身於海賊，連讀書人都不算上。朝廷對他委以重任，純屬被逼無奈之舉，而董某人設計除掉他，等於是為朝廷割去了一個毒瘡，細算起來，只會有功，不會有過。

他這邊如意算盤打得不錯，方國珍那邊卻好像粗心大意得很，接到董摶霄邀請後，居然想都沒想，就興高采烈地答應了下來。

「好，多謝宣慰大人提攜。明日一早，方某就去江灣城下與他相見，百戶大人只管回去覆命，就說方某榮幸之至！」

又親自將負責前來相邀的親兵百戶董澤送出營門外，待後者的身影去得遠了，才神秘地笑了笑，轉頭回去安歇。

第二天一大早，董摶霄在中軍帳內擂鼓聚將。先是照例說了一番慷慨激昂的話，然後吩咐自己的親弟弟董昂霄帶著五千兵馬守營，自己則糾集起其餘所有戰兵輔兵殺向江灣新城，四萬多人馬如海潮滾滾，踏起的煙塵遮天蔽日。

顧忌著城頭上的火炮，大軍在距離江灣城東牆七百步遠的位置就停了下來，重新排兵佈陣，調整攻擊次序。隨軍攜帶的弩車、火炮、沖車、炸城車，也都匆匆在陣前排開，隨時準備投入戰鬥。

董摶霄的嫡系萬人隊排在軍陣的正中央，左右兩側則是戰鬥力較強的一千蒙古兵和五千探馬赤軍，各自排了一個鬆散的方陣，與董某人的本陣隔著二十步左右的距離隨時候命。再往左右兩側延伸，則是來自宜興、嘉定、長洲、杭州、無錫等地的毛葫蘆兵，皆由地方豪強的子侄為主將，規模三千、五千到一萬不等，打著各式各樣的旌旗，看上去聲勢極為浩大。

正忙碌間，耳畔忽然傳來一陣劇烈的戰鼓聲，「咚咚咚，咚咚咚，咚咚咚！」江灣城的城門忽然大開，一隊隊淮安將士如涓涓細流般從城門口湧了出來。

他們每一隊的人數都只有百餘，卻一隊接著一隊，毫無停頓。

走出城門之後，立刻快速搶佔了浙軍在昨天進攻中搭建的臨時橋梁，然後又分成數股，一隊接一隊從橋上快速通過。轉眼間，就背靠著護城河，集結成了一個小小的長蛇陣。

「這……」正在忙著整隊的浙軍中，幾名經驗豐富的老將不約而同地皺起了眉頭。

敵我之間兵力差了足足有二十多倍，**作為勢弱的一方，淮安軍居然放棄守城，主動出來野戰，他們的主將莫非吃錯藥了麼？**

「來人，命令斥候隊，立刻靠到近處確定敵情！」不光是隊伍中的老將們，同樣身經百戰的浙東宣慰使董摶霄，也被守軍的舉動弄了個滿頭霧水，略作遲疑後沉聲吩咐。

「是！」親兵百戶董澤上前接令，策馬衝向隊伍中的斥候。

不一會兒，五十餘名斥候催動各自的坐騎，像野鳥投林一般奔向遠處的淮安軍，準備替自家宣慰大人查驗一番，對手憑什麼如此有底氣？

為了避免成為火器的照顧目標，他們彼此之間都保留了至少一丈遠的距離，並且一個個將戰馬催動得飛快。

儘管如此，在他們距離淮安軍長蛇陣一百五十步遠的時候，城頭上依舊響起了持續不斷的火銃射擊聲，「砰！」「砰！」「砰！」……單調而沉悶。

聲音不算響亮，但聽在浙軍上下的耳朵裡，卻令人頭皮隱隱發麻。每一聲發出之前，城頭上還會冒出一股淡淡的白煙。

隨著白煙的增多，便有斥候在馬背上像朽木一樣墜了下去。

起先只是零星一兩個，很快就開始增多，當斥候們接近淮安軍的長蛇陣到七十步遠的時候，火銃聲忽然密集如爆豆。五、六匹正準備轉身遁去的戰馬，身體猛的一僵，隨即便有數團紅色的霧氣，從戰馬的身體上飄了起來。

像春風中飛舞的梅花一般，圍繞著其背上的斥候緩緩旋轉，旋轉，然後在斥候身上也冒出一團或者數團紅霧，與先前的紅霧交織在一起，緩緩飄到半空中，盈盈繞繞，久久不肯散去。

「砰！」「砰！」「砰！」火銃聲還在繼續，剎那間，**它們幾乎成了戰場上唯一的聲音**。除此之外，四周萬籟俱寂。

在一片靜謐的世界裡，被紅霧包圍著的戰馬和斥候緩緩倒下，一組接一組，就像市井街頭被藝人控制著的皮影，沒有胡琴喑啞的伴奏，也沒有歌者噪呱的旁白，**生命就在寂靜的世界裡，默默凋零……**

剩餘的斥候以比先前更快的速度，也是他們能拿出來的最大速度撥馬回撤。已經看清楚了，淮安軍的隊伍中，除了數門輕巧的炮車之外，沒任何值得關注的地方，他們只要將自己看到的東西帶回本陣，就能脫離身邊的死亡陷阱。

然而，來自城牆上的火銃聲，卻從背後追逐著他們，依舊單調而從容，一波接著一波，「砰！砰！砰！砰！」

「開炮，朝城牆開炮！給老夫把賊人的氣焰打下去！」董摶霄被單調的火銃聲刺激得怒不可遏，揮舞著令旗吩咐。

太囂張了，從沒見過這麼囂張的反賊，居然仗著手裡的火器犀利，對官軍進行大肆屠殺，必須將他們的氣勢壓下去，哪怕火炮的射程達不到，至少也要製造出足夠的雜訊，把弟兄們的注意力吸引開，否則還沒等開戰，浙軍的士氣已經遭到重擊。

「轟！」「轟！」剛剛在陣前擺開的四門重炮發出沉悶的怒吼。

這是在出兵之前，朝廷委託方國珍從海路為董摶霄運來的殺手鐧。每一門都重達四千餘斤，需要一整輛由五頭水牛拉的大車才能拖曳移動。

然而，如此龐然大物，射程卻只與淮安軍手中的六斤炮相仿，射出的彈丸只飛出六百餘步，就一頭扎在地上，除了濺起幾團煙柱之外，沒起到任何效果。

「嗖——！」「嗖——！」城頭敵樓中，淮安軍的六斤線膛炮立刻還以顏色。四枚表面包裹了軟鉛的炮彈，拖著恐怖的尖嘯，一頭扎進了浙軍的大陣當中，快速跳起，以詭異的折線上下翻滾。

七百步的距離，炮彈沒有任何準頭可言，但其在跳起之後，造成的效果卻依舊大得驚人。董摶霄左側的蒙古騎兵當中，立刻有兩匹戰馬被彈丸直接推得倒飛了起來，馬肚子處留下兩個巨大的血洞，白慘慘的肋骨清晰可見。

「砰！」「砰！」兩枚彈丸先後落地，發出沉悶的撞擊聲，然後又再度高高地跳起，掃過另外兩匹戰馬的屁股和脖頸，詭異地翻滾，然後再度掃中一名蒙古兵的大腿和一名百夫長後腰，才猛的扎了下去，在地上犁出兩道暗紅色溝渠。

「啊——！」慘叫聲立刻響起，不但在蒙古軍中，臨近的長洲兵和無錫兵中也接連不斷。

凡是不幸被這一輪炮擊波及到的士卒，身體與炮彈接觸處都詭異的改變了形狀，尖利的骨頭碎片戳破皮膚，暴露在空氣當中，與汩汩而流的血漿一道刺激著周圍同夥的眼睛。

「送他們上路！」隊伍中的百夫長們大聲斷喝，手起刀落，帶頭結束傷者的性命。

沒法子救，連日的戰鬥中，他們對這種傷勢早已瞭解得清清楚楚。無論身體表面看起來如何，凡是被炮彈碰到的地方，裡邊的肌肉、筋絡和骨頭都完全粉碎，禁任何草藥和針石都無法救治。並且拖的時間越久，傷者越是痛苦，還不如直接殺了他們，以防他們的呻吟聲影響周圍的士氣。

「嗖——！」「嗖——！」傷者的哭喊聲剛剛被刀刃切斷，半空中，卻又傳來了驚心動魄的尖嘯聲。新一輪炮擊又到了，一枚打失了目標，從浙軍的兩個方陣之間穿了過去，另外三枚則鑽進了不同的隊伍，濺起三道又粗又長的紅煙。

「啊——！」慘叫聲又起，剛剛整理好的隊形迅速變得搖搖欲墜，沒有人願意站在原地挨轟，儘管每次炮擊帶來的傷亡與四萬大軍比起來都微不足道，但那是對主帥而言的微不足道，對於士卒們自己而言，**每個人都只有一條命，失去了就再也找不回來**。

「打，所有炮車和弩車都給我狠狠地打！無論打得到打不到，一起打！」董搏霄察覺到身邊士氣的變化，毫不猶豫地下達了第二道命令。

「轟！轟！轟！轟！」「轟！轟！轟！」早已焦躁莫名的浙軍弩手和炮手們，迅速點燃身邊的引線，將數十枚四斤炮彈和丈二巨弩接二連三朝江灣城方向射去。

射程不夠，但他們要的並不是打擊對方，而是干擾對方的攻擊節奏。

很快，距離江灣城三、四百步處，就出現了一道黃褐色的霧牆，紛紛炸裂的弩炮和高速落地的鐵蛋丸濺起了大股大股的煙塵，轉眼間，就將雙方視線徹底隔斷。

看不到董家軍的位置，城牆上射出來的炮彈愈發沒有準頭，而浙軍各部則趁著這個機會快速做出調整，將各個方陣向前後兩個方向平攤，將士卒之間的距離再度拉大。

兩尺不夠，那就三尺。三尺不夠，那就四尺到五尺！

城頭上的炮彈飛得再遠，威力再大，跳起來之後接觸不到任何目標也是白搭，而雙方之間人數相差如此懸殊，浙軍的陣形即便排得再稀，也不怕對手趁機來攻。

「轟！」「轟！」「轟！」當第五輪彈丸落地之後，城牆上火炮終於消停了下來。正在倉惶調整隊形的浙軍將士們，幾乎每個人都偷偷鬆了口氣，臉上重新燃起了幾分對勝利的渴望。

然而，浙東宣慰使董摶霄的眉頭卻皺成了一團。

情況不對勁，非常不對勁！

以往江灣城頭上的超遠端火炮也會利用自身優勢對浙軍進行轟擊，但通常都是在雙方之間的距離縮短到五百步之內才會進行。那個距離上，炮彈落地後跳起的次數更多，殺傷力也更大，而這回，他們卻在七百步之外就耐不住了性子。

這絕對不是一種正常的反應。根據小半個月來的交手經驗，董摶霄敏銳地摸索出此種火炮的一個致命缺陷，那就是，炮管升溫速度太快，每發射五到六輪，就必須停頓一段時間來冷卻，所以在以往的戰鬥中，他總是充分利用淮安軍遠端火炮需要冷卻的空檔，將隊伍快速推進。

城上的守將則盡力避免被他抓到機會，每次齊射針對性都非常強，從不會胡亂開火。但是今天，以往總結出來的所有經驗都失去了作用，對方變得特別有恃無恐。

「莫非朱屠戶給他們派來了援軍？還是他們已經得知張賊入寇浙東的消息？」能夠以一介文官在剿滅紅巾起義的戰爭中脫穎而出，董摶霄倒不是光憑著陰狠，對危險的直覺和對敵情的洞察力，也都是一等一。

第一種情況顯然不太可能，在脫脫的三十萬大軍圍攻下，朱屠戶想保住淮安已經需要竭盡全力，根本不可能再分兵回援揚州；至於第二種，如果守將明知道浙軍後路不穩，又何必這麼急著出城野戰。繼續躲在高牆之後死守，豈不是穩操勝券？

正驚疑不定間，耳畔忽然傳來一陣陣低沉的海螺聲，「嗚嗚，嗚嗚，嗚嗚嚕嚕——」帶著一股特別的土氣和鹹腥，刺激著人的耳朵。

「什麼人？斥候呢，怎麼沒見回報？」董摶霄打了個寒顫，在馬背上伸長脖子，朝聲音來源處觀望。

只見一支規模龐大，但軍容極為混亂的隊伍，打著五顏六色的旗幟，緩緩從北方靠了過來。隊伍正前方，有一面暗藍色的大旗迎風招展，旗面上畫著一個巨大的鯊魚頭，向周圍的人露出冷冰冰的牙齒。

「方國珍——？」董摶霄愣了愣，這才想起來，自己昨晚曾經邀請方國珍前來「觀戰」。然而，他記得自己當初邀請的是方國珍本人而已，那廝怎麼把所有兵馬都拉了過來？

「報——！」還沒等他回過神來，有名夥長打扮的斥候策馬如飛而至，大聲彙報：「稟宣慰大人，水師萬戶，漕運大總管方國珍，說奉命前來助戰！」

「老子已經看到了，還用你說！」董摶霄瞪了斥候夥長一眼，質問道：「怎麼現在才來彙報？讓撒出去的其他斥候呢？都瞎了眼睛麼？」

「宣慰大人恕罪！」斥候夥長被嚇得打了個哆嗦，「是方總管派出他家的斥候，攔住了咱們斥候。他說，要給您一個驚喜。小的是怕發生誤會，才找機會偷偷溜過來彙報的，小的……」

「嗯？」董摶霄眉頭一皺，**給自己一個驚喜？兩軍陣前豈能如此兒戲？況且自己跟方谷子素來沒任何交情，他趕著拍自己馬屁幹什麼？**

「會不會是方某人察覺到一些端倪……」親兵百戶董澤為人機靈，在旁邊小心地提醒。

聞聽此言，董摶霄眼睛裡的寒光頓時減弱許多，手捋鬍鬚，輕輕點頭，「如此，倒是董某小瞧了他。也罷，既然他已經來了，就讓他跟兒郎們並肩破敵罷了！你帶幾個人，讓他把麾下兵馬先安頓下來。別靠得太近，至少保持五百步距離，等會兒有了功夫，老夫會親自過去跟他商量今日的戰事安排！」

「是！」董澤點點頭，翻身跳上坐騎，直奔方國珍部前來的方向迎了上去。

後者帶著兩、三萬兵馬隨身護駕，將其扣下來做人質的圖謀，肯定是無法實現了。如此，也只能退而求其次，在接下來的戰鬥中讓方家軍多出些力，給董家軍當墊腳石！

作為董摶霄極力培養的晚輩，早已得了幾分家族真傳。在飛奔中，便在肚子裡想好了一整套說辭。

然而，隨著雙方距離越拉越近，他忽然感覺到方家軍的情況有些怪異。前進的速度越來越快不說，整個軍隊的正前方，還有一千五六百匹戰馬，在向前推進的過程中，緩緩彙聚成了一個完美的楔形。

「不對，方谷子手裡怎麼會有這麼多騎兵？」剎那間，董澤霍然驚醒。

戰馬喜歡乾燥天氣，這是人盡皆知的事，所以黃河以南各路大軍，包括純正的蒙古軍中，戰馬數量向來都不充裕。尋常探馬赤軍和漢軍除了斥候之外，只有百夫長以上將佐才有坐騎可乘，其他低級軍官和士卒，平素甭說騎馬，連摸一摸馬屁股的機會都談不上。

然而，一向**身為海上霸主的方國珍，麾下卻突然多出來一支規模龐大的騎兵，這難道不值得奇怪麼？更何況，這支騎兵看上去還訓練有素？**

幾乎出於本能，董澤撥轉了坐騎方向，帶領著身邊的隨從掉頭便逃。他準備逃回自家本陣去，以最快速度向浙東宣慰使董摶霄示警，讓自家族叔一定要制止方谷子的人馬繼續靠近。

然而，有數匹阿拉伯良駒以更快的速度追了過來。

馬背上的騎手從腰間掏出一把短拐棍兒，左臂平伸為支架，右手果斷扣動扳機，「砰！」「砰！」「砰！」二十餘把三眼短銃將六十餘顆彈丸，隔著十三、四步距離，打進董澤等人的後背當中，深入數寸。

馬背上的「方家軍」騎手，毫不猶豫鬆開右手，讓尾端拴了皮繩的短銃自行墜落到腰間。然後迅速從鞍子下抽出一把又細又長的橫刀，以更快速度朝浙軍的右翼衝了過去。

「嗚嗚，嗚嗚，嗚嗚嚕嚕嚕——」海螺號繼續吹響，如漲潮時的海浪般一波高過一波。

「轟轟轟，轟轟轟！」馬蹄聲緊隨海螺號聲之後勢若奔雷，一千五百餘名騎兵從方家軍陣前飛馳而出，排著騎兵最常用的楔形攻擊陣列刺向自己的目標，果斷而堅定。

「迎戰！命令無錫柳二，立刻給我轉身迎戰！」董摶霄看得兩隻眼睛都瞪出了血來，揮舞著腰刀大聲咆哮。

明白了，他全明白了。怪不得方谷子毫不考慮地就接受了他的邀請，原來此人早就跟紅巾賊狼狽為奸了，就等著尋找機會給自己致命一擊。

怪不得今天江灣新城的火炮這麼遠就開始發威，原來就是為了分散自己的注意力，分散浙軍的陣形！

「迎戰！柳字營全軍右轉，正面迎戰！」董摶霄身邊的親兵們也扯開嗓子，將命令一遍遍重複。

「嗚嗚嗚——！」「咚咚咚，咚咚咚！」號角聲，戰鼓聲，緊跟在呼喊聲之後響成一片。

軍陣中，所有能傳遞命令的緊急手段，被董摶霄和他身邊的親信們用了個遍。然而，一切都為時已晚……

安排在浙軍右翼的毛葫蘆兵柳字營，乃無錫第一富豪柳家，聯合周圍三十幾家士紳出面組建。人數雖然高達七千餘眾，卻沒接受過任何與騎兵對抗的訓練，更何況倉促之間，他們也來不及將隊形重新排列緊密。

「嗖！嗖！嗖！」反應最快的弓箭手，硬著頭皮射出一波稀稀落落的箭雨。

對於上半身披著鋼絲甲的騎兵來說，這種級別的攢射，簡直就是在撓癢癢。衝在最前面的數名騎兵，每人身上至少中了三、五箭，卻連晃都沒晃一下；相反，他們鎮定地伸開了右臂，將手中橫刀翻腕向前，探成一隻隻驕傲的翅膀。

「嗖！嗖！嗖！」第二波羽箭匆匆飛來，比上一波還要孱弱無力。衝在最前方的那十多名騎兵，平均每人身上又中了兩、三箭，卻依舊沒有落馬，反而仰起頭，發出狼嚎一樣的叫聲，「啊——！」「啊——！」「啊——！」

他們一邊大叫著，一邊更用力地磕打馬鐙，帶領身後一千五百多名弟兄，如同百萬雄師，馬蹄掀起的煙塵，扶搖直上，遮天蔽日。

擋在馬隊前的毛葫蘆兵們，幾曾見過如此陣仗？再也發不出第三波羽箭；膽小一些的丟下角弓轉身便逃。膽大的則兩股戰戰，抄起根長矛，在自家身前四下亂舞。

還有一些膽子特別小的，既沒勇氣逃走，又沒勇氣抵抗，乾脆大叫一聲，丟下兵器蹲在地上，雙手抱頭，身體抖得如同篩糠！

第七章

沙場宿命

他的祖父為了大汗戰死沙場，
他的父親為了大汗戰死在另一個沙場。
阿速人是為戰鬥而生，死在戰場上幾乎是一種宿命。
然而，當另外一扇門忽然在眼前被推開時，
虎力赤卻發現，原來族中長老的教誨並不是對的……

望著眼前驚慌失措的對手，騎兵連長虎力黑心中猛然湧起一絲憐憫，想當年，**他也在同一面旗子下，為同一夥主人而戰鬥**，每天瞪著通紅的眼睛，像一隻獵狗般四處撕咬。

他**也曾經以作為獵犬為榮**。因為阿速人祖輩們傳唱的歌謠裡就是這麼說的，他們是大汗帳下最忠誠的獵犬，他們是大汗手中最鋒利的彎刀……

如果不是遇到朱總管，也許虎力黑這輩子都會和自己的父親、祖父一樣，渾渾噩噩，為蒙古大汗生，為蒙古大汗死。

甚至他的兒子，孫子，曾孫，也會重複同樣的生活。直到整個阿速部族的血液全部流乾，直到最後一個阿速人倒在戰場上……

然而，不幸，抑或萬幸的是，那個明叫朱八十一的男人，在黃河北岸，以絕對劣勢的兵力擊敗了他們，然後又大度地將絕大部分俘虜，委託北岸的堡主、寨主們替大元朝廷帶了回去，留下的只有親兵百夫長阿斯蘭，以及二十多個身負重傷，勉強抬回去肯定活不過三天的彩號。

虎力黑恰恰就是重彩號的一員，他本以為自己很快就要死了。

因為在他的記憶中，以往和自己受了類似程度重傷的同族，不是傷口感染而死，就是被上面的人下令提前結束了痛苦。他也的確親眼看到，留下來的同伴們一個接一個死去。但是，在任何人沒咽氣之前，朱屠戶卻始終沒讓大夫放棄對他們的救治……

於是乎，在病床上足足喝了三百斤藥湯，抹了足足一百斤燒酒之後，虎力赤居然發現自己奇蹟般地又活了下來；同時發現那些以往被認為必死無疑的同伴，居然活下來至少五成！

這是如假包換的救命之恩！按照阿速人祖上規矩，他們此後就應該是朱屠戶的獵犬，朱屠戶的彎刀，朱屠戶讓他們咬誰就撲上去咬誰，讓他們殺誰就衝上去殺誰。

但是當他們湊在一起向朱屠戶拜謝救命之恩時，對方卻明確地表示了拒絕。

「你們可以留下做騎兵教官，或者領一吊銅錢做路費自己離開。離開的，只要今後不再跟朱某於戰場上相遇，咱們就算兩清！」虎力赤清楚地記得當日從校場上練兵歸來的朱總管所說的每一個字。

儘管他的記憶力向來不好，但那些話和對方說話時坦誠的笑容，卻深深地刻進了他的心中，這輩子不可能忘掉。

「留下來的，按照我這邊百夫長的標準發軍餉，你們如果除了騎馬砍殺之外還有別的特長，也可以考慮留下來當個普通人，像其他人一樣活著，試試為自己而活的滋味。說實話，**朱某從不覺得給人當獵犬是一種榮耀！朱某也不需要一群獵犬！**」

像其他人一樣活著！為自己而活著！從小到大，**從沒有任何人告訴虎力赤，他可以換一種活法。**

他的祖父為了大汗戰死沙場，他的父親為了大汗戰死在另一個沙場，阿速人是為戰鬥而生，死在戰場上幾乎是一種宿命。

當另外一扇門忽然在眼前被推開時，虎力赤卻發現，原來族中長老的教誨並不是對的，自己和自己的後人完全可以老死在床上，臨終前子孫環繞……

為了這扇被打開的門，虎力赤和大部分同伴都留了下來。雖然一樣是提著刀戰鬥，一樣有可能某一天就死在馬蹄下。然而，他卻知道自己的命運已經完全不同了。

他有豐厚的軍餉，令人羨慕的軍銜，無論他走到哪裡，都因為嫺熟的騎術和刀術感受到無數崇拜的目光。

他可以在休息日，大大方方地進教堂拜自己的正神，而不用怕喇嘛、活佛以及基督教徒的干涉；他隨時都可以選擇退役，帶著積攢下來的豐厚軍餉，去淮安或者揚州城中開個鋪子，守著老婆，生一大堆孩子……

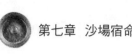

他手中的橫刀是為自己而戰，不是為了某個主人，也不是為了某個神明。而對面那張因為恐懼而變形的面孔，卻依舊是別人的奴隸。晃動的長槍給此人提供不了任何支撐，單薄的鎧甲在高速衝來的駿馬前，也起不到任何防護作用……

「轟！」在即將與對方相撞的一剎那，虎力赤輕輕抖了下轡繩，暗示戰馬揚起了前蹄。擋在他面前的那個毛葫蘆兵，像斷線的風箏一樣被踢得倒飛出去，於半空中濺落一串殷紅。

手中的橫刀同時傳來一記極其輕微的摩擦，那是刀刃與皮甲接觸的效果；用水力巨錘冷鍛出來的橫刀，不費絲毫力氣就割開了另外一名毛葫蘆兵的胸甲，沿著此人的左胸到右臂，拖出一條尺把長的刀口。

「噗！」瀑布般的血漿順著傷口噴出，濺起三尺餘高。

被橫刀抹中的毛葫蘆兵踉踉蹌蹌在原地打了幾個圈，然後被後面陸續衝過來的戰馬踩成了肉醬。一桿斜向遞過來的長槍，閃入虎力赤的眼底。他迅速擰了下身子，然後掄刀反撩。

「噹啷！」兒臂粗的白蠟桿子槍身被一刀兩段。上半截不知所蹤，下半截被其主人握在手裡，像根燒火棍般來回比劃。

另外一匹戰馬疾馳而過，「燒火棍」的主人被高速掠過的鋼刀掃中，慘叫著死去。整個敵軍的陣列被撕開了一條兩丈餘寬的口子，虎力赤帶著七八名弟兄繼續高速向前穿插，更多的淮安軍騎兵則順著這個口子湧進來，將沿途碰到的任何活物用鋼刀切成碎片。

「砰！」一桿投擲過來的短矛擊中他的護心鏡，虎力赤被砸得在馬背上晃了晃，然後繼續揮刀向前。騎兵對付步兵，關鍵在於速度。

他沒有心情看是誰偷襲了自己，也沒有必要。如果那個人不肯逃走，肯定會被陸續衝過來的戰馬活活踩死。

一匹可充作戰馬的蒙古良駒，至少有六百斤重，再加上一名一百五十斤上下的騎手，十三四斤的鋼絲軟甲。高速疾馳中與人的身體相撞，結果根本不會有任何懸念。

的確沒有懸念，來自身後的慘叫聲可以清晰地證明這一點，虎力赤猛然揮刀，砍掉一名原地發呆的長矛手的胳膊。然後又一提韁繩，從背後將一名軍官模樣的傢伙用馬蹄踹飛。兩個毛葫蘆兵忽然躺在了地上，一左一右試圖砍他的馬蹄。

訓練有素的戰馬不需要任何人的提醒就跳了起來，從二人的身體上飛掠而過。戰馬後腿落地處，正是其中一人的軀幹，上千斤的衝擊力足以令此人當場氣絕，另外一名毛葫蘆兵則被後續衝過來的馬蹄洪流淹沒，轉眼間屍骨無存！

又一名毛葫蘆兵像沒頭蒼蠅般，從虎力赤面前跑過，不幸被他的刀刃掃中，瞬間失去半條性命。兩名毛葫蘆兵在戰馬身前撒腿猛跑，雙腿舞動得像車輪一樣快。然而，兩條腿終究跑不過四條腿，虎力赤的戰馬從他們兩人之間衝了過去，留下一地血跡。

眼前猛的一空，十丈之內，再也沒有任何阻擋。第一支毛葫蘆兵的隊伍被硬生生鑿穿了，前後絕對沒超過一分鐘。

正當虎力赤準備追著潰兵的腳步撲向下一個敵軍的陣列時，身後忽然傳來了熟悉的嗩吶聲：

「噠噠噠，嘀嘀嘀，噠噠噠噠……」

這是淮安軍特有的傳令方式，不同的節奏代表著不同的指示。

「右轉，跟我來！」不遠處，另外一名騎兵連長迅速破譯出了嗩吶聲試圖傳遞的意思，拉偏馬頭，以自己為先導，帶動整個騎兵陣列開始轉向。

「右轉，跟我來！」虎力赤用生硬的漢語大叫，帶著麾下弟兄緊隨其後。

在十多個連長的配合下，整個騎兵陣列由正南向西南。巨大的楔形衝擊陣列，像怒龍般來了個大擺尾，將柳字營毛葫蘆兵剩下的人馬，如掃落葉般掃進血泊當中。而怒龍的頭顱則毫不遲疑地撲向了最終目的地，擺在董家軍陣前的那些弩車、炮車、沖車和火藥車！

「上去擋住他們！上去擋住他們！」直到此刻，董摶霄才從當頭一棒中回過神來，舉著象徵著權力的寶刀，聲嘶力竭地叫嚷。

來的不是方家軍，是淮安軍！是朱屠戶麾下的淮安軍！是淮安軍的騎兵，偷偷混在方谷子的隊伍裡，偷偷地靠近了自己，然後突然亮出了刀子。

這一招惡毒無比，令董摶霄根本來不及做出正確反應。在看到柳字營被騎兵衝垮的那一瞬間，甚至本能地想要轉身逃走。

倒捲珠簾之勢，可不是輕易能遏制得住的。如果淮安賊軍的將領經驗再豐富一些，絕對可以驅趕著潰兵，直衝他董某人的本陣。到那時，恐怕他董某人唯一的對策，就是調動中軍的全部弩手，將自家潰兵和衝過來的淮安騎兵無差別射殺！

並且這一招還未必管用，裝填緩慢的擎張弩，頂多只有兩次發射機會。而第一次，恐怕完全都要落在自己人身上。萬一剩下的那次遏制不住對方的攻勢，等待著董某人的，就是死路一條。

好在對手指揮騎兵的經驗不夠豐富。好在他們和董某人一樣，對火器甚為忌諱。有了這一瞬間的喘息機會，董某人就完全可以再將局面扳回來。畢竟董某人手中也有一支完完整整的蒙古騎兵，董某人身邊，還有一個完整的萬人隊，以及四五支規模不等的毛葫蘆兵！

「嗚嗚，嗚嗚，嗚嗚嗚嗚……」低沉的號角聲裡，三千輕易不會投入戰場的蒙古兵，斜著撲向前方，撲向自己家的弩車和炮車。

他們不光有數量優勢，他們還有祖上遺留下來的百戰百勝的威名。想當年，三千純正的蒙古騎兵，絕對可以將三萬宋軍打得丟盔卸甲。而三萬蒙古騎兵，則可以從長江北岸一路打到崖山……

「滴滴答答，滴滴答答……」彷彿與蒙古兵的牛角號相應，江灣城下，也傳來一陣清脆的嗩吶聲。

目光透過重重硝煙，董摶霄驚詫地發現，那支背靠護城河列陣的淮安步卒也動了起來。寥寥兩千人的隊伍，邁著整齊的步伐緩緩向前，彷彿自己身後還跟著千軍萬馬！

「該死！」董摶霄緊皺眉頭，低聲唾罵。

對手在指揮騎兵方面嚴重缺乏經驗，然而在對火器的瞭解方面，卻明顯是個行家！居然於命令騎兵轉頭撲向浙軍火炮和弩車的同時，調動步卒向前推進。

如此一來，無論他的騎兵最後是勝是敗，短時間內，浙軍的炮車和弩車都無法再發揮作用。而淮安軍手中那種雙輪小炮車，則可以和步卒們一道從容地佈置到最佳射擊位置。

「可以讓宜興毛葫蘆兵從左翼頂上去，擋住淮賊！」跟在董摶霄身側的一名幕僚急自家主人所急，湊過來道。

淮安軍的騎兵即將衝入浙軍的炮陣，蒙古騎兵也頂了上去。在他們分出勝負之前，誰也無法正中央通過戰場。但浙軍畢竟在人數方面佔據絕對的優勢，從自家隊伍最左翼調動一哨兵馬繞路前行，剛好能橫在淮安軍的騎兵和步兵之間，令他們彼此不能相顧。

「傳令給王可大，讓他帶王字營繞過騎兵，迎戰淮賊！」董摶霄果斷納諫，咆哮著，將令旗塞進傳令兵之手。

「大帥有令，王字營出戰。繞過騎兵，迎戰淮賊！」身後背著數面認旗的傳令兵，立刻策動戰馬，一邊朝自家左翼的宜興毛葫蘆兵隊伍狂奔，一邊扯開嗓子大喊。

「大帥有令，王字營出戰。繞過騎兵，迎戰淮賊！」董摶霄的親兵們也緊隨其後，扯開嗓子，將命令一遍遍重複。

「嗚嗚嗚，嗚嗚嗚，嗚嗚嗚……」牛角聲再度吹響，緊張得令人窒息。

「咚咚咚，咚咚咚，咚咚咚！」戰鼓驚天動地，聲聲急，聲聲催命。

從幾種不同途徑接到了命令的宜興毛葫蘆兵們不敢拖延，在其義兵萬戶王可大的率領下，大步向斜前方走去。

他們的武器大多數為長矛和樸刀，也有幾百把竹臂步弓。在裝備方面，與緩緩推進過來的淮安軍相比，劣勢非常明顯。但憑著雙倍的人數，將對手擋住一刻鐘左右應該不成問題。

一刻鐘，已經足夠雙方的主帥重新調整部署。

作為一名百戰宿將，董摶霄清楚地知道此戰關鍵在哪兒，龍騰虎躍的淮安騎兵也好，如牆而進的淮安步卒也罷，他們都不會是真正的殺招。**真正的殺招，肯定會來自正繼續從正北方向朝自己靠攏的方家軍。**

姓方的既然跟淮賊勾結，就一定是準備置自己於死地。否則，萬一自己撤回浙東，方賊將獨自面對所有報復。

然而，出乎他意料的是，方國珍的帥旗卻在距離浙軍右翼三百步外忽然停了下來，整個隊伍緩緩向東向西延伸，彷彿剩下的戰事已經跟自己無關一般，在旁邊好整以暇地看起了熱鬧。

「方谷子到底要幹什麼？」董摶霄被對方的舉動弄得滿頭霧水，已經舉到半路的令旗，遲疑地停到了耳根處。

如果方谷子不繼續向前推進的話，自己就沒有必要命令剩下的所有隊伍立刻做出調整。否則，萬一江灣城方向發生新的變故，浙軍的反應難免會慢上半拍。

還沒等他做出最後的決定，忽然間，耳畔傳來了一聲悶響，「轟——！」，一剎那，地動山搖。

是騎兵！雙方的騎兵終於正面撞在了一起！

無數目光，包括董摶霄自己的目光，剎那間都不由自主地從戰場右翼轉回到正前方，努力從兩團暗黃色的煙塵當中分辨自家袍澤的身影。

左側由東南迂迴過來的那團巨大的煙塵是蒙古騎兵，他們擁有百年不墜的威名。右側自正北方殺過來那團小了足足半號的煙塵是淮安軍，他們當中，很多人在一年之前，恐怕根本沒接觸過戰馬。雙方在聲勢和規模上都不屬於一個量級，勝負的趨勢應該非常明顯！

然而，令大夥感到驚詫的是，包裹著騎兵的兩個暗黃色的煙塵團，卻頭對著頭，重重地頂在了一處。彼此擠壓，迅速合二為一，彼此間很快就分別不出半點界限。

不斷有戰馬的悲鳴和垂死者的哀嚎從煙塵最濃郁處散發出來，刺激得人頭皮發麻，小腹不由自主地一陣陣抽緊。

在煙塵外側，則是凌亂的炮車和弩車，以及其他各類攻城用具。可憐的弩手和炮手們，根本發揮不了半點兒作用，只能抱著腦袋，盡力遠離暗黃色的戰團。

無論是淮安軍騎兵，還是蒙古騎兵，都不會拿他們的血肉之軀當一回事。只要遇到，肯定是毫不猶豫地策馬踩過去。對於前者來說，他們是生死寇仇；對於後者來說，他們從來就不是同類，死活跟自己沒半點兒關係！

「啊——！」一具胸前開了大口子的身體，忽然慘叫著從黃色的煙團中飛了出來。鮮血沿途如瀑布般飛濺，將眾人的視線染得一片通紅。

「啊——！」「娘——！」慘叫聲壓過了所有馬蹄聲和金鐵交鳴，充斥了整個戰團。暗黃色的煙塵則快速變成了粉紅色，從地面扶搖之上，佔據了小半個天空。

天空中的雲氣，也忽然被染上了一團粉紅，飄飄蕩蕩，隨著風的方向來回移動，好像無數不甘心的靈魂，眷戀著下面的沃土。猛然間，慘叫聲再度被金鐵交鳴聲取代，「叮叮叮，噹噹噹」，宛若狂風暴雨。

一張無形的大手，就在狂風暴雨般的金屬撞擊聲之後，悄悄地鎖住了觀戰者的喉嚨，令他們無法呼吸，無法移動，甚至連眼皮都無法合攏。

就在浙軍上下都以為自己即將被活活憋死的時候，金鐵交鳴聲猛的加劇到了頂點，隨即戛然而止。**左側的粉紅色雲團四分五裂，變成無數股泥鰍，倒折而回，右側的雲團則被拉成一條粉紅色的蛟龍，張牙舞爪，威風凜凜。**

潰散的「泥鰍」們，一邊策馬逃命，一邊在嘴裡發出絕望的呼喊，彷彿靈魂已經破碎，只剩下了一具腐朽的身軀。

粉紅色的蛟龍則緊緊追在他們身後，遇到稍微大的一團泥鰍，就張開嘴巴，一口咬成碎片。然後再追上另外一團，露出鋒利的鋼牙。

董摶霄的身側也有人嘴裡發出絕望的呼喊。雙手抱著腦袋蹲在地上，淚流滿臉。

是蒙古人！蒙古鐵騎敗了！蒙古鐵騎被淮安蟊賊迎面撞了個粉碎！

到了此刻，董家軍上下才意識到，眼前的景象完全不對。

潰散成一群泥鰍的，竟然是百戰百勝，威名持續了幾代人的蒙古鐵騎！而勝利者卻是去年三月才獲得大批戰馬，以往從沒有出戰記錄的淮安新兵！

雖然，雙方在遭遇之前，他們已經和毛葫蘆兵打過了一場，雖然他們的總人數還不到蒙古鐵騎的一半！

說時遲，那時快，就在董摶霄和他身邊的幕僚們拼命眨巴眼睛，努力認清事實的當口。淮安騎兵的隊伍中當中，忽然又響起了一陣激越的喇叭聲：

「嘀嘀，噠噠，滴滴嗒嗒嗒——！」

正在追亡逐北的蛟龍猛的來了個大回頭，放棄對泥鰍們的追殺，朝著距離自己最近，茫然不知所措的董家軍弩手和炮手們衝了過去，刀砍馬踏，掀起一團團血浪。

那些弩手和炮手們一直被用來遠程作戰，很多人連腰刀都沒配，怎麼可能擋得住騎兵的衝殺？嘴裡亂紛紛發出一陣慘叫，調轉身形，朝著浙軍的本陣亡命狂奔。將造價高昂的弩車、炮車，以及各類攻城器械，統統拋棄不顧。

淮安軍的騎兵則追著他們的腳步滾滾而來，一邊衝殺，一邊調整自己的隊形。他們明明可以衝得更快，但是他們卻耐心地壓制著自己的馬速，始終不肯將潰兵徹底衝垮。他們的目光早已超越了潰兵的頭頂，如無數道閃電般，落在了董摶霄的帥旗之下。

「督戰隊，上前，無差別射殺！」感覺到淮安騎兵身上濃重的殺氣，董摶霄猛的清醒過來，大聲斷喝。

培養一個合格的弩炮手花費不菲，培養一個合格的火炮手更是造價千金。然而，比起中軍被衝垮的後果，這點兒代價微不足道！

「嗚嗚嗚嗚嗚，嗚嗚嗚嗚……」

淒厲的牛角號聲在帥旗附近響起。千餘平端著擘張弩的督戰隊越眾而出，對準潰退回來的自家袍澤毫不猶豫地扣動的扳機。

「嗖嗖嗖！」「嗖嗖嗖！」雪亮的弩箭在半空中橫著掃出一道閃電，正在倉惶逃命的弩手和炮手們，被攔腰射了個正著，一個個睜大了絕望的眼睛，搖搖晃晃，如雨中的芭蕉。

鮮血如噴泉般從他們的軀幹上疾射而出，組成一道道猩紅色高牆。

殺伐果斷的董摶霄，根本不會被如此慘烈的景象觸動，趁著淮安軍騎兵受驚減速的瞬間，再度揮動令旗：

「探馬赤軍，左前二十步，結長矛陣。擋住騎兵！擋住淮賊騎兵！」

「探馬赤軍，左前二十步，結長矛陣。擋住騎兵！擋住淮賊騎兵！」

董摶霄身邊的親兵們伸長脖子，一遍遍地大喊。

蒙古兵敗了，但是大帥手裡還有探馬赤軍，同樣是百戰百勝，同樣擁有持續了幾代的不敗美名。

「嗚嗚嗚嗚，嗚嗚嗚，嗚嗚嗚……」

「咚咚咚，咚咚咚咚，咚咚咚！」

在嘈雜的牛角號和戰鼓聲中，探馬赤軍開始快速移動。跟在弩手們身後，組成一道龐大的長矛陣。以步對騎，長矛密集陣列與弓弩配合，是最佳選擇，只要長矛陣不垮，對手就甭想再向前推進一步。

「嗚嗚嗚哇哇，嗚嗚哇哇……」彷彿故意與浙軍做對，先前在旁邊看熱鬧的方家軍中，也傳出了一陣充滿海腥味道的螺號聲響。

青黑色的軍陣再度開始向前移動，飛舞的旌旗，遮天蔽日。

「中軍、嘉定陳字營、杭州夏字營、長洲崔字營，全體右轉迎敵。督戰隊，分一半人手跟上，先滅方賊，再破江灣！」事到如今，董摶霄也沒有太好的選擇了。把牙一咬，命令剩下的所有兵馬向右迎戰。

淮安軍驍勇善戰，但人數太少，沒那麼容易在浙軍的正面造成突破。而右翼的方家軍，雖然人多勢眾，以往成名卻是在海上，到了陸地，未必能保持同樣的戰鬥力，至少，董摶霄不相信自己的嫡系部隊和毛葫蘆兵會敗給他們。

如此，擊潰方賊，清除來自側翼威脅，就成了必然之選。只有打敗了方國珍，浙軍才能專心地對付江灣城的淮賊，甚至可以趁機從兩翼包抄過去，令他們來得回不得！

「先滅方賊，再破江灣！」

「先滅方賊，再破江灣！」親兵們扯開嗓子，盡職地將軍令一遍遍重複。

「先滅方賊，再破江灣！」各路毛葫蘆兵也大聲重複，給自己壯膽。

「嗚嗚嗚嗚，嗚嗚嗚……」號角聲包含著憤怒，淒厲悠長，宛若冬天從江面上吹來的北風。

「咚咚咚，咚咚咚，咚咚咚！」戰鼓聲響如悶雷，在人的頭頂滾來滾去，讓人頭皮發麻，身體不由自主地顫抖。

伴著淒厲的號角和沉悶的戰鼓，剩下的兩萬五千餘浙軍緩緩轉向，由東西轉為南北，迎向緩緩推過來的方家海賊，每個人眼裡都寫滿了怨毒。

二百五十步，二百步，一百五十步……

雙方之間的距離越來越近，越來越近，轉眼之間，就縮短到了一百二十步之內。

忽然，董摶霄身邊傳出了一記短促的戰鼓，「咚——！」

「咚——！」各支隊伍的正中央，皆有一記短促的鼓聲相呼應。走在後排的弓箭手迅速停住腳步，揚起弓臂，嫺熟地將兩尺半長的鵰翎箭搭上弓弦。

手持長矛與刀盾的其他將士則繼續向前，一邊走一邊調整彼此之間的距離，準備與弓箭手配合，給敵軍致命一擊。

「嗚嗚嗚哇哇，嗚嗚哇哇……」正在緩緩前推的方家軍當中，也傳來一陣怪異的海螺聲，不甘示弱，彷彿在回應接對手的挑釁。

先前略顯凌亂的青黑色的軍陣也猛然停住了腳步，緊跟著，十二輛雙輪小炮車忽然從幾個方陣銜接處的縫隙當中推了上來！

「不好！」董摶霄看得心裡一哆嗦，立刻抓起令旗，準備勒令麾下將士加速前進，避免任何遠距離對射。

然而，沒等他將命令喊出嗓子，對面的小炮已經噴吐出數道火蛇，「轟！」「轟！轟！」……

一整排黑漆漆的鐵彈丸，帶著淡白色的尾跡，呼嘯著撲向浙軍的陣列。大半數砸中了目標之後，立刻扎入地面，掀起了大團大團的血肉和泥土。另外四枚，則在落地之後又迅速地跳了起來，於人群中畫出四道詭異的折線。

破碎的兵刃和肢體，在炮彈掠過的路徑上四濺飛舞，一百二十步的距離，即便是滑膛炮，威力也大得驚人，凡是被四斤炮彈掃中的浙軍將士，無論是身穿皮甲的董家嫡系，還是只有竹板或紙甲護身的毛葫蘆兵，都被掃得四分五裂！

四道血淋淋的裂縫，就出現在浙軍當中，彷彿被魔鬼咬出的巨大豁口。有士兵掉頭逃命，立刻被隊伍最後排的督戰者砍掉了腦袋。百夫長、千夫長，以及準備在征戰中謀取功名的士紳子弟們，則用鋼刀逼迫著各自的手下，上前填補裂縫。整個浙軍的陣列，在驟然停頓了數息之後，再度加速向前推進。

「嗚嗚嗚嗚，嗚嗚嗚，嗚嗚嗚……」號角聲再度響起，恨意十足。

「嗖嗖嗖嗖！」浙軍弓箭手們仰天射出一團羽箭，搶在對面的火炮裝填之際，向方家軍展開血腥報復。數百，數千，密密麻麻，令人躲無可躲。

大團大團的血花在方家軍當中濺起，數以百計的海賊中箭倒地。但是，更多的人卻迅速接替了倒地者的位置，一手舉起藤牌，一手舉起魚叉，肩膀挨著肩膀，繼續向敵軍緩緩迫近，不疾不徐。

「咚——！」又是一記戰鼓響。

數千支羽箭再度騰空，將兩軍之間的陽光切割得支離破碎。更多的海賊中箭摔倒，更多的海賊踏著同伴的血泊上前補位。

他們當中，只有極少數穿著用魚皮硝製的鎧甲，大多數只是一身布衣，但是他們卻沒有一個人轉身，哪怕死亡就近在咫尺。

「咚——！」第三記短鼓響起，大波的羽箭繼續騰空。找到感覺的浙軍弓箭手，迅速抽出第四支羽箭，搭上弓臂，同時將角度略略調高。

敵我雙方之間的距離，已經只剩下了七十步。羽箭的初始角度必須調整，才能給海賊們造成更大的殺傷。

「轟！」「轟！轟！」……搶在第四波羽箭來臨之前，十二門四斤炮再度發出怒吼。

依舊是十二枚實心彈，半數砸入浙軍當中之後，連同目標的屍骸一道，迅速被人海吞沒。另外六枚則再度跳了起來，左搖右擺，畫著之字高速跳來跳去，將沿途遇到的浙軍將士統統分解為屍塊。

六條血淋淋的裂縫再度出現於浙軍的隊列當中，近二十人當場被炮彈砸死。還有十餘名倒楣鬼被炮彈砸成重傷，倒在血泊中翻滾掙扎。

比起死者，他們的樣子更加令人不敢直視。凡是被炮彈擦中的部位，皆深深地向內凹了進去，黑色的血漿則不斷沿著傷口處汩汩而出。

在黑色的血漿掩蓋之下，則是慘白色的骨頭刺破皮膚的肌肉，探在充滿硫磺味道的空氣中，刺激著人的眼睛。

重傷者的慘狀，令炮彈軌跡附近的浙軍士卒心顫膽寒，兩腿軟得像灌了鉛般沉重。然而，沒有被炮彈波及到的其他兵勇，嘴裡則發出瘋狂的吶喊，以更快的速度朝海賊們猛衝。

七十步、六十步，五十步，只剩下這麼短的距離了。火炮根本來不及第三次裝填，而他們只要與海賊們短兵相接，就必勝無疑。

「嗚嗚嗚哇哇……」海賊們好像也感覺到了危險，隊伍中的螺號聲變得單弱哽咽。

聽到來自中軍的螺號聲，衝在最前面幾排的方家海賊忽然放緩了腳步，彼此間以更近的距離互相靠攏，高舉藤牌，護住自家的頭頂和上半身，手中的魚叉則平平地指向正前方，將整支前軍迅速收縮成了八個巨大的刺蝟。

在寒光閃爍的鋼叉鐵刺之間，又有數以千計的鐵管子探了出來，隔著短短五十步距離，穩穩地指向撲上前的各路浙勇。

「吱——！」一聲淒厲的銅哨聲，忽然穿透了號角聲，戰鼓聲和海螺聲的三重奏，如同彤雲後射出來的第一道陽光。

「砰！」一千二百支鐵管子同時噴出白亮亮的彈丸。如暴風雨般，掃在浙軍前排將士的身體上。整個浙軍的隊伍推進速度驟然停頓，隨即，無數道血箭騰空而起，將眼前的世界染得一片通紅。

是火銃。被火藥推動的鉛彈，在五十步遠的距離上，無視一切鎧甲的阻擋，凡是被集中者，要麼當場氣絕，斷胳膊斷腿，倒在地上大聲慘嚎。

所有鼓聲號角聲彷彿被卡住了嗓子般，也突然停頓了下來。整個戰場，忽然變得極其肅靜。除了傷者的慘嚎之外，再也沒有其他人雜音。

而在傷者的慘叫聲中，來自揚州城內的火銃手們迅速將槍管收了回去，筆直向上。然後從腰間掏出一個小小的紙管，將塗了紅色的一端用牙咬破，將裡邊的火藥從銃口倒了進去，然後用右手的拇指和食指從紙管底部擠出一顆彈丸，迅速填儒銃口。

雙方的距離如此之近，浙軍的前排士卒幾乎能看見火銃手們的每一個動作。然而，他們當中的大多數，卻不知道自己該繼續前進還是後退，彼此擠壓著亂做一團。

火銃，大批的火銃，至少有一千支。方家軍中什麼時候有了火銃？有火銃的，肯定不是方家軍，而是朱屠戶麾下的淮賊！

對付方家軍，毛葫蘆兵心中有絕對的自信。對上朱屠戶麾下的淮賊，毛葫蘆兵絕對不願意白白送死。

然而，董摶霄卻不准許任何人後退，親手搶過鼓槌，再度將催命鼓敲響。

「咚咚咚，咚咚，咚咚咚……」

聞鼓則進，這是軍令，違令者死。跟在軍陣最後一排的督戰隊立刻向前撲了過去，以自己人的鮮血鼓舞士氣。

數十顆血淋淋的腦袋當場被砍了下來，其中不乏士紳子弟。**所有隊伍在鋼刀和弩箭的逼迫下，再度振作士氣向前撲去，嘴裡發出的聲音如鬼哭狼嚎。**

「嗖嗖嗖！」又一波箭雨籠罩了方家軍和淮安軍組成的刺蝟陣。

「砰砰砰！」槍聲宛若爆豆，躲在刺蝟陣中央的火銃手們射出第二輪子彈，然後低下頭，迅速裝填火藥，壓緊彈丸，動作嫺熟無比。

「嗚嗚嗚嗚，嗚嗚嗚……」號角聲響個不停，宛若催命的鬼嚎。董摶霄親自帶領嫡系部隊衝上來了，手中的鋼刀倒映出藍色的日光。

「嗚嗚嗚嗚哇哇……」怪異的海螺聲連綿不斷。

在八個巨大的刺蝟陣之後，兩千多名身穿黑色皮甲的古銅臉壯漢衝上前，人手一桿魚叉，精赤的雙腳踩過血泊，留下一道道紅色的印記。

「**鯊魚兵！**」董摶霄的眼睛猛的瞇縫了起來，寒光如電。

方谷子真的瘋了，不知道他收了朱屠戶什麼好處，居然把起家老底子鯊魚兵給派了出來。

這支隊伍人數雖然不多，卻是威名在外。當年官軍幾次出海征剿，最後都折在了這群以鯊魚和鯨魚皮做鎧甲的惡賊之手。

然而，董家軍卻也藏著同樣的定海神針，來而不往非禮也，他快速抄起角旗，發出最後的命令，「親兵營，出擊！」

「轟！」如憤怒的蟻群般，從令旗下湧出兩千全身披雙層鎧甲的彪形大漢，每個人背後的認旗上，都寫著一個清晰的「董」字。

他們是董摶霄重金培養的親兵營，俗稱家丁營，每個人平素都拿四倍的軍餉，從兵器、鎧甲到吃穿用度，無不高人一等。

甚至他們的姓氏，也與普通士兵完全不同，每個人都早已改成了「董」，彷彿自己真的是董摶霄的同族子弟。他們生命早已賣給董家，臨陣時除了努力向前之外，沒有其他任何選擇。

「將老夫的帥旗豎在此處。不死不退！」望著親兵營蜂湧而上的背影，董摶霄深吸一口氣，緩緩從腰間抽出寶刀。殺手鐧已經派了上去，剩下的事情，就只能交給老天。董某人奉命來此，今日當以死報答君恩。

「青田先生，你看！」就在距離董摶霄的帥旗二百多步遠處，方國珍迅速側過頭，朝身邊的一個文士詢問。

「不急！」被喚作青田先生的劉伯溫笑了笑，鎮定自若。

二人早就相識多年了，早在方國珍第一次受招安時，身為地方官吏的劉伯溫就曾經建議上司將此人誅殺，但他的建議卻根本沒人採納，最後反倒因為方國珍上下打點，讓他丟了飯碗。

不過舊怨歸舊怨，二人現在卻成了親密搭檔，從收錢放水，到聯手滅董。幾天來，淮安軍和方家軍之間的合作，全是劉伯溫在穿針引線。無形中，方國珍也將他當成了淮安第四軍軍的化身，一言一行都代表著第四軍指揮使吳永淳的想法。

雙方的精銳已經在陣前絞殺在一起，你來我往，各不相讓。淮安軍火銃手不斷從刺蝟陣後探出銃管，給浙軍造成巨大傷亡；而浙軍的弓箭手，則把報復全都傾瀉在方家軍頭上，令他們屍橫滿地。

每一刻都有大量的士卒死去，不分敵我。如此大的損耗，令方國珍無法不感覺肉疼，咬了咬牙，冒出被友軍鄙視的風險，再度向劉伯溫詢問：

「吳將軍那邊什麼時候能成？青田先生，不過是五十門炮，你總不能讓我把麾下弟兄全搭進去。」

「快了！」劉伯溫依舊鎮定自若，從腰間掏出根單筒望遠鏡，四下看了看，然後笑呵呵地遞給方國珍，「若是連董某人的三板斧你都頂不住，將來拿什麼去雄霸四海？不過你也別太擔心，真的用不了太久了！最多半刻鐘後，形勢自然分明！」

說罷，也懶得多做任何解釋。老神在在地將袖子朝身後一背，閉上眼睛開始假寐，對近在咫尺的喊殺聲充耳不聞。

「這是什麼？」方國珍將單筒望遠鏡抓在手裡，明知故問。

這東西的用途，劉基在第一天出使他的軍營時，就曾經親手向他展示過。作為一個縱橫水面多年的老海賊，方國珍恐怕比任何人都知道能多看數里遠的距離，到底意味著什麼。

但是，上述種種都不妨礙他繼續裝傻充愣。不圖別的，只圖逼著劉伯溫嘴裡能多吐幾句承諾，以便在今後的合作中，拿著去向淮揚大總管府討價還價。

如意算盤打得精明，只可惜他完全找錯了人。劉伯溫雖然仕途上鬱鬱不得志，但好歹也是進士出身，又在官場上打過數年滾，無論智力還是和人勾心鬥角的經驗，都甩了他不知道多少街，根本不肯接話，只是繼續閉著眼睛裝逍遙神仙。

方國珍連續問了三次，也沒得到半個字的回覆，只好撇撇嘴，舉起單筒望遠鏡，開始仔細觀察整個戰場。

正前方稍稍偏左位置，他麾下的心腹鯊兵和董摶霄的家丁營正膠著在一處，戰得難解難分。戰場右側，則是其他海賊精銳硬頂著各路毛葫蘆兵。

隔著人海人牆，來自淮安軍的火銃手和來自浙東的弓箭手互相比拼準頭，互相朝對方頭上傾斜彈丸和利箭。

火銃的威力巨大，幾乎每一輪發射，都能帶走數以百計的浙東子弟。但弓箭手們卻占了射速上的便宜，利用破甲錐，在極近距離上，也給海賊們造成了巨大的殺傷。

整個戰場上，此時威力最大的依舊是火炮。不鳴則已，一鳴就是屍橫遍地，但火炮的裝填速度比火銃還要慢上數分，並且因為敵我雙方的戰兵此刻徹底攪成了一團，不得不加倍小心。

造成這種情況的主要原因，乃是方家軍的戰兵和淮安軍炮兵相互之間缺乏配合，如果換了同樣是淮安軍的戰兵和淮軍的火炮……

想到這兒，方國珍心裡突然打了個哆嗦，將望遠鏡迅速轉了個方向，對準先前從江灣新城內殺出來的那支淮安軍。

他們和浙軍的距離有些遠，但他們這會兒應該已經和浙軍發生了接觸。那隊浙東毛葫蘆兵人數雖然眾多，卻並非董賊麾下的主力。他們，天啊！他們怎麼如此之快？儘管心中已經提前帶上了幾分期許，視野裡看到的情況依舊令方國珍驚詫地張大了嘴巴。

那支毛葫蘆兵已經崩潰了，就在方家軍和浙軍發生接觸這短短半炷香時間，堵在戰場正東方那支來自宜興的毛葫蘆兵，已經被打得倒崩而回。

寫著「王」字的戰旗，早就落到了一名淮安斥候手裡，被此人騎著戰馬，倒拖在身背後來回展示。而一些依舊聚集成團，看樣子準備垂死掙扎的毛葫蘆兵們，則在這面千瘡百孔的大旗前，迅速土崩瓦解。

「轟——！」「轟——！」擺在那支淮安軍陣地後的四門小炮，猛的來了一次齊射。

不是針對毛葫蘆潰兵，而是針對不遠處正在與淮安騎兵對峙的探馬赤軍，黑漆漆的彈丸越過紛紛撤向軍陣兩側的自家戰馬，砸進探馬赤軍密集槍陣中，蹚出四道恐怖的血肉胡同。

而那支董摶霄麾下的探馬赤軍，則像被激怒了的公牛般，瘋狂地朝淮安軍衝了過去，長矛鋼刀並舉，將沿途敢於擋路的自家潰兵，殺得屍橫遍野。

・第八章・

斷尾求生

如今之際，不是後悔當初判斷錯了軍情，而是斷尾求生，
留下大部分人來吸引淮賊和海賊的注意力，
另外以小部分人掩護著董搏霄從戰場上迅速撤離。
只要成功逃回老營，
日後未必就沒有給弟兄們報仇雪恨的機會。

「結陣，趕緊原地結硬陣，然後讓騎兵迂迴攻擊探馬赤軍的身後！」儘管自己的聲音不可能被聽見，方國珍依舊忍不住低聲吼叫了起來。

探馬赤軍可不是毛葫蘆兵，無論戰鬥力還是戰鬥意志都超出了後者數倍甚至數十倍，兩千餘淮安軍與五千探馬赤軍正面硬撼，除了結陣據守之外，方國珍根本想不出任何對策。

然而，讓他心臟狂跳不止的是那支剛剛擊潰了宜興毛葫蘆兵的淮安軍，居然迅速收縮了隊形，然後旌旗斷然前指，逕自朝探馬赤軍迎了上去，細細的長蛇陣就像一條單薄堤壩，試圖擋住迎面而來的駭浪驚濤。

這無疑是找死行為，因為一旦雙方徹底絞殺在一處，撤向兩翼淮安騎兵，就很難再幫上任何忙。而那五千探馬赤軍之後，分明還藏著大量的弓箭手和弩手。透過單筒望遠鏡，方國珍看得清清楚楚。

只是看得再清楚都沒有用，距離太遠，他根本來不及給任何人示警，只能繼續眼睜睜地看著兩支隊伍迅速互相接近，從兩百步接近到一百五十步，再從一百五十步接近到一百二十步，一百步，八十步。

「嗖！嗖！嗖！」探馬赤軍方陣後排的弓箭手率先發難，朝著淮安軍的陣線迎頭射出一波箭雨。雖然距離很遠，方國珍卻覺得自己依稀聽見了那駭人的羽箭破空之聲。然後，他痛苦的閉上了眼睛。

「噹噹噹！」羽箭飛掠過八十步的距離猛的從半空中一頭扎下，砸在淮安軍的隊伍中，宛若雨打芭蕉。

「吱——吱——吱！」戰兵團長屠小弟奮力吹響嘴裡的銅哨，然後低下頭，用頭盔闊沿迎向羽箭來臨方向。

位於長蛇陣最前兩排，總計六百多名戰兵們，也微微低下頭去，學著自家團長的模樣，儘量用頭盔的闊沿和前胸甲，面對羽箭，同時繼續邁動整齊的步伐，朝敵軍推進。

冷鍛而成的鋼盔和胸甲，將絕大多數羽箭都彈得倒飛出去，沒給弟兄們造成任何傷害。但是，偶爾也有一、兩支因為角度問題，或者其他各種莫名其妙的原因，恰巧射在了胸甲和臂甲的銜接處，或者射穿了其他需要保持靈活性的薄弱點，讓中箭者呻吟著倒地。

空出來的位置很快被更後排的戰兵們迅速填補，整個軍陣，頂著狂風暴雨般的利箭繼續向前。沒有人停下來，也沒有人試圖轉身，儘管隊伍中，一些老兵在肚子裡頭已經在不停地問候某些人的直系親屬。

罵得最多的，通常都是淮安軍長史蘇明哲，論權力之重，在整個體系中，僅次於朱總管的第二號人物。

因為老兵們都清晰得記得，在去年三四月份的時候，每個戰兵都有一套全身板甲穿，就是因為姓蘇的想省錢，將所有戰兵的全身甲硬生生砍掉了一半，變成了現在這種只有前面為精鐵鍛壓，後面則為單薄的軟豬皮縫製的單薄樣式。

如此一來，鎧甲的重量的確降低了一半，可是臨戰時，士兵們就只剩下了一個行軍方向，永遠面對你的敵人前進。否則轉過身後，死得肯定更快。

沒有人會罵朱重九，無論新兵還是老兵，都清楚記得自己入伍之前，過的是什麼日子，是朱總管將他們從流民堆裡拉了出來，是朱總管讓他們第一次吃飽了飯，所以，他們就要像人一樣回報朱總管的恩情。

「噹噹噹！」第二波羽箭又凌空而至，比第一波更密，更急。

戰兵團的勇士們，依舊低著頭，用胸甲和盔沿迎著箭雨列隊前行。每一名勇士手中，都擎著一桿銳利長矛，矛頭長三尺，有四個棱，前尖後粗，最後變成一根圓圓的套管。套管內，則銜接著一根一丈五尺長的白蠟桿子，兒臂粗細，握在手裡輕重適中。

每一根長矛，都斜斜地豎在身體的上前方，隨著人的腳步輕輕擺動。一則這樣做，可以遮擋掉很多羽箭，為後排的火銃手們提供最大程度的保護；二來，這樣做也相對協調省力，不會影響低頭的角度和前進的動作。

「轟──！」「轟──！」四門小炮又來了一輪齊射，這一次，他們使用了開花彈。巨大的爆炸聲，在探馬赤軍的方陣中響起，四團暗紅的煙柱扶搖直上。

至少有二十名契丹人被炸死，還有十餘名被炸得缺胳膊少腿，躺在血淋淋的彈坑附近翻滾哀嚎。

但對於五千人的隊伍來說，這個數字卻是微不足道。跟在方陣中央靠後位置的探馬赤軍萬戶蕭延昭輕輕撇了下嘴，毫不猶豫地抄起了鼓槌，狠狠敲在架在身前的巨鼓上。

「咚！」「咚咚咚！」連綿的戰鼓聲在緊跟著在軍陣中跳起，整個契丹人的方陣再度加速。七十步、六十步、五十步……

「平矛！」有騎著馬的將領在隊伍中大聲斷喝，同時吹響嘴邊的號角，「嗚嗚嗚，嗚嗚嗚嗚……」

「刷！」六百多桿長矛猛的放平，鋒利的矛尖，對準迎面走過來的淮安將士胸口。

「嗖嗖嗖，嗖嗖嗖！」第三排羽箭再度騰空而起，遮斷頭頂上的日光。弓箭手們迅速抄起第四排羽箭，箭鋒完全用百煉精鋼打造的破甲錐，奮力將弓弦拉到最滿。

下一輪，將是最後一輪齊射。他們準備用破甲錐替自家袍澤開路，收割勝利的果實。

「吱——吱——吱！」戰兵團長屠小弟繼續吹響嘴裡的銅哨，協調整個戰兵團的步伐。他的胸甲上插著六根羽箭，頭盔邊緣還有兩根，整個人看上去像極了一隻掉了毛的孔雀屁股，要多滑稽有多滑稽。

其中有兩支羽箭，肯定已經穿透了胸甲，從箭鋒末端隱隱滲出兩股殷紅色的血跡。雖然入肉不深，卻疼得厲害，隨著他每走一步，傷口處都像有兩把小刀子在朝裡邊剮肉，但是，屠小弟卻不敢停住雙腿，更不敢讓口中的哨子停下來。

對面的探馬赤軍已經開始衝鋒，這時候，他必須站在隊伍的最前排。

這是一名戰兵團長的職責，也是一名戰兵團長的榮耀。只要他的哨聲不斷，整個戰兵團的腳步就不會變得凌亂。只要弟兄們的腳步始終保持齊整，他們的陣形就堅若堤壩。

而兩軍對戰，整體的陣形永遠優先於個人的勇力和衝鋒速度，這是副指揮使陳德親口傳授給他的秘笈，據說是陳氏將門的壓箱經典。

不光是他，戰兵團裡的副團長、營長和幾個連長，都曾經得到了陳德的類似指點，對紀律和陣形的認識，都深入到了每個人的骨頭縫隙當中。

「嗖嗖嗖，嗖嗖嗖！」第四波羽箭接踵而至。

落在人身上，則發出明顯與前三波羽箭不同的聲音，有點像重錘砸上了破鑼，又類似於冰雹砸穿了晚秋的荷葉。

是破甲錐，憑著兩年多來在戰場上出生入死的經驗，屠小弟清晰地判斷出這一波羽箭的真實面目，深吸一口氣，將銅哨吹得愈發響亮。

「吱——吱——吱！」單調的銅哨聲，壓住傷者的呻吟和破甲錐與板甲接觸時的摩擦聲，刺激著每一個戰兵的神經。

平素訓練中養成的本能，在這一刻被充分刺激了出來。幾乎第一和第二排的所有能站立的人，包括數十名被破甲錐穿透了鎧甲又刺入肉體盈寸的輕傷號，都邁動雙腿，重重向前踏步，「砰——砰——砰」，每一步都氣勢萬鈞。

他們是長槍兵，朱總管麾下的長槍兵，從徐州到淮安再到揚州，每一場戰鬥都列於隊伍最前排，只要三寸氣在，就永遠不會讓身後的袍澤直接面對敵軍。

他們是長槍兵，淮安軍長槍兵，從團長到營長到普通一卒，每一個都經過重重篩選，只要沒有倒下，就永遠不會用脊背對著敵人。

「轟——！」「轟——！」四門小炮再度吐出火焰，越過淮安長槍兵的頭頂，扎進迎面衝過來的探馬赤軍。

這一輪，是實彈。探馬赤軍方陣被迎面撕開了三條血口子，腳步卻絲毫都沒有放慢。後排的士兵大叫著填補上被炮彈砸出來的缺口，前排的士兵則咆哮著，使出身體內最後的力氣。

只有衝起速度來，才能給敵軍更強大的衝擊。

這是幾代探馬赤軍用生命總結出來的經驗，只要將對面的軍陣衝垮，接下來任務就是追亡逐北。敵軍即便有火炮助戰，也無力回天。

而淮安軍的戰兵們，卻依舊保持著同樣的前進速度，速度越快，陣形越容易被拖垮，而齊步前進，則軍陣始終如牆而進。

「吱——吱——吱！」「吱——吱——吱！」感覺到腳下大地的震顫，屠小弟眼睛瞪得滾圓，嗓子裡頭，瞬間乾燥如火。額頭上的血管也一根根蹦了出來，在頭盔內沿下快速地跳動。

「咚咚咚，咚咚咚！」他清晰地聽見自己的心臟在跳動，清晰地感覺到有股涼涼的威風在耳畔輕吹，清晰看見對面敵人的皮盔，還有皮盔下那一張張猙獰的面孔，清晰地看見迎面刺過來的雪亮長矛！

已經進入到了十步之內，再有一到兩個呼吸，就要刺中他的身體。但是，這一刻，他卻絲毫感覺不到恐懼，只覺得敵軍的腳步是如此之慢，渾身上下到處都是破綻。

而自己身上，所有傷痛卻忽然不復存在，手臂和雙腿充滿了力量。那是猛獸撲向獵物之前所積蓄的力量，只待最後那一閃而過的時機。

「嘀嘀嘀——！」一記短促無比的嗩吶聲，預示著時機的到來。

嗩吶的指揮級別遠高於銅哨。聽到聲音的戰兵團長屠小弟，立刻將身體蹲了下去，手中長矛末端觸地，矛鋒斜斜地指向前上方，迎面衝過來的那名探馬赤軍的哽嗓。

「刷！」第一排，三百名戰兵，與屠小弟一道蹲了下去。銳利的四棱矛鋒，在普通人的哽嗓高度，排成了筆直的一道橫線。

這是他們平素訓練了上千次才達成的默契，每個人都早就將動作幅度和出矛角度變成了本能。臨陣時根本不用想如何做，憑著直覺就可清楚地展示。

「刷！」第二排，又是三百桿長矛，末端觸地，矛鋒在高出第一排兩寸位置，組成第二條死亡直線。

正在奮力前衝刺的探馬赤軍，沒想到對手竟然拿克制騎兵的招數來應付他們，衝擊的速度猛然一滯。

沒有人願意拿自己的血肉之軀去硬撞矛鋒，特別是在有選擇的情況下。即便是英勇絕倫的探馬赤軍也不願意。

「咚！」根本不會給對手太長反應時間，第三排的淮安戰兵也蹲了下去。

這是一整排的刀盾兵，手中的木盾有大半個人高，重重地戳在地上，立刻組成了一堵整齊的木牆。

然而，這道木牆的作用，卻不光是為了阻擋羽箭。就在探馬赤軍急著調整戰術之時，第四排的淮安士兵將扛在肩膀上的大抬槍架在了前排的盾牆上。

只有區區一百桿，但槍管卻像成年人的手臂一樣粗細，跳動的火星迅速點燃了藥鍋裡的火藥。「轟——！」白煙瀰漫，數萬顆筷子頭大小的鉛彈從槍口噴了出去，直撲對面的探馬赤軍。

探馬赤軍的方陣正面猛的打了哆嗦，然後以肉眼可見的速度，裂開了上百道血淋淋的缺口。每個缺口處，至少都有兩三人倒地，渾身上下到處都是窟窿眼，又紅又熱的血漿，順著鎧甲上被打出來的窟窿眼，噴泉般四下飛濺。

「嘀嘀嘀——！」嗩吶聲再度響起，依舊短促而激越。

第四排的淮安士兵，迅速將笨重的抬槍扛上肩膀，倒退著向後。第五排士兵與他們相對而行，將三百桿火繩槍再度架到了盾牆上。

「砰砰砰砰砰……」

十步不到的距離，即便是滑膛槍，也很難射失去目標。

當爆豆子般的槍聲結束，整個探馬赤軍方陣正面深入半丈深的位置，已經找不到站立的人，倒在血泊中的將士要麼已經氣絕，要麼手捂著傷口，翻滾哀嚎，聲音慘得令人兩股戰戰。而方陣後排的弓箭手們，剛剛將第二支破甲錐搭上弓弦，已經發酸的手臂顫抖得像風中的蘆柴棒。

「嗖——！嗖——！」第六排，也是最後一排淮安士兵上前，冒著被破甲錐射中的風險，揚起粗壯的胳膊，將三百餘顆手雷丟向了探馬赤軍。

這是用玻璃粉和硫磺作為引火栓的拉弦式手雷，擊發機率比最初的點火式手雷高出了至少兩成，三百顆手雷，竟然有兩百二十餘顆落地之後立刻炸開。大團大團的黑色煙霧，將探馬赤軍的方陣徹底籠罩。

「嘀嘀嘀，噠噠，噠噠——！」嗩吶聲再度響起，第四軍副指揮使陳德鼓足力氣，脖子和面孔因為激動而紅得宛若塗朱。

「吱——！」戰兵團長屠小弟則以一聲尖利的銅哨聲作為回應，隨即快速站了起來，將手中長矛筆直地指向了正前方。同時，他再度行使自己的臨陣指揮權，奮力吹響進攻節拍，「吱——吱——吱！」「吱——吱——吱！」

第一排戰兵，第二排戰兵，一層接一層起立，兩排長矛伴著單調而又親切的銅哨聲緩緩向前推進。遇到直立的人平推過去，將其犁成一堆堆碎肉；遇到直立的戰馬也平推過去，不做絲毫停頓。

黑色的硝煙迅速被風吹散，契丹人的方陣搶在硝煙被吹散之前土崩瓦解，五千大軍，竟然有一千餘人永遠倒在了陣地上。另外三千餘，則徹底失去與對手交戰的勇氣，丟下長矛、盾牌、角弓、弩箭和鋼刀，四散奔逃。

「站住，全都給我站住。他們火銃裡已經沒彈丸了，他們需要裝填！」作為整個方陣中僅有的幾個清醒者之一，探馬赤軍萬戶蕭延昭手持一把鋼刀，向著潰敗的士卒四下亂砍。

他的親兵衛隊則緊緊簇擁在身側，試圖追隨主將一道力挽狂瀾，亂哄哄的人流中，這一小簇異類實在過於醒目。

跟在淮安軍戰旗下的長史宋克迅速發現了他們，毫不猶豫地舉起了因為裝填緩慢而一直沒機會發揮作用的線膛槍，隔著四十步遠，緩緩扣動扳機。

「砰——！」正在試圖重整隊伍的探馬赤軍蕭延昭，應聲而倒。

「過癮！」第四軍長史宋克將線膛槍一收，回頭拋給緊跟過來的講武堂學生，然後順手從對方懷裡搶過另外一桿裝填完畢的神機銃，熟練地架上肩膀，尋找下一個目標。

線膛槍的射程和準頭雖然都遠超滑膛槍，但過於複雜的裝填流程，卻使得它變得有些雞肋。因此，目前最好的使用辦法，就是讓射擊和裝填分開，給一名射手配備三名以上裝填手，用人員數量來彌補裝填速度方面的不足。

視野裡，又出現了一個探馬赤軍千夫長的身影，大約四十多歲的年紀，身材生得極為魁梧。

出於某種身為將領的自尊，他正試圖將身邊的潰兵集結起來，儘量有秩序的脫離戰場。只是，這個努力註定是徒勞，先前那綿綿不斷的火器攻擊，已經令大多數探馬赤軍都嚇破了膽子，他們寧可在逃命中被人追上捅死，也不願意再做毫無希望的掙扎。

「砰！」宋克果斷地扣動了扳機。

六十步，以往在這個距離上，用弓箭他都能百發百中，更何況換了穩定性遠比弓箭要強的神機銃！滾燙的子彈迅速在探馬赤軍千戶的前胸口鑽出了一個巨大的血洞，周圍費勁九牛二虎之力才聚集起來數名契丹老兵，頓時作鳥獸散。

「長史，換槍！」一名身材胖胖的學生將自己的神機銃交給宋克，然後滿臉堆笑地拿走已經發射過的槍支，半蹲在地上開始裝填。

十四五歲的年紀，正是崇拜英雄的時候，文武雙全又豪氣干雲的宋長史，在許多講武堂學生眼裡，就是自己將來要追趕的目標。

宋克受推崇的程度，遠超過其他沒怎麼讀過書，完全憑著血勇和資歷熬出頭的將領。亦遠超過那些通過科舉考試進入淮安軍，本身卻手無縛雞之力的高級參謀。

曾經破家募兵反元，失敗後又流亡江湖的宋克，內心深處裡依舊藏著極其濃重的俠客情節，對學子們的崇拜顯然非常受用，先給了小胖子一個嘉許的微笑，然後將神機銃架上肩膀，緩緩左右移動。

第三個被他發現的目光是一名騎著馬的絡腮鬍子，不肯依靠坐騎的速度獨自逃命，反而高舉起一把彎刀比劃。宋克迅速將槍口對準他的胸膛，手指穩穩地壓住扳機。「砰——！」絡腮鬍子頭一歪，墜馬而亡。

「長史，給你！」又一把裝填好的神機銃主動送到面前，宋克開心地還以微笑，然後端穩槍身，尋找下一名不甘心接受失敗的對手。

「右邊七十步，長史，右邊七十步有個不怕死的！」耳畔傳來急切的提醒，他遵照學子的指示快速轉動槍口。

是一名射鵰手，正憑著嫻熟的射藝，為撤往他那個方向的其他探馬赤軍提供掩護。腳下插著一排破甲錐，每一次俯身的瞬間，都能迅速將其中一支搭上弓臂。

「砰！」還沒等宋克有找到絕對命中把握，耳畔忽然傳來一聲槍響。七十步外的契丹射鵰手胸前冒出一股血箭，不甘心地在原地打了個圈子，緩緩栽倒。

「誰？」宋克懊惱地皺了下眉，迅速轉頭。

他看見不遠處，一個白臉少年向自己微微拱手。是鄭文煥，淮揚商號某個股東的嫡子，講武堂一年一隊的大隊長，無論紙上談兵成績和場上實戰成績，在同級學子中都數一數二。

跟這些後生晚輩，宋克沒辦法太認真。擺了擺手，端起神機銃，努力尋找新的目標。

這次，他找到一個百夫長。估計是逃不動了，正帶著十幾名同樣走投無路的探馬赤軍，做垂死掙扎。「砰！砰！砰！」接連三聲槍響，從側面傳來，將這名百夫長的腦袋打了個稀爛。

「該死！」接連兩次蓄足了勢，都沒來得及擊發，宋克甭提被憋得有多難受了。側轉過頭，準備看看是哪個討厭的傢伙搶了自己的目標。卻驚詫發現，副指揮使陳德舉著一把正在冒煙的三眼短銃，朝自己用力揮動胳膊，「別貪功，上馬，跟我來！」

二人隔著足足有三十多步遠，根本不可能聽清楚對方的呼喚，但陳德的動作，卻讓宋克立即從「十步殺一人」的美夢中恢復了清醒。他是四軍長史，不是什麼朱亥、荊軻。這種時候，加強團隊合作擴大戰果，遠比自己提著把火銃到處擊殺敵將來得重要。

「你們幾個，就跟在大隊身後，遠距離射殺敵將。記住，誰也不准越過長槍兵的位置！」紅著臉將火銃丟給自己身邊的崇拜者，宋克飛身跳上專門分配給高級軍官的戰馬，雙腿稍一用力，風馳電掣朝陳德追了過去。

「董摶霄在那邊留了一支督戰隊！」不待宋克跑到身邊將戰馬拉穩，第四軍副指揮使陳德就交代，「我去帶領騎兵從兩翼包抄，先衝垮他們，你趁這會兒把步卒重新整隊！不要再管探馬赤軍了，驚弓之鳥，殺之無益，儘管帶著弟兄們去抄董摶霄的後路！董賊素來機警，小心他壯士斷腕！」

「是！」宋克紅著臉大聲答應，從陳德身邊拔起代表第四軍第二旅的軍旗，用力當空揮舞。

「滴滴嗒嗒嗒，滴答嗒嗒……」身邊的傳令兵們迅速吹響嗩吶，將最新的將令四下傳播。

「滴滴嗒嗒，滴嗒嗒嗒……」正在追亡逐北的長槍兵、刀盾兵和火銃兵身側和身後，也有傳令兵舉起嗩吶回應。

轉瞬，絕對稱不上優雅但足夠嘹亮的嗩吶聲，取代了喊殺聲和射擊聲，響徹整個戰場。第四軍的步卒們迅速放棄了對探馬赤軍的碾壓，以團、營、連為單位，朝宋克的身邊彙集。

「嗟嗟嗟，嗟嗟嗟……」還沒等探馬赤軍的潰兵們鬆一口氣，另外一聲高亢的嗩吶聲已經響起。第四軍副指揮使指揮著先前主動撤向戰場兩翼的淮安騎兵，如同兩夥捕獵的獅群般，從側後方朝他們撲了過去。

早已被殺散了建制的探馬赤軍殘部，怎麼可能阻擋得住騎兵的蓄勢一擊，嚇得慘叫連連，撒開腿，以更快的速度向東方逃遁。不求跑得比戰馬還快，只求超過自家袍澤。

「的的的，的的的……」隨著劇烈的馬蹄聲，一道清晰的裂痕在戰場中迅速形成，淮安軍騎兵們，高高地舉著橫刀，將探馬赤軍殘兵向東北方向驅趕。

而接受到集結命令的長槍兵、刀盾兵、火槍兵、擲彈兵們，則快步走向自家軍旗所在位置，不管身後傳來的喊殺聲有多熱鬧，也不管敵軍抱頭鼠竄的背影看上去有多誘人。

「列陣，還是原來的進攻橫陣！」幾個在講武堂受過專門訓練的中級軍官一邊奔跑，一邊快速梳理隊形。待所有人都趕到聚集地之後，一個六排橫陣，已經重新恢復了輪廓。

「講武堂學子，按所在大隊，站在橫陣之後，分列左右兩側。」宋克抬起頭，快速朝副指揮使陳德的認旗位置掃了一眼，努力行使自己的職責。

那面正中央繡著「陳」字的認旗，已經衝進浙軍督戰隊當中了，同行的還有先前主動撤向兩翼的淮安軍騎兵。

一千三百多名騎兵對付一千名早已成為驚弓之鳥的督戰隊，如沸湯潑雪，儘管後者隊伍當中隱藏著極多的弩手，但在驅趕著潰兵一道殺過來的馬隊面前，弩箭能起到的作用微乎其微。

「報告，一大隊就位！」

「報告，二大隊就位！」

橫陣左右兩側傳來的聲音，將宋克的目光迅速拉回。

學子們動作專業，領悟力也遠超常人，根本不用宋克過多的解釋，已經在橫陣的左右兩個後角主動站成兩個規則的梯形。梯形的每側斜邊都拉得極長，可以向左前和右前兩個方向，交叉進行遠距離射擊。

「長槍兵、刀盾兵，各自檢查兵器鎧甲！」宋克深深地吸了口氣，努力挺直胸脯，大聲命令。

「火槍兵，裝填彈藥。擲彈兵，檢查手雷袋位置和手雷數量，然後按兵種向我彙報！」

虎賁之師，**這就是真正的虎賁之師**。比起當年他散盡萬貫家財招募起來的那批綠林好漢，簡直就是鯤鵬對照麻雀。

如果帶著這樣的虎賁之師還吃敗仗，為將者就該活活羞死。如果麾下能擁有這樣的虎賁十萬，宋某人足以為大總管滌蕩天下。

「報告，長槍兵準備完畢！」

「報告，刀盾兵準備完畢！」

「報告，抬槍連準備完畢。」

「報告……」

乾脆的彙報聲，再度於宋克耳畔響了起來，令他的心中充滿了驕傲，猛的拉了一下馬頭，將手中戰刀指向戰場東北側、距離自己五百餘步外董家軍的身後。

「全體跟我去捅董剩頭的屁股！」

「滴滴嗒嗒嗒，滴答嗒嗒，滴滴嗒嗒嗒……」驕傲的嗩吶聲響起，清脆悅耳，直穿雲霄。

頭頂的烏雲迅速被穿透，裂成一片片灰黑色的水墨殘荷。剎那間，萬道陽光從烏雲的裂縫中射下來，照亮宋克身後整齊的隊伍。

每一張面孔，都非常年輕。

每一張面孔上，都寫滿了驕傲。

頭頂上的陽光很毒，浙東宣慰使董摶霄卻被凍得牙齒上下相撞，臉色蒼白如雪。

上當了！憑軍功起家，號稱算無遺策的他，居然完全判斷錯了此戰的關鍵所在。一廂情願地以為人數眾多的方氏海賊才是自己首要作戰的對象。

萬萬沒想到，**該死淮賊把真正的殺招藏在了戰場西側，只憑藉區區兩千餘步卒便給自己來了個一劍封喉。**

太惡毒了，不知道是哪個陰險惡毒的傢伙，給淮賊定下如此絕戶的詭計。方谷子麾下的海賊人數雖多，所起到的作用，卻僅僅是為了讓自己分兵！而**那兩千淮賊雖然看似單薄，卻是一把真正的倚天長劍！**

如果自己當初不管方國珍的威脅，全軍直撲背著護城河列陣的淮賊，也許對方就只能縮回江灣城中鎩羽而歸。可一邊是兩千，一邊是三萬，換了誰，敢對近在咫尺的三萬大軍視而不見，卻偏偏去拿區區兩千散兵游勇當作主要對手？

縱使孫吳轉世，沒經歷過一次，恐怕也同樣要落入其圈套當中！

「大人速速離開，末將願以本部兵馬斷後！」本家兄弟，漢軍副萬戶楊其昌的聲音忽然從耳畔響起，帶著幾分瘋狂與絕望。

「大人，留得青山在，不怕沒柴燒！」另外一名董家軍勇將，浙東宣慰使司經歷戴敬梓也走上前，用力拉扯董摶霄的馬頭。

很明顯，**在兩千淮安賊將五千探馬赤軍打崩的那一瞬間，此戰的結局已經不可逆轉。**

所以如今之際，最重要的不是後悔當初判斷錯了軍情，而是斷尾求生，留下大部分人來吸引淮賊和海賊的注意力，另外以小部分人掩護著董摶霄從戰場上迅速撤離。只要成功逃回老營，與董昂霄會合之後且戰且走，日後未必就沒有給弟兄們報仇雪恨的機會。

「董某累受皇恩，臨難豈敢棄眾苟免？」董摶霄的思緒迅速被從地獄中拉了出來，勉強笑了笑，用力搖頭道：「諸君若是有臥薪嚐膽之志，儘管換了裝束自行離去，董某當堅守於此旗之下，為諸君擂鼓送行！」

棄軍逃命？天底下哪有如此便宜的好事？那淮安賊既然能一步十算，將浙軍的所有應對都提前預料了個清清楚楚，又怎麼可能不提防著自己壯士斷腕？弄不好，此刻正有一支生力軍堵在戰場的東方。就等著自己慌不擇路，一頭扎進陷阱！

已經被敵人的非常規戰術愚弄了一次，接下來，董摶霄絕不會再按照常規出招，哪怕是硬著頭皮苦撐，也得裝出一副大義凜然狀，以換取身邊將士們最後的支持。

果然，聽聞他提出要以身為餌給大夥創造逃命機會。眾將領立刻虎目含淚，紛紛搖了搖頭，咬著牙回道：「大人何出此言？若無大人，豈有我等的今天？」

「也罷，跟著大人，我等這輩子也算風光了一場。今日就陪同大人血戰到底，讓那姓吳的奸猾小吏見識見識我浙人的血性！」

「死戰，我等願意與大人一道死戰！」

「血戰到底，血戰到底！」

……

一時間，董摶霄的帥旗之下呼喝聲大做，所有嫡系將士都爭先恐後表態，願意跟他共赴黃泉。

浙東宣慰使董摶霄要的就是這股血勇之氣，假作激動地抹了下眼角，大聲道：「諸君且聽我一言，此戰我等未必不能死中求活，就看我等能不能拿出決死之志，依董某號令行事！」

「願為大人赴湯蹈火！」

「男子漢大丈夫，死則死爾！」

「大人儘管下令，我等百死亦不旋踵！」

……

眾嫡系文武聽聞還有翻盤的可能，頓時兩眼發亮，舉著兵器大聲回應。

「如此，董某就先行拜謝了，只要此番我等不死，從今往後，諸位便是董某的八拜之交！」董摶霄紅著眼睛，向四下做了個長揖，隨即從親兵手中抽出令箭，命道：「楊其昌，剩下的兵馬分你一半，你可願打起董某旗號，轉身去迎戰淮賊？」

「末將百死而無悔！」明知道這是一個必死的任務，漢軍萬戶楊其昌依舊紅著眼睛上前接令，方正的面孔上寫滿決然。

「好，孝字營，禮字營，跟著楊萬戶去迎擊敵軍。」知道時間緊迫，董摶霄也不多廢話。抽出蒙古皇帝賜予的腰刀，遙遙地指向方國珍的帥旗所在。

「其他人，跟著董某去殺方國珍！搶在身後的淮賊到達之前，解決正面之敵！」

「轟！」董摶霄身邊最後的四千兵馬立即一分為二，兩個千人隊緊緊跟在副萬戶楊其昌身後列陣，另外兩個千人隊，則簇擁起董摶霄，潮水般向著方國珍殺了過去。

擒賊先擒王，只要能砍翻方國珍的鯤魚旗，海賊必將不戰自亂。屆時，大夥無論是回頭和楊萬戶他們一道去對付其餘淮賊，還是保護著董大人撤退，都要比現在從容十倍！

「列陣！以本帥為鋒，列鋒矢陣，沿途無論遇到誰，都不必理睬！」聽著身邊急促的腳步聲和低沉的怒吼聲，董摶霄心神又恢復了幾分清明，啞著嗓子，大聲發號施令。

擊斃方國珍，力挽天河，這根本就是一個不可能完成的任務！

從一開始，他就只是將其當作一個鼓舞士氣的藉口而已，此刻，他真正想要做的是，鑿穿方國珍的隊伍，從正面強行突圍，讓方家軍沒有勇氣來追，讓不辨真偽的淮安軍，把注意力都放在自己的帥旗上，無暇分兵他顧！

至於突圍之後，下一步該去哪裡，董某人此刻根本顧不上去想，反正天無絕人之路，大不了在突圍之後，將麾下弟兄們丟開，隱姓埋名逃往北方。只要能成功抵達淮安附近，就不難借助脫脫丞相之力捲土重來，洗刷今日奇恥大辱！

心中打著如意算盤，董摶霄快速回頭張望。他心裡有點對不起副萬戶楊其昌的耿耿忠心，但成大事者，自古不拘小節。想當年，漢高祖連老婆孩子都可以丟給項羽，自己豈能連個樊噲、夏侯嬰之流都割捨不下？

他看到自己的董字帥旗被高高地舉上了半空。

他看到副萬戶楊其昌帶領兩個千人隊，大步迎向了前來抄自己後路的浙軍。

他看到無數熟悉不熟悉的兩浙子弟，平端著長矛，高舉著鋼刀，一個個如飛蛾撲火。

看到兩千餘名浙東將士，簇擁著董摶霄的帥旗朝自己逆衝而來，第四軍長史宋克忽然湧起一股悲憫之意。

敵軍不可能翻盤，即便那面帥旗下站的真是董摶霄本人，即便那兩個千人隊當中，個個都是百裡挑一的精銳。

戰爭的模式已經變了，浙軍遠遠地被淮安軍甩在了後面。在雙方兵力大致相當的情況下，依舊依靠弓箭、刀盾和長槍的軍隊，不可能擋得住抬槍、火槍和手雷的輪番打擊。

更何況，此刻在淮安軍的六條橫隊的左右兩個邊角，還集中了上百支專門為打擊臨陣指揮者的神機銃！

以少勝多，以弱勝強，或者在戰鬥關鍵時刻，突然施展殺招，力挽天河，史書上類似的記載比比皆是。但是，以上奇蹟都是在雙方武備差距不太大的情況下才會發生，此刻，淮安軍與對手已經完全不同於一個層面！

當羊群遇到了獅群，前者再勇敢都是徒勞，除了讓人感到悲壯之外，沒有其他任何效果。

不過，很快，宋克心中的這股悲憫就被憤怒給取代。數十支弩箭同時破空而來，將他手中的戰旗射得千瘡百孔，右胸和右腿護甲也被弩箭砸得叮噹作響。若不是身邊的侍衛搶先拿騎兵專用的盾牌護住了他的面孔與脖頸，也許他今天就要成為淮安軍第一個戰死沙場的高級將領。

胯下的阿拉伯馬嘴裡發出低低的悲鳴，緩緩跪臥於地。這匹忠勇的畜生，脖子和前腿上扎滿了箭矢，卻拼著最後的力氣，不肯直接栽倒，以免壓傷背上的主人。

滾燙的血漿，如瀑布般噴射出來，將宋克的鎧甲和披風都染成通紅一片。他的眼睛也迅速變成了猩紅色，掙扎著將手中戰旗向前戟指，喝道：

「學兵隊，還擊！」

「砰！砰！砰！」裝備的線膛槍的講武堂學子們立刻停在原地，用肩膀頂住槍托，以站立姿勢向敵軍還以顏色。

距離略有點遠，線膛槍的數量也過於稀少。迎面頂過來的敵軍當中，大約有二十幾人應聲而倒。

這點損失，當然不足以令存了拼命之心的浙軍停住腳步，相反，董摶霄的戰旗之下，忽然響起了一串低沉的號角聲「嗚嗚嗚嗚」，緊跟著，所有浙東將士忽然開始加速，一排排槍鋒和刀刃在陽光下亮得刺眼。

宋克立即意識到自己剛才的表現過於急躁了，深吸一口氣，將破爛的戰旗重新高高地舉過頭頂，下令道：

「號手，命令全軍繼續正常推進，以不變應萬變。」

「滴滴答答，滴滴答答！」嘹亮的嗩吶聲立刻在他身邊響了起來，迅速把主將的心思傳遞給身後軍陣中的每一名弟兄。

「吱——吱——吱！」身經百戰，又專門在講武堂中回過爐的團長們，立刻以哨聲做回應，節奏古板單調，不帶絲毫人間煙火。

聽到訓練時早就爛熟於心的銅哨聲，原本有些慌亂的淮安士兵們，迅速回歸了正常。位於第一、第二排的長矛手，將長矛斜著向前舉高，左右來回搖晃，雙腿同時隨著銅哨的節奏緩緩邁動，「一二一，一二一！」包裹了一層鋼板的戰靴，踩得大地微微顫抖。

迎面倉促射過來的弓箭和弩箭，大部分都被長矛撥偏，無力地落進泥土中。小部分僥倖通過了長矛的梳理，卻又被走在第三排的刀盾兵果斷地格擋住，除了製造出一連串的嘈雜聲之外，毫無效果，只有零星一兩支絕對幸運者，繞過了盾牆，射中了走在第四排的抬槍兵。

但箭矢上的大部分動能，都被鋼絲編織的軟甲抵消掉了，剩下的已經不足以致命；而受了傷的抬槍兵們，卻咬著牙跟上隊伍的腳步，唯恐落於袍澤之後，「一二一，一二一」，每一步踏在大地上都堅實無比。

「轟！」「轟！」「轟！」跟上來的四斤炮，又開始朝浙軍頭上傾瀉火力。因為中間隔著自家弟兄，雙方又在面對面前進，他們只敢使用實心彈，所以威懾的效果遠遠大於真實殺傷。對懷抱拼命之心而來的兩千浙軍，根本起不到多大作用。

「嗖！嗖！嗖！」更濃密的弓箭和弩箭從浙軍當中飛出，氣勢洶洶撲向淮安軍前排長槍兵。

五十步距離，大部分弓弩手都果斷地換用了破甲錐，並且盡量採取平射的方式，這給對面的長矛兵們造成一些損失，十幾個受了傷的淮安弟兄猛的將長矛戳在腳下，踉蹌著站穩。後排立刻有人上前補位，接過長槍，重新封堵住陣線上的缺口。

「四斤炮的戰術需要立刻改進，否則會越來越雞肋！」宋克高舉著戰旗，在親兵的護衛下，為全軍指引前進方向。

他的心思很活絡，即便在如此緊張時刻，大腦依舊在高速運轉。

「如果抬槍裝了散彈之後，射程能更遠一些就好了。或者裝備更多的神機銃。還是擺在軍陣左右兩個邊角位置，將規模各自加大兩倍……」

這是一個極為大膽的設想，一旦付諸實施，神機銃的射程優勢就不再沒有用武之地。但與此同時，對陣形及配合的要求也將提高數倍，並且還需要給神機銃的指揮者更多的自主權力。

「學兵隊！射擊！」想到這兒，宋克忽然大叫了一聲，用力揮舞手中戰旗。再度跟上來的講武堂學子們，誰也來不及考慮命令是否恰當，本能地選擇了服從。「砰！砰！砰！砰！砰！」，槍聲響成了一片。

這一輪距離更近，作用也更為明顯。浙軍的陣列當中，被打出了兩個明顯的塌陷，凡是被鉛彈擊中軀幹的人，個個都死得慘不忍睹。

「學兵隊自行掌握攻擊時間，其他各團繼續前進！」宋克迅速朝對面看了一眼，心中的想法愈發堅定。

「學兵隊自行掌握攻擊時間，其他各團繼續前進！」傳令兵無法將這個創新之舉，化作嗩吶聲，只好分出人手，跑動著將其一遍遍重複。

列隊而前的戰兵沒有受到任何影響，但跟在戰兵軍陣兩個後角的學兵們，卻大受鼓舞。手中神機銃已經發射完畢的，主動停下來，原地裝填；沒來得及發射者，則繼續跟在大隊人馬之後，一邊走動，一邊尋找目標。

「砰！砰！」「砰！砰！」零星的火槍聲接連不斷，打在浙軍隊伍中，冒出一團團血光。

每次傷亡都是個位數，但每一次死的都是正副百夫長，或者牌子頭這種低級軍官，並且身上的傷口極為恐怖，每一處都有碗口大小，將破碎的內臟、骨頭全部給暴露了出來。

「嗚嗚嗚嗚，嗚嗚嗚嗚嗚……」領兵的浙軍主將唯恐自己一方士氣受到打擊，果斷地吹響了最後的號角。

浙軍的陣列迅速改變形狀，前排的兵勇們放平長矛，舉起鋼刀，以最快速度朝淮安軍衝了過去；後排的弓手和弩手則將最後一支箭矢搭在弦上，開始自由尋找獵殺目標。

「穩住陣腳，繼續前進！」不小心令敵軍衝刺時間大大提前的宋克，深吸一口氣，努力壓制住心中的慌亂。

距離還不夠，火銃在六十步處就能破甲，但最佳殺傷效果，卻是三十步之內。特別是改用散彈的大抬槍，十五到二十步範圍之內，一掃就是一片，而距離只要超過三十步，散彈的穿透能力，至少要下降一半！

「吱——吱——吱！」從屠小弟等人嘴裡吹響的銅哨聲，清晰傳達了長史大人的命令。

主將陳德帶領騎兵去肅清周邊的殘敵了，按照淮安軍的規矩，長史就是這支隊伍的主心骨。無論他經驗夠不夠豐富，發出的命令是不是正確，底下的團長和營長們，都必須無條件地支持。

「轟轟轟，轟轟轟！」淮安軍的戰兵們，則踩著銅哨的節拍，繼續齊步行進。最有效的殺招，不是來自前面兩排長矛手，所以，他們不需要依靠速度來加大長矛的攻擊力，他們只需要保持完整的陣形，保持與敵軍的接觸面積，保持這種不疾不徐，卻沉靜到令對手窒息的碾壓氣勢……

「鐺！」一支弩箭射中宋克的頭盔，震得他眼冒金星，耳朵裡雷鳴聲一片。是破甲錐，再低上兩寸，就足以要了他的命，憤怒地他將目光轉向弩箭飛來的方向，同時手指在旗桿上默默扣打。

「三十步，不夠！」又一波箭雨飛過來，落在他身前身後，濺起數點血花。浙軍的弓箭手們打定了主意，要擒賊擒王，所以至少有上百把角弓和羽箭，都在朝他所在位置瞄準，宋克身邊的親衛們努力用各種手段阻擋，傷亡依舊在所難免。

「二十五步，還不夠！」「鐺鐺鐺鐺！」更多的羽箭和弩箭飛向他，將豎起來的盾牌，砸得搖搖晃晃。

「二十步！再堅持幾息！」第四軍長史宋克繼續高舉戰旗，帶領隊伍迎著敵軍前進，「轟轟轟，轟轟轟，轟轟轟！」腳步聲在身後，踩得地動山搖。

越來越多的冷箭令他舉步維艱，但淮安軍的戰旗卻始終在向敵軍推進。

「十八，十七，十六！」當確定自己已經看清楚了董字帥旗下的面孔，宋克猛的將戰旗向前指去，「停步，攻擊！」

「嘀嘀嘀——！」短促無比的嗩吶聲再度出現於戰場。

「刷！」第一排，三百名戰兵與屠小弟一道蹲了下去，銳利的四棱矛鋒，在普通人的咽喉高度排成了筆直的一道橫線。

「刷！」第二排，又是三百桿長矛，末端觸地，矛鋒在高出第一排兩寸位置組成第二條死亡直線。

「咚！」整整三百面巨盾同時下落，半人高的木牆在長矛兵身後拔地而起。

「砰！」一百桿抬槍噴出滾滾濃煙，暴雨般的彈丸從長矛兵的頭頂上掃過，掃進對面急衝而來的董家軍中，如冰雹掃過麥田。

「砰砰砰砰……」未等大抬槍噴出的硝煙被風吹散，二百九十多桿滑膛槍同時開火，槍口幾乎頂著敵軍的胸口，子彈帶起一團團暗紅色的血霧。

「轟！轟！轟！」手雷爆炸聲此起彼伏，懷著必死之志撲過來的兩個董家千人隊被炸得屍橫遍野。

同樣的殺戮，在戰場不同的位置，毫不走樣的照搬了一遍，死板而又野蠻。當最後一聲手雷爆炸結束之後，宋克已經找不出任何一支完整建制的敵軍，哪怕是最小到十人隊也絕無可能。

「全體攻擊前進！」他深深吸了一口氣，手中戰旗遙遙指向董摶霄的帥旗。

那下面還站著十幾個人，可能已經被打傻了，僵立在硝煙中失魂落魄。

「嘀嘀嘀，噠噠，噠噠噠——！」嗩吶聲再度響起。

「吱——吱——吱！」銅哨聲以千年不變的節奏努力相應。

一層接一層長矛起立，伴著單調而又親切的銅哨聲，整個淮安軍陣線再度緩緩向前推進，擋在前面的任何障礙都快速被碾壓成齏粉。

「噹啷！」漢軍副萬戶楊其昌手中的寶劍掉在自己的戰靴上，深入盈寸，他卻渾然不覺。兩隻眼睛繼續呆呆地望著淮安軍的第四軍的戰旗，望著它距離越來越近，越來越近，直到在眼睛裡燃燒成一團火焰。

「噹啷！」「噹啷！」一把又一把兵器，從殘存的董家將士手裡落地，上面沾滿了塵土，而他的主人，卻再也沒有勇氣將它們從地上重新撿起來。

「傳令給後隊，過來押走俘虜！」宋克換了一匹無主的戰馬，單手擎著戰旗，從楊其昌身邊飛馳而過。

長矛兵、抬槍兵、刀盾兵、火銃兵和擲彈兵們在不遠處重新整隊，作為職業戰士，他們向來不負責收容俘虜，正北方還有另外一股敵軍等著他們去消滅，沒人願意在放下武器的投降者身上耽誤功夫。

「嗚嗚嗚，嗚嗚嗚嗚——」傳令兵將嗩吶換成牛角號，向自家負責收拾傷兵的後隊發出命令。

二十幾名身上帶著輕傷的戰兵，帶領兩百多名輔兵快速衝上，用繩索套住失魂落魄的俘虜，像牽牲口般，將他們牽到一邊，避免阻擋戰兵的前進腳步。

大多數放棄抵抗的浙軍殘兵，都像行屍走肉般，任由自己被牽走，只有零星幾個，在繩索套住脖子的瞬間猛然驚醒，揮舞著拳頭做無謂的抵抗。

他們的掙扎立刻遭到了淮安軍輔兵的強行壓制，無數拳頭打下去，將最後一點勇氣的火花也徹底砸成冰冷的灰燼。

「大人，這個……」有名輔兵連長從血泊中撿起董摶霄的帥旗，然後用手指了指楊其昌，示意俘虜身分非同一般。

「帶走，等會兒交給陳將軍審問。他不是董摶霄！姓董的是個進士，生不出這副武將面孔！」宋克回頭看了一眼，然後繼續策馬在自家陣前盤旋。

對於放下兵器的人，他沒有興趣殺戮，也沒有興趣做太多的盤問。此人肯定不是董摶霄，無論相貌、鎧甲還是頭盔的制式，都跟董摶霄對不上號。那麼，姓董的只可能去了一個地方，混在向方國珍的進攻隊伍中，試圖殺開一條血路，然後趁亂逃走。

宋克不知道方國珍能不能識破董摶霄的陰謀，也不知道方家軍有沒有能力將董摶霄堵住，所以，他的最好選擇，就是以最快的速度衝過去，哪怕衝過去之後只看到董摶霄的一個背影。

「弟兄們，可願隨宋某繼續去斬將奪旗？」將第四軍的戰旗高高地舉過頭頂，他扯開嗓子詢問，聲音略微有點沙啞，卻是無比的炙熱。

「戰！戰！戰！」重新聚攏起來的隊伍中，發出山崩海嘯般的回應，每一名淮安軍將士身上都看不出半點兒倦意。

勝利是最好的醇酒，可以洗掉所有疲憊，山崩海嘯般的吶喊聲中，宋克將戰旗再度指向正前方，大喊道：

「弟兄們，跟我一道殺賊！」

「殺賊！殺賊！」一千八百多名弟兄們呼喝相應，邁動整齊的步伐，趕赴下一個戰場。董家軍已經無力回天了，破賊就在今朝，殺了這個為虎作倀的二韃子，整個揚州路就徹底轉危為安。

他們排著整齊的陣列，自西南轉向正北隆隆而進，將沿途遇到的任何阻擋，都迅速碾壓成齏粉。

一個毛葫蘆兵千人隊迎了上來，轉瞬間就被打得落荒而逃。一小波漢軍試圖螳臂當車，宋克用軍旗朝著他們指了指，隨即，這些人就變成了一排排冰冷的屍體。

又一波潰逃下來的毛葫蘆兵慌不擇路，從淮安軍的陣列前亂哄哄地跑過，左右兩翼壓陣的學兵們果斷開火射擊，將亂兵打得如同喪家野狗一般，四散奔逃。

不需要向先前那樣列陣而戰，敵軍的建制已經被完全打散。對淮安軍的威脅可以忽略不計；而速度，此刻成了最重要的選擇，在外圍耽擱的時間越久，董摶霄逃走機會越多。

一隊潰兵如沒頭蒼蠅般從戰馬前跑過，宋克揮動旗桿，將擋了自己戰馬的潰兵拍翻在地。

屠小弟帶領長矛兵亂槍攢刺，將剩餘的潰兵送入黃泉。學兵隊完全展開，一邊走動，一邊自行尋找攻擊目標，專門朝潰兵當中那些看上去軍官打扮的傢伙招呼。火繩槍兵們則從長矛兵身後，順著隊伍的縫隙，不停地向前發射子彈，替自家清理乾淨正前方的道路。

距離方家軍的本陣越近，遇到的浙軍潰卒越多，地面上，也越是屍骸枕籍。有浙軍的，有方家軍的，零星還有來自淮安軍的火槍手。肩膀挨著肩膀，手臂連著手臂。

除了身上的服飾略有不同之外，他們幾乎找不出其他任何差別，一樣的暗黃色面孔，一樣粗糙的手臂，一樣中等偏瘦的個頭；一樣黑褐色，死了也不甘心閉上的眼睛，木然地看向天空，彷彿在雲層之後，能看到自己的家鄉，自己的父母妻兒。

「啪！啪！啪！」宋克胯下的戰馬踩進了一個血泊中，濺起團團殷紅。

這一仗死的人太多了，血漿的積聚速度遠遠超過了泥土的吸收能力，只要稍微低窪一些的地方，就會變成一個個血湖；而那些表面上看起來沒有血跡的地方，也變得濕滑無比。

顯然在淮安軍跟那個假冒的董摶霄激戰時，方國珍這邊，也跟董某人殺了個難解難分。

「姓方的不會故意縱虎歸山吧？」猛然間，宋克心中湧起一股不祥的預感。從馬背上挺直身體，舉頭四望。

他看見七八個刺蝟般的圓陣，正在迅速朝方國珍的帥旗下聚攏。

他看見自家副指揮使陳德，正帶領著騎兵，砍殺戰場外圍那些試圖成建制撤離戰場的毛葫蘆兵。

他看見方國珍的身影在距離自己一百多步外閃了閃，然後突然消失不見。

他看見方國珍拎著把門板寬的鋼刀又從人群中跳了出來，收起刀落，將衝向他的一名敵將劈為了兩段。

「跟上，大夥趕緊跟上！跟著我去救人！」

最後那一瞥所見，恐怕不是什麼好事。萬一方國珍本人戰死，淮安第四軍的勝跡就要蒙上一抹灰撲撲的顏色，今後再跟其他諸侯合作，也會平添許多沒有意義的猜疑。

「跟上，救方谷子！方谷子快撐不住了！」戰兵團長屠小弟也看出了情況緊急，扯開嗓子，朝著身後的隊伍吶喊。

已經看不清形狀的軍陣陡然加速，取最近距離朝方國珍靠攏。沿途遇到的潰兵紛紛逃命，一些沒有眼色的友軍也被擠得東倒西歪。

饒是如此，當宋克的戰馬衝到方國珍的海鯤旗附近之時，依舊晚了一步。最後的戰鬥已經徹底結束，方國珍杵著板門大刀，渾身是血；他的腳下，卻躺著一個面孔白淨的中年文官，雙目當中寫滿了惡毒。

第九章

絕筆書

「絕筆書？」朱重九不理解像雪雪這種不戰而逃的傢伙，怎麼還有臉去寫什麼絕命書？

皺了下眉頭，低聲問道：「信在哪？拿來我看。雪雪呢，你們敵情處可否查明了他的去向？」

「在這兒！」陳基雙手捧上一張薄薄的信紙。

「方將軍，您沒事吧？」

在距離目標兩丈遠的地方，宋克果斷帶住了坐騎。再往前就容易引起誤會了，他只是不願意讓方谷子死於敵軍的最後反撲，並不想趁機做什麼「一勞永逸」之舉。

「我當然沒事。勞兄弟你掛念了！」方國珍顯然被衝上來的大軍給嚇了一跳，再三確認宋克對自己沒有任何敵意之後，才半趴在刀柄上，氣喘吁吁地回應。「不過，董摶霄這廝恐怕不行了，他自做聰明想從老子眼皮下逃走，老子留他不住，只好請他吃了一頓板刀麵！」

話說得雖然輕鬆，周圍密密麻麻的屍骸和他身上淅淅瀝瀝的血跡，卻暴露出剛才的情況是何等的凶險。

宋克佩服地拱了下手，正欲帶著弟兄們轉身去追亡逐北，卻看到方谷子腳邊的中年文官猛的打了個滾，嘴裡發出貓頭鷹般的狂笑：

「呵呵，狗賊，你別以為得計，脫脫丞相的大軍已渡過黃河，不日就能殺到揚州城下，他自會給董某報仇雪恨，董某不過比你先走一步！董某在黃泉路上等著你！」

「什麼？」方國珍詫異地看了他一眼，滿臉同情。「我說董老爺，你死到臨頭了還做夢呢，朱總管已經打下濟南你知道不知道？朝廷已經勒令脫脫回師相救，我說你這個宣慰使到底怎麼當的？如此死心塌地替朝廷賣命，到頭來人家撤軍了，都沒記得通個消息給你?!」

「你胡說！」董摶霄猛的用胳膊將身體從血泊中支撐起來，仰著頭，厲聲怒喝。「吾對朝廷忠心耿耿，朝廷豈能相負……」

「負不負我不清楚！」方國珍不屑地看了他一眼，「反正脫脫的大軍兩天前就撤過黃河了，方某昨天也接到朝廷命令，要方某火速返回溫州，確保海運通暢，至於為什麼沒人通知你董老爺，嘿嘿，那方某可不清楚！」

「你，你……」董摶霄又驚又氣，大口大口吐血。

他心裡有一萬個理由不相信方國珍的話，然而，以後者那光佔便宜不吃虧的性格，如果脫脫的百萬大軍還在，又怎麼可能與淮安軍「狼狽為奸」?!

「吾對朝廷忠心耿耿！」眼前猛的一黑，他的胳膊軟軟彎了下去，「吾，吾乃大元忠臣，理當以死報國。吾，吾自起兵以來，大小四十餘戰，為朝廷殺賊十數萬，吾自問未負皇恩，皇，皇上，你，噗——！」

又是一口老血噴出，董摶霄瞪圓眼睛，氣絕而亡。

「董，董大人，你，你怎麼——唉！」方國珍懊惱地拍了下自己的腦袋，做出一副追悔莫急的模樣。

「他這樣也算求仁得仁，方將軍無須過多自責！」宋克忍不住出言勸慰。

「唉，你看方某這張破嘴，原本只想氣氣他，讓他消了對朝廷的妄想。唉……」明明心裡酣暢淋漓，方國珍繼續低聲自責。

此番與董摶霄連袂渡江，方家軍一路上沒少燒殺搶掠，萬一過後被朱屠戶追究，難免要付出一些代價，而董摶霄一死，麻煩就徹底解決了，所有罪行都是奉了此人的命令而為，方某實在是有不得已的苦衷。反正死人無法爬起來對質，看在方某人最後能臨陣倒戈的份上，淮揚大總管府上下也不好太較真。

此外，董摶霄文武雙全，在浙東一帶素負聲望，萬一他選擇了投降，以朱屠戶的假仁假義，保不準會允許他出錢自贖。而董摶霄再回到浙東之後，方家軍的日子可就難過了。無論是他輔佐了別人，還是借助當地士紳的力量重整旗鼓，都一定會想方設法，將今天所遭受到的一切連本帶利給討回去。

所以，**董摶霄今天必須死！**

無論他受沒受重傷，方國珍都絕不會允許他活著返回江南。至於眼下趁亂殺向杭州的張士誠和王克柔兩個，說老實話，方某人還真沒怎麼放在眼睛裡頭，只要淮安軍不出頭拉偏架，方某人隨便動動手指頭，都能將張、王兩個後生晚輩打得潰不成軍，從此心中再也生不起東進之意……

一向光明磊落的宋克，哪裡知道方國珍憨厚的外表之下，居然藏著這麼多花花腸子？見後者恨不得以頭搶地，安慰道：

「姓董的靠屠戮義軍起家，手上血債累累。即便今天僥倖能活下來，過後也逃脫不了我淮安大總管府的審判，被方將軍幾句話給活活氣死了，反倒是占了一個大便宜！」

「哦！」說者無心，聽者有意，方國珍心裡立刻打了個哆嗦，強堆起笑容，衝著宋克輕輕拱手，「多謝將軍開解！倘若真的如你所言，方某心裡可就輕鬆多了，敢問將軍怎麼稱呼，在淮安軍中高居何職？」

「第四軍長史宋克，見過方將軍！先前救援來遲，還請方將軍勿怪！」宋克跳下戰馬，舉手還了個標準的新式軍禮，滿臉自豪地回應。

「莫非是舍家舉兵的宋仲溫，哎呀，方某可是久仰大名，原本以為宋兄你一定是隱居於山林之中蓄勢待起，沒想到居然會在這裡遇到你！真是三生之幸，三生之幸！」方國珍立刻又擺出一副激動的表情，連連長揖。

宋克被他誇張的舉止弄得渾身上下好不自在，避開半步，再度將右手舉到耳畔。「宋某對方將軍也是慕名已久，只是沒想到，有朝一日居然還能與將軍並肩而戰。客套的話咱們以後再說，今日先管正事！宋某剛才聽聞，脫脫已經退回黃河之北，此話可否屬實？還是方將軍只是為了打擊董某人的囂張氣焰而自行杜撰?!」

「你不知道麼？」這回，終於輪到方國珍發愣了，瞪圓了眼睛。

「江灣城被圍多日，昨夜信使入城，也只送來了今天的作戰部署，其他都沒來得及細說！估計他也不知道！」宋克笑了笑。

「哎呀，看我這記性！」方國珍猛的拍了一下自己的大腦袋，又做出一副悔恨的表情，「怪我，是我前些日子糊塗，居然聽從董賊調遣，切斷了江灣新城與揚州之間的水道。我今天一大早已經把弟兄們都撤下來了，劉伯溫先生可以給我作證。」

說罷，趕緊回過頭，從人群之後揪出了滿臉尷尬的劉伯溫，「他就是從揚州城裡出來，奉了吳指揮使的命令來與方某聯絡，今日破賊之計也是出自他老人家之手！」

「劉山長？」宋克這才發現劉伯溫居然藏在方國珍的親兵隊伍中，愈發滿頭霧水。

據他的印象，劉某人向來對大都督府橫挑鼻子豎挑眼睛，恨不能除之而後快，怎麼幾天不見就轉了性子，居然替朱總管謀劃了起來？

「劉某只是不忍見揚州百姓再遭劫難，所以才忍不住出了一次手！」躲了半天終於沒有躲過去的劉伯溫拱了拱手，訕訕地解釋。「待此間事了，劉某還會繼續回書院授業解惑，不會與貴軍牽涉分毫！」

「先生志向高遠，宋某仰望莫及！」宋克被劉伯溫的舉動給氣得笑了起來。

某些人就是喜歡自己給自己找彆扭，**明明兩眼望著滾滾紅塵，卻偏偏做出避世高人狀**，卻不知道，仗義出手這種事，做過一次之後，難免就會做第二次。待到第三、第四次下來，恐怕某些人自己就徹底上了癮，拿著大棒子趕都無法將其趕走。

劉伯溫被宋克笑得心裡發虛，紅著臉，故意將話題朝別處岔：

「劉某說的全是實話，剛才方將軍之言也句句屬實，大總管，你家大總管數日前偃旗息鼓，一舉斷了益王買奴的糧道，隨即與王宣將軍前後夾擊，全殲了山東東西兩道的元軍。而後又斷然揮師西進，連克般陽、萊蕪，兵鋒直指濟南。如今，整個中書省南部風聲鶴唳，蒙元朝廷已經接連給脫脫下了無數道聖旨，逼他放棄攻打淮安，回救濟南。眼下淮安周圍，已經再無半個元兵！」

「啊，此話當真——？」

接二連三的喜訊，令宋克頭暈目眩。被圍數日，他幾乎每天想的都是如何頂住董摶霄，別拖徐達的後腿。也別因為大總管貿然北上失利，而自亂陣腳。卻萬萬沒想到，自家大總管在一步跳出圈外之後，竟然又在黃河以北創下如此奇蹟！

兵法有云，一鼓作氣，再而衰，三而竭，脫脫此番鎩羽北返，雖然有被朝廷逼迫的成分，但其先前一舉席捲淮揚的戰略目標已經徹底宣告失敗，對軍心，對士氣，對其本人的威望，打擊都非常沉重。哪怕他最後成功收復了益都、般陽和登萊各地，想再重演一次淮安之圍，短時間內，恐怕也絕無可能了！

況且以徐達的機敏，又怎麼可能允許脫脫從容去對付自家都督？說不定，此刻胡大海等人已經尾隨著元軍渡河。隨時準備從背後給脫脫以致命一擊。

「軍報上所寫，還能有假?!」見宋克當著外人的面兒懷疑自己的話，劉伯溫非常不高興的反問。再怎麼說，自己也是個儒林前輩。怎麼可能在如此多的人之前信口雌黃?

「大總管的攻城本事你又不是不清楚?當年淮安、寶應和高郵，都是一日而下。那山東東西兩道，有哪一座城池修得比這三個還結實，大敗之下，怎麼可能擋得住我淮安軍的兵鋒！」

「這話倒是一點兒都沒錯。」儘管有隸屬於方家軍的很多外人在側，宋克依舊非常不謙虛地點頭。

鐵甲掘城車、空心攻城鑿、旋柄攻城鑽，還有火藥包、封牆管兒、壓水器，起磚專用杠桿……林林總總，恐怕不下三十幾樣。只有身居淮安軍高職，才知道原來所謂的金城湯池，不過是個巨大的笑話。在層出不窮的破壞花樣面前，哪怕是青石條壘就的高牆，一樣會轉眼間就化作斷壁殘桓。

想到自家總管在齊魯戰場上攻城掠地，勢如破竹，宋克就忍不住心馳神往。依稀間，彷彿自己已經插翅飛到了黃河以北，泰山之東，手持淮安軍戰旗，長驅敵陣；而敵軍將士則紛紛抱頭鼠竄，根本沒勇氣回頭多看一眼！

「砰！砰！砰！」淮安軍的戰旗下，連綿的射擊聲響起，將濟南城頭上的守軍打得死傷枕籍，苦不堪言。

一名禁軍射鵰手不願被動挨打，從城垛後探出半個身子，彎弓搭箭。還沒等他將弓臂拉滿，一枚開花彈已經飛上了城牆。「轟！」地一聲炸開，將射鵰手和他周圍的另外三名禁軍士卒炸得支離破碎。

「轟！轟！轟！轟！」十幾門刻了線膛的六斤火炮，輪番發射，一尺挨一尺地，清除城牆上的各類防禦設施。

木製的床弩，被彈丸分解成一堆零件。生鐵打造的釘排，沒等發揮作用就一一落到了城外。裝滿糞便的金桶被炸得四分五裂，黃褐色的液體濺得到處都是，令守城者幾欲窒息。

禁軍費勁力氣從大都城帶來的青銅炮，也沒等建功立業就挨個被炸毀，火藥的殉爆聲夾雜著蒙元將士們的哭喊，此起彼伏。

「轟！」一枚開花彈命中敵樓，卻沒有立刻爆炸，冒著煙落在了二層窗外的磚地上來回滾動。

周圍的士兵紛紛避讓，唯恐爹娘給自己少生了兩條腿。下一個瞬間，爆炸聲響起，濃煙遮住了整個窗口。

「咳咳咳，咳咳咳！」搖搖欲墜的敵樓中，蒙元知樞密院事，禁軍達魯花赤雪雪，臉色慘白，大聲咳嗽著走來走去。

剛剛抵達山東戰場，就迎頭遇到了朱屠戶，他的運氣可不是一般的好，而益王買奴被打得隻身逃命，更是令這一切雪上加霜。

出城野戰，那是不可能的。以雪雪大人的謹慎，怎麼可能給朱屠戶大發淫威的機會？憑險據守，獲勝的希望也非常渺茫。朱屠戶靠火炮和火槍的掩護，已經把掘城車送過了護城河。恐怕用不了太久，濟南泉城，就要步當初淮揚各地的後塵。

「大帥，請速做決斷！」樞密院參議劉文才衝進來，滿臉煙薰火燎。「守不住了，肯定守不住了。城頭的火炮，都被朱屠戶的火炮所毀，滾木雷石也所剩無幾，大帥再不做決斷的話，我等必將死無葬身之地！」

「大帥，請早做決斷！」敵樓內其他文職和武將，也滿臉期盼的大聲催促。他們都是土生土長的大都人，性命遠比地方上的同胞高貴，死在這個遠離皇宮的地方，實在是非常不值。

「決斷？」雪雪抬手抹了一把額頭上的冷汗，咬牙切齒。「爾等讓我如何決斷，事到如今，唯死而已！」

說罷，他臉上猛然湧起一抹決然。頓頓腳，衝著劉文才吩咐，「你來得正好，那邊就有紙筆，你替本帥上書給皇上，就說，就說……」

又踱了幾步，雪雪滿臉毅然地道：

「臣雪雪，蒙陛下知遇，托以重任，引大軍南下，為丞相後盾。受命以來，苦心積慮，晝夜輾轉，唯恐託付不效，辜負聖恩。然天有不測風雲，大軍未過黃河，先遇朱賊主力，我寡敵眾，孤城難守。臣不敢棄之而去，有辱陛下威名，故欲率領麾下將士，殊死抵抗，與城俱殉，以卑賤之軀，回報陛下恩遇之萬一。

臣，知樞密院事雪雪，再叩首。廝殺聲漸進，北望大都，不知所言！」

一篇臨難絕筆，做得擲地有聲，把個樞密院五品參議劉文才感動得心中一片滾燙，強忍熱淚，揮毫潑墨，頃刻間，文章寫罷。

雪雪拿過來，迅速檢查了一遍，然後命人裝入竹筒封好，交給親兵百戶，命其帶領三十名弟兄，火速從沒有發現敵軍的西門出城，送往大都皇宮。

「末將願意與大帥一道赴死！」目送著信使沿著官道離開，眾將知道已經今日必無幸理，咬著牙大聲表態。

按照成吉思汗時代留下來的軍法，主帥死，麾下將領如果搶不回他的屍體，全都會被處以極刑，妻子連坐。雪雪既然決定留下來以殉國難，他們當中，無論文職謀士還是武將，都必須一道陪葬，誰也沒辦法獨自離開，否則，非但自己將身敗名裂，大都城內的家族，也必會受到株連。

誰料先前還滿臉決然的雪雪，卻苦笑著揮了揮手：「死什麼死啊，我等留著有用之身，才能回報國恩。趕緊下去，給老子備馬，咱們趁著朱賊還沒反應過來，立刻從西門血戰突圍！待下一波援軍趕到，再重奪此城，以雪前恥！」

「突圍？」眾文武又是一愣，旋即跳起來，大聲叫喊，「突圍，全力突圍！留得有用之身，才能報效皇恩！」

「噤聲，休得洩漏消息！」雪雪立刻又皺起了眉頭，低聲呵斥，「突圍也得講究個秩序，免得被朱屠戶太快看出端倪來，本帥帶領親兵隊先去府衙，爾等隨後過來商議行動細節！」

「是！」能在禁軍中官居要職的，身背後的家族勢力都不會太小，見多識廣，頭腦也遠比地方上的將領靈活。一瞬間，便全都理解了雪雪的「良苦用心」，紛紛躬身下去，低聲領命。

「嗯！」知樞密院事，禁軍達魯花赤雪雪輕輕點頭，隨即帶著自己的親兵走出敵樓，沿著馬道快步而下。其他文武則分為幾波，裝作若無其事的模樣，陸續跟上。

不一會兒，濟南城的東側敵樓和城牆上，就看不到任何高級軍官，只有幾個忠心耿耿的百戶，兀自冒著被炮彈炸死的風險跑來跑去，督促麾下士卒用一切手段向城外的淮安軍反擊。

淮安軍在濟南城外的兵馬太少，根本就沒能力圍城，當然也無法阻止敵軍果斷「突圍」。

正用撅城車在東牆下四處打洞的近衛們，忽然發現頭頂上的干擾消失。緊跟著，耳畔就聽到一片哭喊叫罵之聲，「缺德咧，你個小丫鬟養的下賤胚子！居然告訴都沒告訴一聲……」

「該死的康里奴才，枉陛下對你如此器重！」

「趕緊走，當官的都跑了。咱們還留在著瞎折騰個什麼勁……」

……

亂紛紛的哭罵聲中，城頭守軍凡是還能爬得動的，陸續逃了個乾乾淨淨。包括先前抵抗最激烈的幾處城垛之後，也不再有任何羽箭射出來。

一些身負重傷，無法跟著自家袍澤一道逃走的，乾脆撕開了自己的裡衣，根據軍中廣為流傳的說法，將白色的布條綁在槍桿上挑出了城垛口外，被秋風一吹，呼呼啦啦上下飄舞。

見到如此怪異景象，擔任前鋒的路禮等人，當然不能再繼續挖濟南城的牆角，趕緊用嗩吶和旗幟，將消息傳到了護城河另外一側，淮黃聯軍的本陣當中。

正在組織隊伍，準備在城牆被炸塌後給守軍全力一擊的朱重九聞聽，幾乎無法相信自己的耳朵，抓起望遠鏡接連朝城牆上看了足足有半分鐘，才趕緊大聲命令：「王宣，派你麾下的騎兵試探著追一下，小心不要上當。俞通海，你帶一個連的弟兄，推著攻城梯過河。看看能不能爬上城去，把從裡邊把城門推開。」

「是！」黃軍指揮使王宣和親兵副團長俞通海雙雙上前接令。

沒等他二人轉身去執行，幾匹戰馬風馳電掣從西南方飛奔而來。馬背上的淮安軍斥候一邊用力揮舞著信號旗，一邊大聲叫嚷：

「報，城西傳來消息，雪雪帶頭出逃，西門四敞大開！」

「報，據在城西側潛伏的斥候觀察，有大股敵軍正在倉惶逃命。」話音剛落，又有兩匹戰馬疾馳而至，帶來敵軍的最新動向。

「報，西門。敵軍自己在西門吊橋上打起來了，有很多人落水！」第三波斥候轉瞬又至，帶來的消息愈發清晰準確。

「報，北門，北門大開，大批敵軍棄城而去！」

「報，南門，南門被守軍自己打開，很多人帶著細軟逃走！」

陸續有新的斥候返回，帶來更多的驚喜。

「大總管快看！城門自己開了！」最大的驚喜尾隨而至，在近衛們的歡呼聲中，濟南城的東門被人從裡邊推開，十餘名滿臉緊張的地方民壯跪在路邊，誰也不敢朝朱重九的戰旗下多看一眼。

「傅友德，帶領騎兵旅上馬，穿過濟南城，追殺雪雪！」朱重九無須繼續等待，目前的消息已經足夠證實敵軍的動向，把手中殺豬刀用力一揮，大聲下達命令。

「是！」騎兵獨立旅主將傅友德大聲答應，跳上從益王買奴手裡繳獲來的戰馬，帶領剛剛組建起來的騎兵旅，直撲黑洞洞的城門。

「吳良謀，帶著第五軍其他各部，入城肅清殘敵！」

「丁德興，你帶著新兵一旅，進城維持秩序。」

「阿斯蘭，你帶著新二旅，繞向北門，尋機殲敵！」

「王宣，帶領你麾下兵馬，去封堵南門；普通百姓想走的，無論蒙漢，儘管讓他們走；凡是當官的及其家眷，全給我留下！」

「……」

迅速看了看身邊沒有戰馬代步的兄弟們，朱重九繼續有條不紊地下達命令。已經不是第一次奪取敵方城池了，雖然眼前勝利來得有些莫名其妙，他依舊能憑藉過去積累下來的經驗從容應付。

麾下的將士們，包括在上幾場戰鬥中被俘虜，又被俞廷玉父子煽動者留下來的兩旅「新兵」，也都習慣了迎接一個又一個勝利。

在各級軍官的指揮下，分頭去執行任務。接管城防，誅殺趁火打劫的「江湖好漢」們，撲滅無端湧現的火頭，安撫民眾，恢復城內正常秩序……

待將一切雜七雜八的事情忙活完畢，太陽已經綴到山尖，朱重九和黃軍指揮使王宣兩個，坐在金碧輝煌的濟南達魯花赤官邸內，相對著搖頭苦笑。

大勝，今天，二人又聯手獲取了一場酣暢淋漓的大勝。

破敵兩萬，奪取雄城一座，金銀細軟無數，兵器、鎧甲、糧草輜重無數，以目前留在山東東西兩道的總兵力來計算，三年之內，恐怕都不用再擔心補給問題。

然而，二人卻都有些高興不起來，也不知道下一步到底該如何做選擇。

仗打到這個份上，已經雙倍完成了最初的用兵目標。脫脫成功被調回了黃河以北，蒙元的一個重要產糧區被徹底砸了個稀爛，山東東西兩道，今年夏天入庫的所有麥子，都成了淮安軍和黃軍的戰利品，一粒都不會運往大都……

但淮安第五軍和王宣麾下的黃軍也都成了強弩之末，要不是雪雪這廝未戰先退露了怯，連濟南城最初都不屬於朱重九的進攻目標。

這下好了，濟南一鼓而破，成了聯軍的又一個戰利品，益都，般陽、濱州也被盡數收入囊中，再加上最初第五軍登岸的膠州，最近又被耿再成以千餘兵力橫掃而下的登州、萊州，整個山東半島，已經有大半落在了義軍之手。

而王宣手中的兵馬，連剛剛招募來的新兵都算上，不過兩萬出頭。朱重九麾下的淮安嫡系更單薄，當初上船時，就只帶了第五軍的三千出頭絕對沒有夜盲症的弟兄和近衛團的一個營。

這些日子放低標準接納前來投奔的義軍，加大力度收編俘虜，也不過又湊起了萬把人。他們即將面對的，卻是脫脫麾下二十餘萬大軍。

如果按照原計劃，將已經打下來的城池盡數放棄，主動下海南返，肯定能來得及。但那樣的話實在太敗家，對軍心和士氣難免也會有一定影響，並且王宣好不容易得償所願，有了一塊屬於他自己的落腳點。讓他放棄掉，再去過先前那種完全寄託於淮安軍籬下的日子，也的確有些強人所難。

「末將願意將黃軍改編為淮安第六軍，徹底托庇於大總管羽翼之下，請大總管恩准！」望著窗外的無邊秋色想了好一會兒，王宣嘴裡忽然冒出了一句與眼前局勢毫不相干的話，並且臉上的表情極為誠懇。

「你真的考慮清楚了？你麾下的其他弟兄們呢，他們願意麼？」關注的焦點轉換太快，朱重九的思路有些跟不上。

對於主動來投奔自己的各個軍頭，他通常都採取寬容的態度，寧願作為名義上的宗主，給與對方一定支持，也不強逼著對方完全向自己效忠。如張士誠，王克柔兩人，眼下在江南發展得都非常不錯，即便脫離了淮安軍單飛，三五年內，肯定也能稱為一方諸侯。

「末將與麾下弟兄這一年多來，已經深刻感覺到了行伍之事的變化。」深深地吸了一口氣，王宣再度拱手，「而大總管對於末將，也是推心置腹，末將即便脫離大總管自立門戶，他日最多不過是個地方諸侯而已，逍遙自在的日子超不過十年，而我淮安軍早晚有誓師北伐的那一天。屆時，大總管肯定不准許山東道出現一個國中之國，而末將，則怕自己那時已經有了野心，把麾下弟兄們都帶到了絕路之上。與其如此，還不如現在就做決斷！」

一番話，說得真心實意，在情在理，不由得朱重九不對其刮目相看。

俗語云，實力越強，野心也就越大。朱重九自己心態的變化，就是一個真實的寫照。捫心自問，在起義之初，他的人生的目標和現在絕對不一樣，更沒想過自己有朝一日將要帶領大夥去直搗黃龍，建立一個相對公平的國度。

兩世宅男的性情，對當時的他影響極大，甚至在很長一段時間內，他都堅定地認為，自己的最佳歸宿，是去抱歷史上的成功者，朱元璋朱重八的大粗腿。

而如今，卻**一切都變了。他眼裡早已沒有朱重八，沒有什麼大明開國太祖。**

他早已擺脫了記憶中的歷史陰影，決定親手埋葬大元帝國。

他的實力，他的聲望，他的眼界，決定了這些改變。根本無法停止，更無法逆轉，換句話說，他變得早已無法替代。即使他肯退位讓賢，把淮揚大總管的位置交給朱重八來做，徐達、胡大海和吳良謀等，也絕不會答應。

至於蘇先生和逯魯曾，恐怕聽聞這個消息之後，第一件要做的事，就是派人去割了朱重八的腦袋，讓此人徹底失去對淮安軍的威脅！

「我這邊軍人通常只管打仗，地方的事情都歸文官。軍餉雖然給得高，卻不准冒領，更不准多吃多占。各級佐領雖然歸主將舉薦，最後決定權卻歸大總管府。還有，軍中長史，也必須是大總管府指派，各軍主將沒有權力拒絕！」

正因為知道野心與實力之間的關係，朱重九對王宣才越是欣賞。乾脆提前把醜話說出來，讓對方慎重考慮。

「末將行伍出身，根本不懂得治理地方。其他規矩，徐達他們能遵守，末將也沒有遵守不了的理由！」王宣卻早就打定了主意，想都不想，表態道。

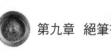

無論山東戰事最後如何結局，本輪朝廷對淮揚的攻勢，都已經徹底結束了。接下來，至少在明、後兩年之內，蒙元朝廷沒有力氣再發動第二次同樣規模的戰爭，而**兩年的時間，已經足夠淮安軍成長為一個龐然大物，任何人都無法阻擋其崛起的腳步**。

王宣是個聰明人，他知道淮安軍羽翼已成，更知道自己這輩子永遠不可能有資格跟朱總管去爭奪天下。所以，與其做一個跟自己能力不相匹配的美夢，醒來時身敗名裂，他寧願現在就果斷抽掉枕頭，連做夢的機會都不給自己留。

「我麾下已經有五個軍，你即便加入，將來也會常年駐紮在外，不可能久留於淮揚！」本著不要留下什麼遺憾的原則，朱重九繼續笑著補充。

「願為大總管帳下先鋒，為我淮揚開疆拓土！」王宣依舊沒有任何猶豫，迅速給出回應。

「嗯！你考慮清楚就好！」彷彿為了回報王宣的堅定，朱重九終於輕輕點頭，「如此，黃軍可改編為淮安第六軍。你任第六軍指揮使，行轅就設在膠州。指揮使之下，除行軍長史之外，皆由你自己舉薦！」

「謝大總管鴻恩！末將願意為大總管赴湯蹈火！」王宣大喜，立刻屈膝跪了下去。隨即，又想起來淮安軍早已廢除了跪禮，趕緊又站直了身體，非常彆扭地將右手舉到了太陽穴處。

不是張士誠，也不是王克柔，那兩個人根本不瞭解淮安軍的真正實力，更不清楚淮安軍的成長速度；而他王宣，卻在淮揚整整練了一年的兵，親眼目睹了淮安軍如何發展壯大；親眼看到城市的面貌如何日新月異；親手核算了，一個工坊每天能送出來的火炮數量，以及水泥、肥皂和香水等物，所帶來的龐大利潤。

那些都是奇蹟，沒親身觀察過的人，感覺不到其所帶來的龐大壓力。可以說，這種壓力，已經根本不是人類所能抵抗，哪怕蒙元那邊有將星轉世，一樣早晚會被碾得粉身碎骨。

所以，王宣已經不願意再做任何考慮。

現在加入淮安軍，日子肯定沒當一方諸侯舒服，將來，卻是新朝的開國元勳；而張士誠、王克柔等人，即便最後放棄手中的一切，斷然歸附，也永遠屬於外來戶，永遠進入不了大總管的嫡系隊伍。

以上兩種結局到底哪個更好，其實聰明人只要不被眼前繁華所誘惑，立刻就能看得清清楚楚。

「朱某得將軍，如虎添翼！」朱重九先客氣地還了個標準軍禮，然後聲音陡然加大，「第六軍指揮使王宣聽令！」

「末將在！」王宣知道自己的第一道考驗來了，回答得極為大聲。

「第六軍，從即日起，擴編為第六軍團。下轄四個戰兵旅，四個輔兵旅；各旅及下屬部隊，一律採用三三制，規模比照淮安其他各軍所轄。你出任第六軍團都督，軍銜為從三品定遠將軍。軍餉器械，皆由大總管府負責供應！」朱重九讚賞地點點頭。

「謝大總管！」王宣喜出望外，雙目當中，有兩股熱流不停往上湧。

這也是他決定徹底投靠朱總管的理由之一，懂得投桃報李，不像那些高高在上的蒙古人，還有那些所謂的豪門世家子弟，別人無論替他們做了什麼，都被視作理所當然。從不會替對方考慮，更不知道付出必有所酬。

「你不必謝我，從現在起，其他各軍也一樣要升格為軍團。兵器鎧甲，我也一樣會讓作坊努力供應。我這裡儘量做到一碗水端平，但你們各自麾下的士卒卻得你們自己去徵募，並且要保證士氣和品質，不能強拉！」朱重九擺了擺手。

「強拉人入伍的事情，末將在投奔大總管之前的確做過，之後，末將一直嚴守咱們淮安軍的紀律，牢記於心！」第六軍團總督王宣立刻紅了臉，訕訕地解釋。

「過去的事情就讓它過去，今後不再犯就行了！」朱重九笑著揮了下手，大度地說道：「我恐怕還要跟脫脫多少較量一番，才會返回淮安，在沒走之前，關於部隊建設的事情，你可以隨時問我，也可以問陳基和吳良謀他們。總之，從今往後，山東道就交給你了。你可以放棄濟南和益都，但必須把膠州城再往東的所有地盤，給我牢牢抓在手裡！」

膠州往東，就是後世青島、煙臺和威海三地。東、南、北三側都被海水包圍，僅僅守住從萊州灣到膠州港這條直線，就可以確保萬無一失。

這個任務，比守住眼下淮安軍所有在黃河以北領土，相對要容易得多。王宣心神大定，又將手指舉向太陽穴，「末將絕不敢辜負大總管的信任。若有差池，寧願提頭來見！」

「你先別忙著發誓。咱們淮安軍的規矩是，把事情做到實處，不光掛在口頭上！」朱重九笑了笑，繼續耐心地教導。「在脫脫抵達之前，你的首要任務就是整軍和擴軍，以我最近一段時間積累的經驗，你可以……」

自桌案上抓起一支削好的炭筆，他開始在白紙上勾勾畫畫。將自己所掌握的一些練兵知識，和以前的擴軍經驗，毫無保留地傳授給對方。

搶光了山東東西兩道的官倉，困擾了淮揚大總管府多時的糧食問題，就得到了徹底緩解。而元軍和洪水陸續退去之後，徐州、宿州和睢陽等地也需要儘快派遣兵馬去收復，如此，淮安軍再度擴張，就是必然的事情，根本用不著仔細考慮。

此外，通過前一段時間的戰爭檢驗，朱重九還發現了淮安軍原來編制和火力配備當中，存在許多不合理或者不方便的地方，需要他和麾下眾將商量之後抓緊時間去彌補，所以，不如乾脆一步到位，搶在蒙元朝廷下一次大規模進攻之前，給整個淮安軍來一次脫胎換骨。

難得被大總管面授機宜，王宣聽得非常認真。遇到不懂或者認識模糊之處，立刻出言詢問，而朱重九也不嫌他愚鈍，將所有問題掰開揉碎，循循善誘。君臣兩個談談說說，不知不覺當中，天就完全黑了下來。正準備暫時告一段落，命人端上飯菜，中兵參軍，敵情處長陳基，卻快步走了進來。

看到王宣也在，陳基略作猶豫，隨即壓低了聲音彙報，「主公，前往德州刺探敵情的弟兄，今天下午返回時，在路上截住了雪雪的親兵，把他給蒙元皇帝的絕命書也給搜了出來！」

「絕筆書？」朱重九不理解像雪雪這種不戰而逃的傢伙，怎麼還有臉去寫什麼絕命書？皺了下眉頭，問道：「信在哪？拿來我看。雪雪呢，你們敵情處可否查明了他的去向？」

「在這兒！」陳基雙手捧上一張薄薄的信紙，然後說道：「他躲進了白馬山、臘山一帶的老林子裡，麾下收集了大概四千多兵馬。看樣子，是準備等著脫到來之後，再尋機報仇了！」

「這麼少？」朱重九順口問了一句，然後一目十行掃過雪雪的絕命書。文筆不錯，至少看起來比自己這個擁有兩世記憶的殺豬漢強了十多倍，只是措辭上感覺有點兒眼熟，好像曾經背誦過一般。

「當時城裡的禁軍和地方兵馬加在一起將近四萬人。但雪雪逃命的時候，只通知了身邊的一些心腹將領和幕僚。令手下的其他將領，特別是地方駐屯兵馬的將領非常不恥。所以，在逃過咱們的追殺之後，這些人就各尋地方去投奔了，誰都不願意留下跟雪雪共同進退！」

在陳基這個名副其實的才子眼中，雪雪所做的絕命書，沒有任何欣賞價值可言。

「切，這傢伙還真是爛泥扶不上牆！」朱重九遺憾地吸了口氣，皺著眉頭來回踱步。

他心中原本有幾個計畫，挑撥雪雪對付脫脫，但迫不得已打跑了前者之後，計畫就基本宣告無疾而終了，不過……

猛然間心中閃過一絲亮光，朱重九停住腳步。將雪雪的絕命書收起來，小心地交還給陳基。

「你們軍情處想個辦法，將這封信給雪雪送回去，他那幾個親兵如果沒死的話，也都一併送還回去，順便幫我給他捎句話，就說我對他仰慕已久，希望能找地方一晤。如果他肯來，許多事情都可以當面商量！」

「不可！」陳基想都不想，立刻反對，「戲文中說的話豈能相信？況且那雪雪一看就是個無能之輩，指望他去對付脫脫，無異於驅豬搏虎！」

「我看中的就是他這份無能！」朱重九笑著解釋。「在此番北上之前，章參軍和馮參軍都跟我剖析過，萬一南征受挫，脫脫即將面臨的處境會十分尷尬。而更早些時候，逯長史也說過，蒙元朝廷內部有兩大派系，脫脫是其中之一，雪雪、哈麻、月闊察兒等人，則屬於另外一派。」

陳基猜得非常準確，剛才在內心深處，他的確是受了《三國演義》，即現在廣為流傳的《三國志平話》的影響，試圖在脫脫和蒙元朝廷之間施展離間計。但這個設想，卻不是建立在一廂情願的基礎之上，而是根據蒙元朝廷的現實情況，並且很早之前就做了許多相應準備。

「如此，倒是臣魯莽了！」聽朱重九說得似模似樣，陳基猶豫了一下，低聲賠罪。「不過，主公非跟他會面不可麼？萬一此人起了什麼歹意……」

「他為了活命，連他們蒙古皇上都騙，怎麼可能捨得跟朱某拼個玉石俱焚？」朱重九笑了笑，不屑地搖頭，「即便他真的想拼命，也沒什麼大不了的，有洪三和黑丁兩個在，等閒之輩想靠近朱某不太容易！」

「這……」陳基猶豫再三，無奈地點頭。

從雪雪目前的表現來看，此人極為惜命，應該捨不得行專諸、荊軻之舉；更可以確定的是，在雙方都不帶長兵器和火器的情況下，大總管一把殺豬刀在手，十個雪雪上來也是送菜的貨。

「行了，別婆婆媽媽了，去準備吧！他肯不肯來還兩說呢！」朱重九揮了下胳膊，笑著催促。「無論成功與否，至少搶在脫脫趕過來之前，咱們可以先給他製造一些麻煩，比一味地被動迎戰要強！」

「臣要是雪雪，就一定會來！」陳基敬了個軍禮，順口回應，然後小跑著出去，調動剛剛成立沒多久的敵情處，開始全力運作。

這個部門，原本是朱重九參考了另一個時空某某超級大國的中央情報局所設，然而正式搭好了架子之後，卻發現它有點類似大明的錦衣衛，便由一個心思縝密的親信大臣擔任統領，底下招募身體健康，頭腦機靈的江湖豪傑，專門負責收集軍情、策反敵將等工作，偶爾也負責幹一些見不得光的髒活，如在敵後製造混亂，散播流言等。

雖然還處於草創階段但其效率遠非這個時代的皇城司可比，當天夜裡就替自家主公發出了會面邀請。

·第十章·

魔鬼交易

「你⋯⋯他們，他們⋯⋯」雪雪兩眼瞪著朱重九，語無倫次。

對面這個人是魔鬼，自己根本就不該答應來會面。

跟魔鬼做交易，凡人怎麼可能賺得到任何便宜？

然而，那個魔鬼嘴裡說出來的話，卻充滿了誘惑。

「這朱屠戶到底想幹個啥？」大元知樞密院事，禁軍達魯花赤雪雪接到了邀請之後，先是被嚇了一跳。隨即就跌回了椅子上，對著沒能送出去的絕命書沉吟不語。

絕命書沒能搶在戰敗的消息之前先一步抵達大都，他的謊言就失去了依託，喪城辱國的罪名就無法清洗，而妥歡帖木兒秘密交給他的重任，也徹底失去了執行的可能。

作為妥歡帖木兒的乳弟，雪雪心裡非常清楚這位大元天子的性情，多謀、多疑、少斷，且沒有任何擔當，一旦被他發現自己辜負了信任，恐怕很快就要另作安排。那樣的話，**自己恐怕就是一粒棄子，甚至可能直接被拋出去，作為一個安撫脫脫，緩和君臣關係的替罪羊！**

螻蟻尚且惜命，雪雪當然不甘心束手待斃。然而此時此刻，他卻沒有任何掙扎求生的本錢，五千多殘兵敗將，根本不可能重新奪回濟南，指望脫脫分些功勞給自己，或者借數萬兵馬前來助戰，則無異於癡人說夢；並且手中這五千兵馬根本沒有糧草供應，再於深山老林裡頭追幾天兔子，恐怕不需要任何人來打，自己就逃個乾乾淨淨了。

「大人，那朱屠戶會不會想求招安？」樞密院參議劉文才心思比較靈活，按照自己的想法，推測道：「他要是存著歹意，就不會主動把這封信送還回來了！」

「很有可能！」彷彿黑夜裡忽然出現了一道閃電，在座的所有蒙漢將領眼睛裡全都倒映出了明亮的光芒。「他把送信的親兵全也都送回來了！」

「他給受傷的弟兄都敷了藥，並且還送還了戰馬和兵器！」

「正所謂殺人放火受招安，當年方谷子抓了朵兒只班，不也是當作佛爺一樣伺候著麼？」

「著啊！他肯定是存著招安的念頭！幹紅巾，怎麼可能長久？而他現在的實力，足足是當年方谷子的十倍。方谷子打一個勝仗就封定海尉，再造反就封治中，第三次造反封萬戶，第四次封行省參政……」

越說，眾人眼裡越亮堂，幾乎識破了朱屠戶的無恥打算。

方國珍屢降屢叛，每打敗朝廷的兵馬一次，就升一次官。朱屠戶與方國珍同樣出身低賤，肯定也不會是什麼目光長遠之輩，若是朝廷肯拿出足夠的好處給他，淮揚之亂將不戰而平！

當然，那個代價肯定不會太小，以方國珍的海運萬戶，浙江行省參政為標桿，朱屠戶恐怕得封個河南江北行省平章，並且有相應的爵位和封地才能滿足。

可這又跟雪雪有什麼關係呢？官爵和封賞又不用他掏腰包來出。相反，如果大力促成了招安之事，他丟失濟南的罪責就可以被徹底忽略，而有了朱屠戶及其麾下的虎狼之師做外部助力，他和哈麻兩個在朝中的地位就會安如磐石。

想到這兒，雪雪激動得臉色發紅，額頭冒汗，伸出手用力在身邊的矮几上拍了一下，「朱屠戶的人呢？趕緊回覆他，本官答應跟朱將軍見面了，地點就設在城外十里的青龍山，如果他覺得不妥當，還可以再商量！」

「不可，大人說哪就是哪，怎能讓一個屠戶得寸進尺？」

「商量一下也無妨，大人待之以誠，他亦應以誠相報！」

「萬一那朱屠戶提前安排下埋伏……」

「不入虎穴焉得虎子！況且那朱屠戶真的要打，我等在臘山，一樣藏不住！」

……

登時間，雪雪麾下的文武又分成了幾派。有要捨死捍衛朝廷顏面的，有認為折節下士才能顯示誠意的，有建議防人之人不可無的，有唯恐夜長夢多的，你一言，我一語，吵成了一鍋糊塗粥。

但是無論怎麼吵，替朝廷招安朱屠戶的大方向都沒人會質疑，於是乎，又經過了幾番斟酌，雪雪最後做出決定，委託朱屠戶的手下，給朱屠戶傳令：明天午時，雙方在青龍山頂的鶴歸亭會面。各自准許帶五百侍衛，誰都不准帶火器和弓弩，會面前的兩個時辰，各派得力下屬搜山，然後雙方全部兵馬都駐紮在山下，雙方主帥每人只帶十名親兵於亭中一敘，除了貼身佩刀和佩劍之外，嚴禁任何兵器上山。

朱重九提出會面的目的，是離間蒙元君臣，當然不會像雪雪等人一樣，淨在表面上做文章。接到敵情司死士帶回來的消息後，立刻大笑著答應了下來。

於是乎，雙方又各派信使，你來我往正式交涉了幾番。第二天上午，則各自帶起約定的人馬，朝濟南城外的青龍山趕去。

朱重九想看一下山間秋色，所以提前小半個時辰，就登上了鶴歸亭。雪雪則拖後了大半個時辰，才端足了架子，由八名身材魁梧的崑崙奴，用滑竿抬上了山坡。

這樣一來，他身邊的可用人手就比約定數字多出了將近一倍，令徐洪三和丁德興等人不由地都皺起了眉頭。

而大元知樞密院事，禁軍萬戶雪雪卻搶先一步解釋道：

「本官昨日騎馬受了些傷，走不得路，所以才找了幾個奴才抬著上山。朱總管，你甭看他們個個生得人高馬大，卻全是些沒骨頭的孬貨，你無論怎麼打他們，他們都不敢還手，更甭說動刀動劍，行什麼不軌之事了！朱總管，你本領高強，當年一把短刃在黃河北岸七進七出。不會連這點小便宜都跟本官斤斤計較吧！」

「雪雪大人謬讚了，朱某愧不敢當！」朱重九搖頭，「朱某去年親自提刀上陣，乃是迫不得已之舉，自那之後，便一次也沒讓自己身處過險境，所以今日斷不敢妄自尊大，讓大人背負一個占人便宜的汙名。」

「大人，請讓貴僕留步！」徐洪三與丁德興二人原本就心生警惕，聽朱重九拒絕得乾脆，立刻連袂擋在了滑竿前，不肯讓雪雪再往前多靠近半寸距離。

「朱總管，你這就太沒誠意了吧！」雪雪剛上山就碰了個硬釘子，眉頭皺了皺，非常不悅地指責。

「朱某穩操勝券之後，還主動請大人會面，已經體現了足夠的誠意！」朱重九也收起笑容，非常平靜地回道。

開玩笑！崑崙奴是什麼模樣朱某人不清楚，可泰森、道格拉斯、喬丹這些名字卻如雷貫耳。用後世眼光看來，非洲黑人恐怕是運動神經最發達的種族，越是對抗激烈的比賽，越能發現他們的身影。

在當前這個沒有內功、外氣之類玄幻說法的世界裡頭，武功也可以歸類為高對抗性運動的一種。朱某人即便對自己的身手再自信，也不會傻到認為自己有本事單挑八個泰森或者八個麥可・喬丹的地步。況且談判沒開始就先做退讓，接下來還怎麼出招啊?!直接舉起雙手，請求饒命算了！

「這——？」雪雪沒想到朱重九如此直接，被憋得面紅耳赤。眼前形勢和他預先的判斷完全不一樣，按照他和麾下文武幕僚們的估計，朱屠戶既然打算受招安，應該放低身段才對，怎麼一見面就如此盛氣凌人？

誰料更盛氣凌人的話還在後頭，朱重九見他遲遲不肯下滑竿，又聳著肩膀說道：「大人如果連說好的事情都要橫生枝節，朱某以為，接下來的事也沒必要談了，趁著你手中尚有些餘糧，我這邊也士氣正盛，咱們約個時間再戰上一場便是。放心，無論你手中眼下還剩下多少兵馬，朱某都帶一萬弟兄出戰。絕不會辱沒了大人！」

「你……」雪雪氣得眼前發黑，左右兩隻耳朵裡頭嗡嗡作響。他奶奶的，老子這邊連五千弟兄都湊不齊了知道不？以一萬淮安軍迎戰，還說是因為看得起老子，這不是欺負人是幹什麼？

然而氣歸氣，他卻沒有立刻命腳下的黑奴抬著自己離開，而是緊咬牙關看了片刻地面，隨即又堆起滿臉的笑容，道：

「不過是八個會說話的牲口而已，沒想到朱總管還非把他們也算做人。也罷，看在你誠心與本官相交的份上，本官就遷就你一回。黑大，你們把本官放下，然後自己下到山底去等著！」

後半句話明顯是對抬滑竿的幾個黑奴吩咐的，八名黑人當中最壯碩的那個，低低回應了一聲「是！」，帶領其餘七個緩緩放下滑竿，然後又跪倒在地上給雪雪磕了個頭，才弓起腰倒退著離開。

「是木骨都束人還是桑吉巴人？只是用來抬滑竿的話，太可惜了！」朱重九先目送八名黑奴身影遠去，才轉過頭向雪雪詢問。

「這？大總管也知道桑吉巴？」雪雪聞聽，立刻又漲紅了臉，訕訕地反問。

「聽海商說過！大人應該知道，我淮揚所產的器物，向來深受海商追捧！」朱重九道：「兩個月前，還有大食人專門乘船，從拔拔力趕來交易乳香和龍涎！」

有心發展海上貿易，他前段時間可是沒少跟沈萬三討教，而後者則為了得到更多的六斤線膛炮，基本上也做到了知無不言言無不盡，所以對於此刻中國商人所能到達的非洲大部分地區，他都能記住名字。並且對該地的特產，也能說個八九不離十。

雪雪聞聽了他的話之後，臉色愈發紅得像煮熟了的螃蟹，木骨都束盛產琥珀、象牙和黃金，拔拔力盛產乳香和龍涎香。而桑吉巴除了丁香之外，阿拉伯人最喜歡從那裡往外帶的就是戰奴，一個經過嚴格調教的戰奴，非但身手高超，並且對主人絕對忠心耿耿。用來殺人或者自衛，最好不過！

好在朱重九只是點到為止，並沒打算深究。見雪雪已經慚愧得手足無措，便又笑了笑，發出邀請，「好了，大人身居高位，恐怕不愛聽這些生意經，請上座，朱某這裡備了些清茶，大人一路勞累，剛好拿來潤潤嗓子！」

「如此，某家就不客氣了！」到了此時，雪雪已經氣焰全無，帶領自己的其他侍衛，匆匆穿過徐洪三和丁德興這兩座門神，走到歸鶴廳內。

「大人請坐！」朱重九欠了欠身子，示意雪雪坐到自己對面，然後拿起茶壺，先給自己倒了一盞，又倒了另外一盞給雪雪，「請慢用。」

「朱總管客氣了！」雪雪雙手接過茶盞，卻不敢喝裡邊的水，捧在眼前，裝作欣賞杯子上的窯紋，「這是揚州新推出的蟬翼雪瓷吧。嘖嘖，難得做得如此之薄。真得好像蟬翼一般！」

「雕蟲小技耳。朱某出身寒微，所以最喜歡擺弄這些奇技淫巧！」朱重九笑了笑，端起茶水慢品。

「**技至其極，幾近道矣。**」雖然是個康里人，雪雪的華夏古文功底卻比朱重九強了不止一點半點，短短八個字，就把馬屁拍了個恰如其分。

朱重九又笑了笑，不置可否。大規模採用了旋轉機械之後，再恰當地提高窯溫，揚州一帶的製瓷工業，當然會取得突破性進展。

對雪雪來說，周遭尺寸毫釐不差，外壁僅有韭菜葉般薄厚，通體又白得幾乎看不到任何雜色的瓷杯，卻是難得的奇珍。捧在手裡又把玩了好一陣兒，才戀戀不捨地放在石頭桌案上，道：

「讓大總管見笑了。某家的見識雖然不算孤陋，但是在大都城中，卻是從今年春天開始，才有機會看到如此精緻的茶具，並且眼下在市面上能買得到的，俱照著大總管這套相差甚遠！」

「難得大人看得上，朱某送大人一套便是！洪三，記得回頭從我那裡找一套更好的來，派專人給雪雪大人送過去！」

「這如何使得，如何使得！」雪雪聞聽，趕緊站起來，訕訕地拱手。「某家只是見獵心喜，所以才順口一讚，怎敢厚著臉皮，當面向大總管討要好處！」

「什麼好處不好處的，一套茶具罷了。」朱重九也站起身還禮，「說句實在話，朱某是真心想跟大人交個朋友，若不是大人來得太突然，令朱某擔心腹背受敵，前幾天，朱某甚至都沒想過與大人會獵於泰山之下！」

這話就說得有些露骨了，不是我想打你，是你來得不是時候。讓我感覺到了腹背受敵的危險。要怪，你只能怪自己運氣實在太差，或者怪自家友軍動作太慢，給了我搶先下手的機會。

雪雪這個人本事雖然差，但心思轉得卻一點兒都不慢。聽出了朱重九話語裡的示好味道，立刻笑著擺手，「唉，造化弄人，造化弄人。某家來濟南之前，也不知道朱總管會親自領兵前來。唉——！」

說罷，又長吁短嘆，彷彿自己如果早知道要跟朱屠戶做對手，就會主動退避三舍一般。

「唉——！」朱重九也陪著他嘆氣。待彼此都把姿態做足之後，又笑了笑，道：「真是給大人添麻煩了，丟了濟南，大人跟上頭恐怕很難交代得過去吧！」

雪雪如同嗓子眼被人倒進了一盆猛火油般，勃然變了臉色，「朱總管，你這是什麼意思？莫非，你今日請某家來，就是想當面羞辱我一番麼？若是如此，你可真打錯了主意！我雖為敗軍之將，卻未失戰心！今日只要不死，早晚要登門跟朱總管討教個明白！」

「這，雪雪大人好像是誤會了！」朱重九彷彿真的被對方的態度所動，愕然地回道：「朱某是看了大人寫給朝廷的絕命書，欽佩大人才情和忠心，所以才起了結交之意，並且不惜盡自己所能，替大人彌補一二。若是大人不希望朱某管你跟朝廷之間的閒事，直接明說便是，又何必做受了奇恥大辱狀？」

「你，你……」雪雪氣得渾身直打哆嗦。如果八名黑奴沒有走開的話，他絕對要撲上去跟朱重九拼命。

「姓朱的，俗話說，殺人不過頭點地。你到底想幹什麼，現在就說出來，某家接招便是！」

「大人真的誤會了！」朱重九滿臉委屈，「朱某真的是誠心要和大人交往。大人究竟要朱某怎麼做，才相信朱某並無惡意？唉，也罷！朱某就給大人透個實底。朱某知道大人你跟脫脫勢同水火，朱某一樣恨他入骨，所以朱某跟大人此刻應該算是同仇敵愾……」

「住口，某家才不跟你一個反賊同仇敵愾！」沒等他解釋完，雪雪便厲聲打斷道：「某家跟脫脫都是朝廷重臣，怎麼會跟你一個反賊勾搭，做那親者痛仇者快之舉！」

「恐怕脫脫眼裡從沒當大人你是同族吧！」朱重九也不生氣，冷笑道：「也不知道他班師回朝後，會不會念在同為朝廷重臣的份上，對大人你手下留情？

噢，應該會吧，別怯兒不花家好像就在般陽，不過這次我沒見到他；韓嘉納大人當年得罪了脫脫，好像也沒有被處死，只是去努爾干放羊而已；還有禿滿迭兒大人，他是履任途中遇到了盜匪，他的死，不能算在脫脫丞相頭上……」

後幾句話，可謂是**句句誅心**，**蒙古朝廷內部權鬥激烈**，**勝者對失敗者**，**向來是務求趕盡殺絕**。脫脫上一次罷相之後復起，就將政治對手別怯兒不花、韓嘉納、禿滿迭兒等人盡數趕出了朝廷，然後在流放地或者放逐途中，一一下手剷除。

當時雪雪恰巧站在脫脫這邊，所以親眼目睹了對手的下場如何慘不堪言，眼看現在馬上輪到自己被脫脫當作對手處置，下場恐怕不會比那幾個人好上分毫！想到這兒，他忍不住悲從中來，噙著淚道：「某家喪城失地，早就該死了，沒什麼好委屈的，用不著你來假惺惺地說風涼話！」

「大人喪城失地，按律當死，可大人的老婆孩子呢，大人的兄長和故舊呢，難道他們也該死？」朱重九看著雪雪，「也罷，算我瞎替你擔心，你說得對，你們都是蒙古人，誰殺誰都是心甘情願，關我一個大反賊什麼事？在旁邊袖起手來看熱鬧好了，何必想幫人忙，別人還不念交情！」

「住口！朱總管休得再挑撥離間，某家不會上你的當！」

「朱總管，落井下石，非君子所為！」

聽朱重九提起自家妻兒老小，雪雪終於再支撐不住，雙手扶在石桌上，嘴裡發出一連串絕望的咆哮。

的確，朱重九是異族，脫脫才是他的同胞，但朱重九這個異族在打敗了他之後，卻沒想過斬盡殺絕；而脫脫，一旦在政治傾軋中獲勝，絕不會給他半點憐憫。

這是從成吉思汗時代就遺留下來的傳統，殺死所有仇人，哪怕他只是一個孩子。罪不及妻孥，那是懦弱的漢人們才講究的規矩，**作為征服者，鐵木真的子孫只喜歡在對手全族的屍體旁放歌**。

「如果是為了落井下石，朱某根本不用費這麼大周章！」

正痛不欲生間，耳畔又傳來朱重九的聲音，冰冷得如魔鬼在地獄深層吐息。

「據朱某所知，你麾下現在全部兵馬加起來不到五千，糧食完全靠搶劫周圍的百姓，打獵為生的話，弓箭好像也沒幾根了！」

上趕著的買賣不值錢，**雪中送炭才會被人銘記一輩子**，如果對方還未淪落到雪地上打滾的地步，就乾脆想辦法拆了他的房子，把他按到雪堆裡頭去……

雖然兩輩子都是宅男，可看著逯魯曾、趙君用等人如何給人下套子，看著陳基、葉德新等人如何運籌帷幄，還不時地被蘇先生言傳身教一番，朱重九的心臟即便是塊頑鐵，也早被磨成繡花針了；更何況來自二十一世紀的那部分靈魂原就沒少受過厚黑學的薰陶，輕輕幾句話拋出去後，立刻擊潰了雪雪心中最後的防線。

雪雪手趴在冰冷的石桌上，喘息著說：「你到底想幹什麼？讓本官跟你一道造反，那是絕對不可能的事！」

「你的家小都在大都，讓你造反不是強人所難麼？」知道火候已經差不多了，朱重九笑著搖頭，「況且你麾下的那些將士，也都是大都城內的貴胄子弟，即便你答應跟朱某一道造反，他們也不會答應，弄不好，會直接把你的腦袋砍下來，去向朝廷邀功！」

這都是顯而易見的事，禁軍的戰鬥力已經被證明不值得一提，但禁軍對朝廷的忠誠度卻不容質疑，畢竟他們都是頂尖蒙古家族的子侄，即便是旁系，也跟朝廷休戚與共，不可能冒著全家受拖累的風險，去跟著雪雪一起造反。

「你……他們，他們……」

雪雪兩眼瞪著朱重九，語無倫次。**對面這個人是魔鬼，自己根本就不該答應來會面。跟魔鬼做交易，凡人怎麼可能賺得到任何便宜？**

然而，那個魔鬼嘴裡說出來的話，卻充滿了誘惑。

「脫脫派人炸開了黃河，殺我無辜百姓上百萬，所以本總管跟他不共戴天！但是本總管跟你卻是各為其主，戰場之上當然互不留情，在戰場之下，卻依舊可以做個朋友！」

「朋友？」雪雪喃喃地重複。他這輩子什麼都不缺，唯獨沒有朋友，對他這種人來說，**友誼屬於絕對的奢侈品，永遠是可望不可及。**

「噢，朱某忘了你是朝廷的高官，不能跟朱某一介反賊攀交情！」朱重九拱手賠罪，「那就換一種說法吧，朱某以為，咱們倆既沒有不共戴天的血仇，也沒有直接利益衝突，而脫脫此刻卻是咱們共同的敵人，除掉他，對咱們倆都有好處！」

「某家不會答應你去一起進攻脫脫，那跟造反沒任何區別！」雖然已經輸得連內褲都脫了，雪雪的性子卻非常固執，認定了寧可全家被殺也不能造反的死理。

「你那點殘兵敗將，跟脫脫交手有任何勝算麼？」朱重九也不逼他，只是一臉不屑地撇嘴道：「不是朱某看不起你，即便你手裡也有二十萬大軍，依舊會被脫脫打得落花流水。」

「你……」

雪雪豈肯蒙受如此奇恥大辱，雙手用力往起支撐身體就想拂袖而去。然而，短短瞬間後，他就又洩了氣，整個人跌坐在石凳上，癱軟如泥。

不是朱屠戶言語不恭，而是他跟脫脫兩個人之間的差距實在太大，帶著將近四萬兵馬固守堅城，卻一天都沒挺下來就主動撒腿逃命了；而脫脫，自出道以來卻未嘗一敗，包括這回被迫放棄淮安北返，也是受了益王買奴的拖累，非戰之罪也！

「**你的戰場應該在朝堂上，而不是這兒！**」朱重九給自己倒了杯茶，邊喝邊語重心長地分析道：「你娘親是妥歡帖木兒的乳母，你跟妥歡帖木兒雖然不是親兄弟，卻勝似親兄弟，你跟脫脫之間的矛盾，說白了，**不過是君權和相權的衝突**。妥歡帖木兒受盡了權臣的苦，不想看著脫脫繼續權傾朝野，你們兄弟倆無疑是他最值得信任的人！」

「別說了！」雪雪掙扎坐直身體，用布滿了血絲的眼睛盯著朱重九，嘴裡發出低沉的咆哮，「你現在說這些還有什麼用！濟南城已經落在了你手裡，某家辜負了陛下的信任，等脫脫擊敗了你，剛好挾大勝之威班師還朝，到那時，即便是皇上也無法再為某家說半句好話。」

恨！此時此刻，**他心裡充滿了仇恨**！恨自己無能，恨命運不公，恨朱屠戶太陰險，恨脫脫太霸道，太不講理！**如果手中有一把火炬，他寧願將整個世界點燃，讓所有罪惡都在烈火中灰飛煙滅，包括自己的靈魂和軀殼。**

「如果我讓你打敗了，濟南城也讓你收復了呢？」朱重九輕輕抿了口茶水，淡淡地道。

「這不可能！」雪雪大叫，隨即整個人僵直在桌子旁，身體不由自主地瘋狂顫抖。

不可能，憑著五千殘兵敗將，他不可能收復濟南！但**關鍵在於一個「讓」字**！如果朱屠戶肯「讓」自己將其打敗，自己怎麼會有不勝的理由？

讓，你情我願的讓，甭說是五千殘兵，就是身邊只剩下五十名親衛，他也照樣能創造奇蹟！

這太瘋狂了，簡直是誰也無法相信的瘋狂。**這朱屠戶，為了殺脫脫，居然不惜付出任何代價！**

他的話是真的麼？他除了想要脫脫的性命之外，究竟還包藏著什麼禍心？

雪雪猜不到。他只知道，一旦濟南被自己成功收復，自己的罪責就能減輕大半，而妥歡帖木兒交託的事就可能繼續下去，同樣是在朱屠戶手裡吃了虧，脫脫也沒資格彈劾自己！

足足顫抖了半炷香時間後，雪雪才終於恢復正常，抓起桌案上早已冷掉的茶一口吞盡。

喝完後，用手在嘴巴抹了幾把，下定決心似地道：「說吧，你需要什麼條件？只要某家出得起，並且不會對不起皇上，某家全都可以給你！」

「我需要三天時間，三天時間才能把濟南城的府庫搬空，從水路運到萊州。」朱重九緩緩說道：「這三天裡，你可以厲兵秣馬，裝作矢志報仇模樣，然後趁著我兵力空虛，在第四天早晨來收復濟南！」

「朱總管好大的手筆！」雪雪抓起茶壺，給自己倒水解渴。這時候，他不用再擔心朱屠戶朝茶水裡下毒了，反正都是個死，怎麼死沒太大差別。

「濟南是座大城，我需要一百萬貫銅錢或者等值的戰馬、藥材，以及其他你拿得出來的東西！」朱重九繼續提出自己的交易條件。

「你怎麼不去搶算了！」雪雪用力拍打桌案，長身而起，「我的全部家產都算上也湊不出二十萬貫，並且還都在大都城中，根本不可能馬上拿給你！」

「我本來就是在搶！如果不贖回濟南，你家那二十萬貫早晚都歸了別人。」

朱重九回敬了一句，「不過，我也知道你有難處，這樣吧，我准許你打欠條，什麼都不用寫，就寫清楚欠我一百萬貫，簽字畫押即可。四天後，你從西門把欠條派人送來，我立刻放棄濟南，從東門出城！」

「這……」雪雪額頭上滲滿了汗珠，卻根本顧不上擦，如果可能，他不願意讓任何字面上的東西落在朱屠戶手裡，因為無論紙上寫的是什麼，只要朱屠戶將它交到朝廷手中，效果都跟投誠信沒什麼兩樣！

然而，「收復」濟南的巨大誘惑，卻讓他無法拒絕。他名下全部家產的確湊不出一百萬，但這筆錢等回到大都城後，可以跟哥哥，跟族人，跟下屬故舊借；甚至根本不用還一百萬，只要自己能將朱屠戶穩住一段時間，待鬥垮了脫脫之後，就可以翻臉不認帳。

屆時，無論朱屠戶拿出什麼證據，自己都可以說是權宜之計，想必皇上看在自己幫他解決了脫脫的分上，也不願意刨根究底。

想到這兒，雪雪咬了咬牙，用力點頭，「可以，某家現在就可以寫給你，不就是一百萬貫麼？某家去想辦法湊，總能湊出來！」

「不急，你可以多考慮一會兒，免得將來後悔！」朱重九卻非常體貼地說：「一百萬貫只是個開始，表示你我都有合作的誠意，光是把濟南城重新奪回了，恐怕還不能讓你脫罪吧？至少風頭依舊壓不住脫脫！」

「你還想幹什麼？」雪雪立刻心生警惕，雙手抱在胸前，頭上冒著冷汗。

「我想跟你一起對付脫脫！」朱重九重申：「般陽、益都、濰州和諸城這些地方你要不要？要的話，價錢咱們好商量！可以一座一座單獨談！」

轟！宛若被驚雷劈中，雪雪跳起來，頭暈目眩。

收復濟南不夠將功折罪，再加上般陽肯定就夠了！如果再加上其他幾座被益王買奴丟失的城池，他雪雪的功勞和風頭，將無人能出其右！包括有百勝之名脫脫，此番南下也沒有光復如此至多的城池！

但是，朱屠戶不是開善堂的，雖然他號稱彌勒佛轉世！他一口氣讓出了這麼多城池，所需要的贖城費肯定也不會太少，即便他還肯像濟南一樣，准許自己打欠條，有朝一日，這麼多張親筆簽字畫押的欠條被他同時拿出來，自己也是百口莫辯！

「朱某手中兵力有限，同時防守這麼多地方，肯定守不住，與其被脫脫挨個搶回去，不如便宜了自己人！」朱重九捧著茶杯，一臉慈容，看上去，就像一個俯覽眾生的神明。

雪雪雙手再度扶住桌案邊緣，心也緩緩往下沉，已經準備寫第一張欠條了，就不該在乎第二張；而兩張和三張，其實差別也不大；三張以上，不過就是個數字罷了！

「其實做生意不一定用錢，其他等價之物也可以！」

朱重九分明是坐在石凳上，雪雪卻總感覺他在居高臨下地看著自己。說出來的話與其說是建議，不如看做是命令。

「濟南、般陽和益都，這三座城市算錢，你送一張欠條來，我就還你一座。其他城池太小，算錢太麻煩，你可以拿別的東西換，比如脫脫的行軍路線啊，營盤部署什麼的，只要你簽字畫押，真的假的我都可以接受！」

「你休想！」雪雪身體晃了晃，努力重新站穩。「我是蒙古人，我不會勾結外人禍害自己的同族！」

「你沒禍害他們啊。你也知道，我這個人最不喜歡濫殺，每次抓了俘虜，一般都會放走！即便是當官的，也只要求他們支付符合自己身價的贖金！」

彷彿早就預料到他會如此反應，朱重九笑道，橫肉縱橫的臉上，這一刻居然灑滿了聖潔的光芒。

「我出賣軍情給你，你拿去打敗了脫脫，不是殺了我的同族是什麼？」雪雪恨得咬牙切齒，卻沒勇氣就此拂袖而去。收復山東西道的功勞太大，讓他無法放下，所差的，只是無法面對自己的內心而已。

朱重九做生意，向來不怕討價還價，聽雪雪的話說得有氣無力，笑道：

「說你不懂打仗，你還不服氣！打勝仗一定就要殺人麼？本總管只想逼得脫脫自行退兵，不想殺他手下任何人，只要他無法將本總管儘快打敗，他的丞相之位就肯定保不住了，屆時想怎麼收拾他，全在於你和哈麻兩個人的意思。如果你能讓他死無葬身之地，消息傳來後，本總管不介意把欠條也一併交還給你！這筆買賣到底做不做，你自己拿主意，明天這時候，我在濟南城中等你的答覆！」

說罷，也不給雪雪回話的機會，站起身揚長而去。

待回到濟南城中，太陽已經爬到了天空正中央。

聞訊趕來的章溢、馮國用等人圍攏過來，非常不安地進諫道：「大總管今天這個決定實在太冒險了，萬一雪雪良心發現，不肯答應咱們的要求……」

「不管他怎麼選擇。咱們繼續幹咱們的！」朱重九揮了下胳膊，「你們兩個來得正好，給我組織人手搬空濟南。吳良謀、傅友德、俞廷玉！」

「末將在！」被點到名的三名將領同時出列。

「你們三個各自點起本部兵馬，沿著大清河向下攻擊。濟陽、濱州和利津，無論這三座城池有沒有敵軍，三日之內必須掌握在咱們手裡！」

「可您不是答應讓雪雪明天早晨回話?!」陳基被朱重九的命令嚇了一跳，小心提醒道。

「我可沒說自己會在濟南城裡傻等，什麼事都不做啊！」朱重九滑頭地道。濟南一破，脫脫已經沒有任何理由調頭去反撲徐達，而不繼續北行了，無論雪雪肯不肯配合，自己都要直接面對他一次。

哪怕是兩萬對二十萬。

哪怕僅僅是被動防守，且戰且退！

朱重八不知道眼下脫脫的大軍具體在什麼位置，也不知道跟在脫脫身後的徐達到了哪裡，這可不是後世那個電子時代，天上地下都佈滿了眼睛，隨便一道電波發出去，便可以令半個地球外的人收到消息。

沒有衛星，沒有無線電，甚至連最簡單的有線電話也沒人來得及去發明，他和徐達的聯繫，完全靠水上的快船和陸地上的軍情處信使。

而前者對天氣的要求非常苛刻，並且需要在河流與大海之間多次中轉；後者，蒙元立國這麼多年來，居然用的還是北宋時的驛道！沿途的各家堡寨的又多是些牆頭草，能順利把報告送到目的地已屬萬幸，遑論時效性問題。

脫脫那邊，情況也沒比他好多少。戰報照例是一天一送，可山東東西兩道的官吏逃得逃，死得死，沒人敢繼續履行職責，唯一跟淮安軍還能保持接觸的只有雪雪，但此人直接受命於大元皇帝，根本不買脫脫的帳。

等雪雪的戰報送到大都，再經過大都城的各級機構轉發到軍中，黃花菜早涼了。以朱屠戶的奸猾，早就不知道又去了什麼地方。

細算下來，如今最能詳細掌握軍情的，反倒是大元朝皇帝妥歡帖木兒。雖然他遠隔在千里之外的大都城中，可全天下官府的各類文書都會在第一時間往他這裡送，通過多方比較，不難看出來最近幾天朱屠戶的大致動向。

可看得到是一回事，看得懂又是另外一回事了。特別是濟南城被攻破之後，每次看雙方交戰區附近送來的各項文書、密報，妥歡帖木兒都覺得自己好像掉進了一團迷霧當中。

被他寄予了厚望的脫脫，帶著二十萬大軍，北渡黃河之後行軍的速度就一天慢似一天，據說是為了應付緊跟在身後的淮賊徐達，所以不得不加倍小心。

而本該被脫脫剿滅在河南江北戰場上的朱賊，卻以平均每兩天下一城的速度，在大清河兩岸肆意馳騁。留守在地方上的武將，根本擋不住朱屠戶的腳步，要麼被陣斬，要麼失蹤，幾乎沒有第三種結局。

如今濟南周邊方圓百里的區域，已經亂成了一鍋粥，每天都有無數支打著朱賊旗號的隊伍在趁火打劫。甚至遠到德州都出現了朱賊的手下，據說是偽淮揚大總管府的帳下先鋒官余寶，把德州城郊的田莊洗劫一空，然後揚長而去。

過了德州再往西，可就是緊鄰運河的陵州了，萬一此城被朱賊的人馬攻克，非但朝廷跟脫脫之間的聯繫會被切斷，大都城內肯定也會一日三驚。

畢竟朱賊的善攻是出了名的，去年寶應、高郵和揚州三座大城，都被他一鼓而下。而從陵州往北，擋在大都城之前，並且城防完善程度能跟揚州相提並論的，恐怕只剩下了一個通州。

所以連日來，妥歡帖木兒對脫脫的專橫跋扈，越來越無法忍受，如果不是脫脫之弟，御史大夫也先帖木兒夥同其黨羽從中阻撓，他早就做出了臨陣換將之舉，畢竟無論是哈麻還是月闊察兒去取代脫脫，至少都會更聽話一些，知道急君王所急。

這段時間，唯一能令妥歡帖木兒感到省心的將領，恐怕就是雪雪了，但令他最為困惑的，也是因雪雪而起。

在丟失了濟南之後第五天，此子居然知恥而後勇，只帶著五千殘兵敗將，就趁朱屠戶不備，重新將城池給搶了回來。隨即，他就跟朱屠戶二人，在山東東西兩道開始了一場搶地盤比賽。

朱屠戶每沿著大清河向北攻破朝廷一城，他就向西南從朱屠戶身後奪回一城，結果朱屠戶沿河大清河順流而下，攻城掠地，雪雪則趁著朱屠戶身後空虛，一路橫掃。

按照今天送回來的最新戰報，朱屠戶大軍已經進入了利津，只差一步就重歸大海，雪雪的兵馬則再度將益都收歸朝廷掌握，並且隨時都可以劍指膠州。

「臣以為，朱屠戶是故意放棄了般陽、益都等地，所以雪雪的反擊才能屢屢得手！」每當雪雪有捷報送來，御史大夫也先帖木兒肯定會給妥歡帖木兒潑冷水，這次也不例外。

「而朱屠戶之所以沿大清河一路向北，不管身後發生了什麼情況都不肯回頭，肯定是為了收縮兵力，從海路前往登萊！」

「嗯！」妥歡帖木兒不置可否。

從旁觀者角度，也先帖木兒的說法極可能正確，但身在局中的雪雪，卻能準確地把握住朱屠戶的脈搏，趁機為朝廷挽回顏面，這份膽色和判斷力，足以令人驚嘆。

如果脫脫的眼光也能與雪雪同樣敏銳，不光是一味地謹慎謹慎再謹慎的話，他就不會被徐達給纏得寸步難行。此刻，朝廷的兩路大軍早就把朱賊殲滅於泰山腳下了，根本不至於讓山東兩道的局勢糜爛如此。

「陛下，臣以為陛下應及時給雪雪一道旨意，命令他不要過於輕敵，朱賊丟了益都，是因為麾下兵馬太少，無力處處防守；而雪雪大人手中的兵馬更少，一旦朱賊趁著他東進之機，調頭再逆流而上，濟南城恐怕又要再度陷入敵手！」另一名肱骨之臣，侍御史汝中柏也湊上前提醒。

這就有些無恥了。脫脫動作緩慢，遲遲追不上朱屠戶的腳步，別人想為國收復失地居然也不行！還必須留在原地等著他脫脫帶領大軍慢慢趕到，讓最後的功勞也全歸於他?!

妥歡帖木兒最恨的就是臣子們結黨營私，將他這個大元朝皇帝當成瞎子和傻子。他抬起頭，冷冷地盯了侍御史汝中柏好一會兒，才說道：

「愛卿說得極是！朱賊已經到了海邊，卻又看到了濟南空虛，調頭殺回來，準備在那裡跟脫脫決一死戰！」

「臣只是想提醒陛下謹慎，並無他意，請陛下明察！」侍御史汝中柏被諷刺得滿臉通紅，立刻跪倒在地，大聲抗辯。

「當然，你沒別的意思！」妥歡帖木兒忍無可忍，冷笑道：「御史台麼，不就是風聞而奏，專門糾察百官的麼，雪雪不顧大局，居然敢在別人都喪城失地之時逆勢而進，他不是膽大妄為，還有誰配得上『膽大妄為』四個字。朕乾脆直接撤換了他，讓你汝中柏去領軍才好，你會比雪雪謹慎小心，哪怕眼睜睜地看著朱賊將朕的山東東西兩道全給搶成白地！」

「臣不敢！臣對陛下忠心耿耿！若是陛下覺得臣言有誤，請陛下奪了微臣之職，放臣回鄉養老！」侍御史汝中柏是個有名的正直人，哪裡受得了如此委屈，眼含熱淚重重叩頭。

「不准！」妥歡帖木兒氣得臉色發黑，用力拍打御案，「說錯一句話就被逐出朝廷，莫非你想讓朕變成聽不得逆耳忠言的昏君麼？爾等回頭好好看看，自朱賊突然在膠州登陸之日起，朕什麼事最後不都是聽從爾等？可爾等除了排斥異己之外，可有一策獻朕？打了勝仗的，朕不能及時嘉獎其功，那些屢戰屢敗的，不聽調遣的，朕反而要給對其百般安撫。朕到底是大元天可汗，還是爾等家中的僕役？」

一番話說得聲色俱厲，到最後，幾乎完全變成了咆哮，被召集來一道探討軍情的眾文武官員被嚇得兩股戰戰，誰也不敢再多講一個字。

倒是妥歡帖木兒自己，咆哮了一陣之後，心中的煩惱稍微化解，咬了咬牙，衝著汝中柏道：「汝卿平身，朕沒有怪罪你的意思，但是你以後出言也謹慎一些，不要總是對人不對事！」

侍御史汝中柏聞聽，委屈得幾乎要吐血，然而，想到脫脫出征之前對自己的囑託，又強忍住辭官離去的欲望，輕輕叩頭，「謝陛下寬宏，臣以後知道該如何做了。」

「有則改之，無則加勉！」妥歡帖木兒不耐煩地擺擺手，「起來吧，朕也按照你的說法，給雪雪去一道聖旨，提醒他不要貪功冒進就是！」

「陛下聖明！」沒等汝中柏再說話，御史大夫也先帖木兒搶著上前，帶頭大拍妥歡帖木兒的馬屁。

「陛下聖明！」一時間，御書房裡阿諛之詞宛若潮湧，所有文武官員，無論屬於哪個派系都異口同聲地說道。

「聖明不聖明，朕都得替祖先看好這片江山！」妥歡帖木兒懶懶地擺了下手，自嘲道：「誰叫朕是大元的皇帝呢？誰在這個位置上，就甘心做個昏君來著？呵呵，**時也，勢也，命也罷了！**」

眾文武面面相覷，都不知道該怎麼勸他振作。

過了好久，剛剛升任平章政事的哈麻才清清嗓子，說道：

「陛下何出此言？賊寇折騰得再厲害，也不過是疥癬止癢而已，只要陛下選良將，領精兵，早晚會將其犁庭掃穴！」

「但願吧！」妥歡帖木兒看了他一眼，依舊提不起什麼精神。良將，脫脫難道不算良將麼？精兵，抽空了整個塞外各部的勇士，難道還沒組織起一支精兵。而那朱屠戶，戰前只是龜縮於兩淮，如今卻已經進入了中書省，再精兵良將下去，恐怕下個月早朝，群臣就得商量遷都之事了。

「臣素聞察罕帖木兒驍勇善戰，而李思齊最近亦為朝廷立下了赫赫之功，如今他二人都枕戈待旦，陛下不如命令他們也揮師北上，從側翼威脅淮賊徐達。如此，脫脫大人的後顧之憂必將大大地減弱，就能加快速度，前往益都跟雪雪會合！」

「嗯！你不說，朕還真把他們兩個給忘了！」妥歡帖木兒一拍御案，點點頭道。

事到如今，也只能繼續往交戰地區調集兵馬了。雖然李思齊和察罕二人去了未必能起到多大作用，至少可以讓脫脫失去繼續拖延的藉口。

「濟寧義兵萬戶田豐，東平義兵萬戶孟本周，素有報效國家之志。臣舉薦他們兩個帶領各自麾下的毛葫蘆兵，沿著運河南下，與李思齊、察罕二人一道對付淮賊徐達！」見妥歡帖木兒聽得進勸，哈麻繼續朝戰場上安插嫡系。

不同於脫脫出身高貴，他與雪雪完全是靠著娘親的乳汁才得到了妥歡鐵木兒的重用，所以家族中沒有太多的依仗，手裡也沒太多的親朋故舊需要照顧，如此一來，反倒能做到折節下士，不拘一格地從地方團練中提拔人才。

李思齊、察罕、田豐、孟本周，四人手中兵力全部加在一起，差不多也接近小十萬了，單從規模上，足以令淮賊徐達感覺到壓力。

妥歡帖木兒在心裡默默地算了一下帳，點點頭道：「嗯，朕准了。等會兒你替朕擬旨，將他們勉勵一番。讓他們放心去替朕出戰。倘若能立下大功，朕不管他是蒙古人、色目人還是漢人，全都一視同仁！」

「陛下聖明！」

眾文武聞聽此言，再度大聲讚頌。特別是幾個漢人官吏，按照脫脫在時的規矩，原本沒有資格參與探討軍情，今天卻因為脫脫出征在外而破了例，並且親耳聽到了皇上要將漢人和蒙古人一樣看待，怎麼可能不感動得熱淚盈眶，一個接一個拜倒下去，將地磚磕得咚咚作響。

請續看《燕歌行》11 歷史真相

燕歌行 卷10 魔鬼交易

作者：酒徒
發行人：陳曉林
出版所：風雲時代出版股份有限公司
地址：10576台北市民生東路五段178號7樓之3
電話：(02) 2756-0949
傳真：(02) 2765-3799
執行主編：朱墨菲
美術設計：許惠芳
行銷企劃：林安莉
業務總監：張瑋鳳

初版日期：2020年8月
版權授權：蔡雷平
ISBN ：978-986-352-845-6
風雲書網：http://www.eastbooks.com.tw
官方部落格：http://eastbooks.pixnet.net/blog
Facebook：http://www.facebook.com/h7560949
E-mail：h7560949@ms15.hinet.net
劃撥帳號：12043291
戶名：風雲時代出版股份有限公司

風雲發行所：33373桃園市龜山區公西村2鄰復興街304巷96號
電話：(03) 318-1378
傳真：(03) 318-1378
法律顧問：永然法律事務所 李永然律師
北辰著作權事務所 蕭雄淋律師

行政院新聞局局版台業字第3595號 營利事業統一編號22759935

國家圖書館出版品預行編目資料

燕歌行 ／酒徒 著. -- 初版 -- 臺北市：風雲時代，
2020.04- 冊；公分

ISBN 978-986-352-845-6（第10冊；平裝）

857.7　　109000129